KB138691

중국으로 시집가다

중국으로
시집가다

김미정 지음

종문화사

프롤로그

글을 쓰기로 작정하자 서두는 어떻게 시작해야 할까 여러 가지 생각으로 벌써 머리가 어지럽다.

이곳 중국에서 그것도 한국인이 아무도 거주하지 않는 도시에서 생활한 지 무려 10년째다. 지난 시간을 돌이켜 보면 너무나 많은 경험들과 웃지 못할 사연, 행복했던 순간들, 그리고 외로움에 몸서리치게 힘들었던 순간들이 영화처럼 전개되어 돌아간다.

솔직히 난 유명한 작가도, 명예가 있는 정치인도, 대중들이 열광하는 연예인도 아니다. 단지 중국인 속의 한국인으로, 한 남자의 아내로, 또 한 아이의 엄마로서 타국에서의 생활기를 친구에게 얘기하듯 하려고 한다. 대한민국의 한 여자가 이 넓은 대륙인 중국 땅에서 정착하기까지의 희노애락을 전하고 싶다.

행복은 기다리는 것이 아니라 스스로 끊임없이 노력하고 개척하여 찾아가는 긴 여행 같다. 이 여행 중에는 어두운 터널도 있다. 하지만 이 터널을 통과한 날 기다려 준 것이 바로 행복의 오아시스였다. 그 과정에서 찾아 느끼는 행복이 사막에서 마시는 오아시스의 물맛이 아닐까?

내가 인생을 논하기엔 적절하지 않을 만큼 어리고 아직 세상을 모른다고 반박하는 사람들도 있을 것이다. 하지만 그들에게 나의 책을 보여주고 싶다.

끝으로 항상 나에게 더 없는 사랑을 주고 격려해준 나의 영원한 짝꿍 우리 자기 왕 청 씨, 안타깝게도 빨리 하늘나라로 가신 우리 중국 엄마 그리고 현재 직장암 3기로 투병 중이신 사랑하는 아버지, 당신이 낳아 기른 자식처럼 애지중지 길러주신 소중한 나의 엄마께 이 책을 바치고 싶다.

한 번도 다정하게 부모님께 사랑한다고 말씀드리지 못한 못난 딸이 이 책을 빌어 말씀 드리려고 한다.

"사랑해요! 아버지, 어머니!"

끊임없이 행복을 쫓아가는 김미정

Part 3 중국 이야기

PART 01

낭만적인 사랑

Romantic Love

우연한 만남 - 당신은 나의 운명!

동방의 진주. 중국 대륙에서 홍콩을 표현하는 말이다. 홍콩은 나에게
도 아주 특별한 곳이다. 한국에서도 기분이 아주 좋을 때 흔히 "홍콩간
다"라는 속어를 쓸 정도니 홍콩에 가 본 사람이나 그렇지 못한 사람 모두
에게 꿈의 도시이자 낭만의 도시, 화려함의 도시로 통하는 것 같다.

2002년 4월, 봄의 싱그러움이 더없이 좋은데다 덥지도 춥지도 않아 여
행하기에 딱 좋은 날씨였다. 예전에 홍콩여행을 한 적이 있는데 그때 보
았던 풍경이 아름다워 다음에 기회가 된다면 또 와야지 생각했었다. 그래
서 두 번째 홍콩여행을 결정하고 여러 가지 준비를 마친 후, 여행을 할 때
면 항상 느끼는 짜릿함과 긴장감을 동시에 가슴에 품고 비행기에 몸을 실
었다.

그래도 두 번째 와서인지 낯설게 느껴지지 않고 오히려 반가운 친구 집에 온 것 같은 느낌이 들었다. 처음 왔을 때와는 달리 어디로 가야 하나 조금의 망설임조차 없이 공항에서 택시를 타고 바로 "타임스퀘어"라고 외쳤다. 쇼핑 중심가에 있는 호텔에 짐을 풀고 간단하게 샤워를 한 뒤 거리로 나갔다. 먼저 허기진 배를 든든하게 채우고 백화점, 상가 등 타임스퀘어 주위의 거리를 수색하듯 다녔다.

저녁이 다 되어 여러 아기자기한 물건들과 내가 좋아하는 향수 그리고 화장품 등 쇼핑 꾸러미를 양손 가득 들고 호텔로 들어와 침대 위에 풀어 놓았다. 먹지 않아도 배가 부르다는 말이 이런 것이 아닐까 생각했다. 너무 많이 돌아다녀서인지 발이 아팠지만, 기분은 최고였다. 침대에 대자로 누웠다. 뭔가에 홀린 사람마냥 계속해서 웃음이 나오고 입가에 자꾸 미소가 번졌다. 왠지 상상도 못할 즐거운 일이 일어날 것만 같은 이 느낌……. 머릿속에서 자꾸 영화의 한 장면이 떠올랐다. 홍콩을 배경으로 한 영화로 여주인공이 공원에서 남자주인공을 운명처럼 만나 아주 로맨틱한 사랑을 하게 된다는 이야기인데, 내가 그 여자주인공이 되는 상상을 했다. 아무래도 내가 영화를 너무 많이 봤나보다. 이젠 나의 이 몹쓸 공주병도 약이 없구나 하는 생각에 혼자 낄낄거리며 웃다가 내일은 또 어떤 일들이 펼쳐질까 하는 설렘과 함께 나도 모르게 잠이 들었다.

너무 일찍 잔 탓일까? 눈을 떠 보니 새벽 6시였다. 어제의 설렘이 이어져 괜히 새벽부터 가슴이 콩콩거리며 기분 좋게 뛰었다. 이번 여행처럼 가슴이 설렌 적도 없었다. 아직 일어나기엔 너무 이른 것 같아 가방에서 홍콩여행 책자를 꺼내서 다시 이불 속으로 슬라이딩했다. 오늘은 어디를 간담? 아! 그렇다. 지난번에 가보지 못했던 해양공원에 가보자!

날이 밝았다. 마음도 덩달아 조급해지면서 서둘러 나갈 준비를 했다. 드디어 해양공원으로 출발! 택시에 올라 자신있게 외쳤다.

"취 하양 공위엔. 해양공원으로 가 주세요."

도착하니 아직 이른 시간인데도 많은 관광객들로 시끌벅적했다. 해양 공원 입구에는 여러 갈래의 길이 있었다. 어디로 가야 하나 생각하다 그냥 직감에 이끌리듯 한쪽 길을 택하여 갔다. 여기저기 구경도 하고 재미는 있었지만, 점점 뜨거워지는 태양의 열기는 참을 수 없었다.

덥다! 아니, 뜨겁다! 나의 최대 미스테이크. 양산을 준비해오지 않았던 것이다. 너무 더워 소금에 절인 배추처럼 몸은 축축 처지고 땀으로 끈적거리는 것이 여간 사람을 미치게 하는 것이 아니었다. 목도 말랐다. 하지만 물병에는 한 방울의 물도 남아 있지 않았다. 그래서 주위를 두리번거리며 가게를 찾았지만 보이지 않았다. 사람들에게 가게 위치를 물어봐야 하는데 나의 보잘것없는 중국어 실력으로 이곳 사람들에게 길을 묻는다는 것은 담력이 필요했다. 조용히 내 주위 반경 5미터 안의 사람 탐색에 들어갔다. 그리곤 혼자 연습한 대로 약간의 비음을 넣어서 최대한 예쁘게 발음하려고 노력하면서 "워 샹 마이 쉐이.^{물을 사고 싶어요}"라고 말했다. 하지만 대답들은 "하이야 호이야" 거리는 알아듣지도 못하는 홍콩말뿐······.^{그때 당} ^{시 중국어를 잘 모를 때라 홍콩 광동어가 중국 표준어라고 생각했었다.} 그냥 고개를 끄덕이며 "셰셰.^{감사합니} ^{다.}"라고 말하고 다시 다른 사람을 붙잡아 묻고 또 실망하길 반복했다. 몇 차례 이러고 나니 이젠 몸의 기운까지 모두 땅속으로 빼앗겨 버리는 느낌 이었다. 중국어가 어렵다고는 들었지만 현지에 와서 체험하니 정말로 달 랐다. 어떻게 발음을 해도 그럴싸하게 들리지도 않았나 보다 생각하니 이 젠 할 수 없이 부족한 실력이지만 영어를 사용할 수밖에 없었다. 마음의 준비를 하고 사냥꾼이 사냥감을 물색하듯 대상을 찾았다. 상대방의 인상 그리고 외모를 꼼꼼하게 체크하면서 보는데 내 레이더망에 잡히는 사람 이 있었다. 키는 180센티미터쯤 되어 보였으며 피부는 남자치곤 조금 하 얀 편 그리고 인상도 아주 좋았다.

"Excuse me."

그의 하얀 얼굴이 나를 빤히 쳐다봤다. 그 남자는 눈이 크다 못해 부리 부리해 부엉이처럼 보였다. 그는 내 말이 채 끝나지도 않는데 "Are you a foreign visitor?" 하며 되물어왔다.

"I want to buy some water."

잘하지 못하는 영어지만 다급하니 그냥 말문이 트였다. 그 남자는 흔쾌히 따라오라며 앞장을 섰다. '저 사람 뭐지' 하는 생각에 머뭇거리며 한 발짝도 떼지 못했는데 그는 나를 향해 빨리 오라는 듯 손짓까지 했다. 그러더니 다시 한 번 "Come here." 하는 동시에 내 쪽으로 걸어오더니 내 손을 잡아 당겼다. 난 당황하면서 그냥 그 남자의 손에 이끌려가고 있었다. 순간 머릿속에서 오만가지 생각이 떠올랐다. 진짜 웃기는 짬뽕이라고 생각했지만 그다지 나빠 보이지 않는 그 남자의 인상이 조금은 위안이 됐다. 하지만 이 남자를 경계해야겠다는 생각은 멈추지 않았다.

얼마 가지 않아 기념품과 잡화를 파는 상점이 나왔다. 문을 힘껏 밀고 들어가 생수 한 병을 냉장고에서 꺼내자마자 뚜껑을 따고 반 병 이상을 단숨에 마셨다. 그리고 점원에게 반쯤 남은 물병을 보이며 계산하려고 했다. 하지만 까무잡잡한 얼굴에 조금은 아담한 키의 점원은 홍콩어로 "해이야 콩이야~." 하는 것이었다. 난 점원이 나의 의도를 잘못 생각하고 있다고 판단하고 다시 "How much is it?" 하고 물었다. 또 다시 반격되는 홍콩말. "아하호콩야……."그때서야 함께 온 그 남자가 계산했다는 거구나 짐작했다.

난 사방으로 고개를 두리번거리며 그 남자의 행방을 찾았다. 남자는 문밖에 서 있었다. 난 문을 열고 그 남자 곁으로 가서 고개를 숙이며 "셰셰!" 하고 인사했다. 그 남자가 밝은 미소를 띠고 아니라는 듯 고개를 저으며

"부커치. ^{괜찮아요}"라고 말하는 순간 햇빛을 받아서인지 얼굴에서 빛이 나면서 눈부시게 찬란했다. 순간 나도 모르게 "잘 생겼네."라고 중얼거렸다.[1]

¹ 중에 남편에게 물어보니 그때 내가 한국어로 고맙다고 하는 줄 알았다고 한다.

남자는 뭐가 좋은지 연신 싱글벙글 웃으며 내가 알아듣지도 못하는 중국어로 계속 말을 걸어왔다. 오렌지색 바지에 꽃무늬로 된 민소매 티셔츠 그리고 선글라스를 끼고 하얀 하이힐을 신어서 누가 봐도 봐줄 만한 스타일이었던 나. 하여간 어딜 가나 미녀를 알아본다니까……

난 고개를 약간 까딱이며 인사를 하고 아직 다 구경하지 못한 곳을 둘러보려고 나서는데, 이 남자 왜 이러지? 날 따라 오면서 영어로 계속 말을 걸었다. 나한테 반했나? 남자는 자기도 혼자 왔다면서 내게 야외 돌고래 쇼를 같이 보러가지 않겠냐고 제안을 해 왔다. 난 잠시 어떻게 해야 할지 몰라 난감해졌다. 하지만 인상도 좋아보이고 이 대낮에 무슨 일이 생길까 하는 마음에 돌고래쇼가 열리는 곳으로 같이 갔다.

야외 공연장이라 탁 트이고 너무 좋았다. 그 남자는 공연장 앞쪽으로 안내했고 난 조용히 그 뒤를 따랐다. 돌고래쇼가 시작되었다. 조련사의 소개에 따라 돌고래들이 시원하게 점프하면서 입장했다. 똘똘하고 귀여운 녀석들이었다. 공연을 보면서 남자는 자신의 카메라로 연신 셔터를 누르며 내게 "치에즈. ^{가지}"라고 했는데, 나는 느낌으로 "김치"같은 말로 알아듣고 카메라를 향해 미소를 지어보였다.

공연의 클라이맥스인 돌고래의 고난도 점프! 그리고 다시 관중석을 향해 힘껏 꼬리로 수면을 내리쳤다. 물세례가 관중 위로 쏟아졌다. 여기저기서 환호성과 박수소리가 났다. 모두들 웃고 박수치고 정말로 신나는 공연이었다.

공연이 끝나고도 내 기분은 잔뜩 상기되어 있었는데 얼굴도 마찬가지였다. 양산을 쓰지 않아 햇빛에 피부가 완전 새빨갛게 달아오른 것이었다. 나의 작디작은 실수^{양산을 잊은}의 상처는 크고 오래가리라. 그리고 멋 부린다고 하이힐을 신은 탓인지 발이 아팠다. 그렇다고 신발을 벗어 던질 수도 없는 상황! 참으로 난감했다.

꼬르륵. 게다가 그 남자가 또 말을 걸려던 순간, 하필이면 배에서 밥 달라고 아우성치는 소리가 들렸다. 부끄러워 쥐구멍이라도 들어가 숨고 싶어졌다. 처음 보는 남자, 그것도 외국인 앞에서 이런 생리현상이라니……

남자는 웃음을 참으면서 내게 같이 식사를 하자고 했다. '금강산도 식후경'이란 말이 있듯이 배가 고프니 세상이 다 귀찮고 힘들었다. 아무래도 민생고부터 해결을 하고 구경을 해야 할 듯했다. 난 그 남자에게 물을 사줬으니 밥은 내가 사겠다고 했다. 외국인에게 속 좁은 여자로 보이는 게 싫기도 하고 무엇보다 이 남자 덕에 사진도 실컷 찍고 또 신나게 웃었

으니 이 정도의 보답을 하는 것이 좋겠다고 판단을 했던 것이었다. _{태어나서 처}

_{음으로 생판 모르는 남자에게 밥을 사겠다고 했다.} 그러자 이 남자가 자신이 잘 아는 곳이 있다면

서 안내를 한다고 나섰다.

택시를 타고 도착한 곳은 바다가 훤히 내려다보이는 전망 좋은 지중해

풍의 고급 레스토랑이었다.

아뿔싸! 후회가 되기 시작했다. 이 정도 레스토랑이면 가격이 꽤 나올

텐데……. 울며 겨자 먹기 식으로 웨이트리스의 안내에 따라 창가 쪽에

앉았다. 후회는 여기까지만 하자! 황금빛 바다가 보이는 곳에서 기왕이면

근사하고 행복하게 머무르다 가리라!

하지만 메뉴판을 보니 '헉' 소리가 절로 나왔다. 난 마른 침을 한번 삼

키고 가격이 가장 저렴한 해물 스파게티를 골랐는데, 남자는 비싼 스테이

크를 시키는 것이 아닌가! 물 한 병과 스테이크 한 접시! 이 남자 입장에선

좋은 거래가 아닐 수 없었다.

주문을 하고 음식이 나오길 기다리며 창밖의 바다를 보며 흘러나오는

음악을 감상했다. 어색하고 답답한 침묵이 흘렀다.

이윽고 보기만 해도 침이 꼴깍 넘어가게 하는 맛있어 보이는 음식이 나

왔다. 너무 배고팠던 탓인지 먹기에만 열중했다. 그러면서 남자와 눈이

살짝 마주칠 때면 "맛있네요. 그죠?"라고 말하며 어색함을 메워 갔다.

음식을 다 먹고 후식으로 나온 커피를 마시면서 영어, 중국어, 몸짓을

통해서 대화를 나누던 중 처음과는 달리 왠지 이 사람에게서 강한 신뢰감이 느껴졌다. 야릇하고 묘한 끌림이 도무지 믿기지 않았다.

계속 이야기를 나누다 보니 어느덧 시간이 흘러 호텔로 돌아갈 시간이 됐다. 카운터로 가서 계산하려고 하는데 어찌된 일인지 점원은 벌써 계산이 되었다고 말하곤 "짜이찌엔. ^{안녕히 가세요.}" 하며 친절히 작별인사를 하는 것이 아닌가. 이 남자가 화장실에 간다더니 카운터로 가서 미리 계산을 해버린 것이었다. 정말 미안하고 고마운 마음을 표현할 방법이 없었다.

내가 다음에 시간이 되면 다시 식사를 대접하고 싶다고 했더니 그 남자는 오히려 자신이 외국인과 만나서 유쾌한 하루를 보냈다며 고맙다고 했다. 이윽고 빈 택시 한 대가 우리 앞에 섰고, 나는 남자를 향해 머리를 숙여 인사한 후 택시 뒷자리에 올라탔다. 문을 닫으려고 하는데 갑자기 이 남자가 택시에 올라타 내 옆자리에 슬그머니 앉았다. 젠틀맨인지 아니면 플레이보이인지 의문스러웠다.

남자는 묵고 있는 호텔이 어디냐고 물었고, 난 호텔 명함을 꺼내 그에게 보여주었다. 남자가 택시기사에게 목적지를 말하자 우리를 태운 택시가 달리기 시작했다. 어색한 침묵 속에서 시선을 창밖으로 돌렸다. 하늘을 보니 이미 달이 떠 있었다. 꽤 큰 보름달이었다. 포근한 느낌이 참으로 좋았다. 갑자기 음악이 흘러 나왔다. 등려군의 〈위에량 따이비아오 워더

신<달빛이 내 마음을 비춰주네>이라는 노래였다. 당시 난 이 노래가 무슨 뜻인지도 모르면서 그저 멜로디가 감미로워 참으로 듣기 좋은 노래라고 생각했었다.

당신은 내게 물었죠, 얼마나 당신을 사랑하느냐고.

내가 당신을 얼마나 얼마나 사랑하는지.

내 마음은 진심이에요, 내 사랑도 진심이에요.

당신은 내게 물었죠, 얼마나 당신을 사랑하느냐고.

내가 당신을 얼마나 얼마나 사랑하는지.

내 마음은 떠나지 않아요, 내 사랑은 변하지 않아요.

저 달빛이 내 마음을 비춰줘요.

부드러운 입맞춤은 내 마음을 흔들리게 하고,

아련한 그리움은 지금까지 당신을 그립게 하네요.

당신은 내게 물었죠, 얼마나 당신을 사랑하느냐고.

내가 당신을 얼마나 얼마나 사랑하는지.

당신이 생각하며 바라보세요, 저 달빛이 내 마음을 얘기할 거예요.

음악에 취해서 호텔에 도착했다는 것도 모르고 있는데 남자가 내 팔을 툭툭 치며 내리라고 해서 다 왔다는 것을 깨닫고 택시에서 내렸다. 그러자 남자도 내렸고 택시는 떠났다. 난 속으로 그냥 이 택시 타고 가면 될 텐데 왜 내릴까 궁금했다. 남자는 호텔 엘리베이터 앞까지 친절하게 동행해 주었다. 난 엘리베이터에 타 남자에게 작별 인사를 했다. 그리고 9층을 눌렀는데 닫히려던 문이 다시 열리고 남자가 올라탔다. 난 너무 놀란 나머지 숨조차 쉴 수 없었다. 남자는 내 옆에 서서 아무 말이 없었다. 나도 무슨 말을 해야 할지 몰라 그냥 엘리베이터 올라가는 숫자만 응시하고 있었다. 이윽고 9층에 도착하자 총알같이 내려서 남자를 향해 고개를 숙여 예의를 갖춰 인사했다. 놀란 가슴을 쓸어내리며 내 방 문을 열려는 순간, 뒤에서 남자의 목소리가 들렸다.

"Good night!"

남자의 목소리가 들려오는 쪽으로 몸을 돌렸다. 남자가 내게로 오고 있었다. 한 발짝씩 다가올수록 내 쿵쿵거리는 심장 소리가 더 세차게 들려왔다. 어느새 내 앞에 선 남자가 내 양쪽 어깨를 잡고 가볍게 포옹하며 인사했다. 몸 전체가 얼음 덩어리가 된 것 같았다. 남자는 이런 나에게 달콤한 미소를 날리며 유유히 사라졌다.

어떻게 내게 이런 영화 같은 스토리가 펼쳐진단 말인가! 방으로 들어와 침대에 누워서도 오늘의 이 믿기지 않는 일들을 생각하다가 홍콩에서의 이틀째 밤은 그렇게 깊은 잠 속으로 빠져들었다.

다음날, 강렬한 아침 햇살에 스르르 눈이 떠졌다. 시간은 벌써 8시가 되어가고 있었다. 서둘러 세수하고 간단하게 화장한 후 아침식사를 위해 방문을 열고 나오는데 내 눈 앞에 또 그 남자가 서 있었다. 남자는 손을 흔들며 "니하오.^{안녕하세요}"라며 웃고 있었다. 반가움 반, 궁금증 반인 마음으로 무슨 일이냐고 물었더니 내게 중국의 전통 아침식사를 소개하겠다고 했다. 내가 나올 때까지 무려 한 시간을 문 밖에서 기다리고 있었단다. 아마도 이 순간부터일 것이다. 내가 이 남자를 좋아하기 시작한 것이…….

남자가 소개하여 간 곳은 패스트푸드점 같은 분위기의 식당으로 중국 전통음식만 판다고 했다. 이런 가게를 중국어로 '자오디엔띠엔'이라고 한다며 이곳에서 파는 음식들에 대해 친절하게 설명해주었다.

자오즈^{饺子}는 우리가 흔히 먹는 만두랑 똑같다. 꾸오티에^{锅贴}는 만두를 프라이팬에 구운 중국식 군만두이다. 만토우^{馒头}는 만두인데 한국의 만두로 생각하면 안 된다. 밀가루로만 속이 꽉 찬, 내용물이 없는 찐빵이라고 생각하면 된다. 또우지앙^{豆浆}은 두유 같은 것인데 순수 노란 콩으로 갈아서 끓여 만든 것으로 구수한 맛이 나며 먹을 때 설탕 한두 스푼을 넣어 먹으면 더 달달하고 구수한 맛을 즐길 수 있다. 요우티아오^{油条}는 생긴 것은 꽈배기 모양인데 더 길쭉하니 늘여서 만든 것으로 기름에 튀긴 것이다. 또우지앙과 함께 먹으면 금상첨화라고 한다. 빠오즈^{包子}는 찐빵 같은 것인데 속에 고기를 넣으면 로우빠오^{肉包}라고 고기찐빵이고, 채소를 넣은 것은 차이빠오菜包라고 해서 채소찐빵이며, 팥을 넣으면 또우샤빠오豆沙包라고 하여 팥찐빵이다. 또 시판稀饭이라고 하는 각종 죽이 있다. 중국사람들은 아침부터 흰밥은 잘 먹지 않는다고 한다. 그리고 내 편견을 깨게 만든 것이 있었다. 차오미엔炒面이라고 볶은 면 같은 것인데 우리는 아침에는 면을 잘 먹지 않는데 이곳 사람들은 아침부터 기름에 볶은 면을 잘 먹는다는 것이다.

다양한 중국 음식들이 알아보기 쉽게 사진과 같이 메뉴판에 잘 표시되어 있었다. 난 그저 맛있게 생긴 놈을 손가락으로 콕 가리키면 됐다. 이렇게 고른 것이 몇 접시나 돼서 아침식사치곤 좀 거했지만 남자와 난 몇 접시의 음식을 하나도 남기지 않고 싹 먹어 치웠다.

가만 보니 이 남자 먹을 때도 복스럽게 먹는 것이 점점 맘에 들었다. 우리 할머니께서 자고로 남자는 먹음직스럽게 잘 먹어야 복이 있는 사람이라고 하셨는데, 할머니께서 보시면 아주 좋아할 만한 사람 같았다.

계산은 어제 저녁 일도 있고 해서 내가 하려는데 이것 또한 이 남자가 미리 계산해버렸다. 어쩌나? 이러면 나의 자존심이 허락하지 않는데…… 그래서 커피는 정말 내가 사겠다고 했다. 그랬더니 대뜸 맛있는 커피 파는 곳을 안다면서 안내를 한다. 난 속으로 '그래, 당신이 좋아하는 곳에서 커피를 사주지' 라고 생각하며 뒤따라갔다. 남자가 데리고 간 곳은 도로 옆 아주 작은 테이크아웃 가게였다. 이 남자도 나도 마치 약속이라도 한 듯 아이스커피 두 잔을 시켜서 길을 걸어가며 마셨다.

거리를 걸으며 이야기를 나누던 중 남자가 제안을 해왔다. 자신도 혼자 여행을 왔으니 홍콩에 머무르는 동안은 같이 여행을 하자는 것이었다. 그럼 서로 외롭지도 않고 사진도 많이 찍을 수 있어서 좋을 거라고……. 듣고 보니 일리도 있고 혼자서 다니면 불편한 점들이 있는데, 적어도 이 남자랑 같이 다니면 의사소통도 물건을 사는 것도 아주 쉬울 것이라는 생각이 들었다. 그리고 이 남자 사촌누나가 홍콩에 있는데 며칠 정도는 누나가 홍콩의 구석구석을 소개시키며 홍콩의 진짜 백미를 보여 준다는 것이었다. 나도 모르게 이 달콤한 제안을 흔쾌히 승낙했다. 사실 그가 어떤 마음으로 내게 이런 제안을 한 것인지 확실치 않은 상태에서 대답해버렸다. 하지만 그에게서 느껴지는 편안함과 원인 모를 믿음이 나를 이끌었다.

여기서 잠깐 그 남자를 소개하겠다. 당시 나이 34세로 이름은 왕 청, 혈액형은 O형이고 키 179센티미터에 수려한 외모의 소유자다. 지금은 배도 조금 나왔지만 당시 남자의 첫인상은 장국영을 닮았다고 느꼈다. 직업은 마안산철강회사 직원이며, 개인적으로는 중국 전통 레스토랑을 운영하고 있다고 했다. 난징에서 한 시간이면 도착하는 중소도시라며 교통도 편하니 나중에 시간을 내서 꼭 놀러 오라고 몇 번이나 말했다.

사랑은 국경도 언어도 초월한다고 했던가? 나의 콩글리시가 바닥이 날 만도 한데 이야기보따리는 끊이지 않았고 서로에 대해 깊은 관심으로 아주 편하게 서로 모국어로 대화를 나누듯 술술 이어졌다. 물론 해외여행 때 항상 필수품처럼 들고 다니는 나의 양증맞은 전자사전의 덕도 한 몫을 했다고 본다. 우린 짧은 시간에 많은 공감대를 형성하며 여러 곳을 돌아다녔다.

저번 여행 때는 가 보지 못한 조룽九龙섬에도 갔다. 조룽섬은 화려하고 복잡한 일반 도심과는 다른 아름다움을 발산하는 곳이었다. 조룽섬에 도착하자 그가 자신의 삼촌 집이 이곳인데 온 김에 함께 방문하자고 했다. 난 홍콩인들이 사는 집이 궁금해져 그를 따라 함께 갔다.

사실 홍콩인의 집은 나도 처음으로 방문한 터라 느낌이 색달랐다. 하늘을 찌를 것 같은 고층 아파트와 좁은 면적의 생활공간! 들은 적은 있지만, 직접 눈으로 보고 느끼는 아파트는 더욱 좁게만 느껴졌다. 아마도 홍콩의 손바닥만 한 땅덩어리에 아파트를 많이 짓다보니 층수가 높아지고 가격도 하늘 높이 치솟았을 것이다. 그러다 보니 면적은 불편하리만큼 좁아진 것이겠구나 싶었다.

그의 삼촌댁 식구들은 굉장히 반갑게 우리들을 맞아주었다. 무엇보다 조카가 한국 여자와 함께 왔다는 것이 한층 흥미를 유발시키는 것 같았다. 내게 계속해서 한국에 대한 이런저런 질문을 했다. 그가 내 말을 전부 이해하고 통역했는지는 잘 모르겠지만 내 옆에서 아주 열심히 말을 전해주었다.

즐거운 시간을 가진 후 우린 삼촌댁을 나와 그 근처에 있는 홍콩에서 가장 크고 유명한 황따시엔^{黃大仙} 절에 갔다. 유명한 절은 자고로 첩첩산중에 있는 줄 알았는데 황따시엔 절은 도심에 자리를 잡고 있었다. 홍콩 사람들은 특히 풍수지리를 중시하는데 황따시엔 절은 신통한 효력이 있는 절로 알려져 자주 와서 참배하는 곳이라고 한다. 그러다 보니 이곳이 홍콩을 대표하는 특색 있는 관광지로 형성되었다고 한다. 현재 이곳은 매일 홍콩사람뿐 아니라 다른 지역에서 오는 각국의 관광객들로 문전성시를 이룬다. 난 기독교인이지만, 이렇게 많은 사람들로 왁자지껄한 모습을 보는 것도 여행의 재미를 한층 더 해 주었다.

꿈같은 여행을 하다 보니 어느새 나흘이 지났다. 문득, 며칠 동안 잊고 있던 홍콩친구가 생각났다. 황메이찡^{黃美靜}이라는 친구인데 나보다 훨씬 어리지만 지난번 여행 때 만나 인연이 되어 친구로 지내고 있다. 미정^{美靜}과 메이찡^{美靜}. 이름이 같은 우리는 짧은 시간에 금세 친해졌고 내가 한국으로 초대해서 5일 동안 서울과 부산을 함께 여행하기도 했었다.

난 메이찡에게 전화를 걸었고, 메이찡은 무척 반가워했다. 메이찡과 만나기로 약속하고 이 남자도, 아니, 오빠^{이 젊은 남자가 나보다 두 살이 많아 '오빠'라고 부르기로 했다}도 함께 저녁식사를 하기로 했다. 메이찡과 오빠는 만나자마자 친숙하게 인사했다. 당연하다. 같은 나라 사람이니……

우리는 중국 전통 레스토랑으로 갔다. 식탁 위에 둥그런 유리로 된 원판이 있고 그 위로 요리들이 하나 둘 자리를 차지하면 손님들은 먹고 싶은 음식을 앉은 위치에서 원판을 돌리며 편히 식사를 하는 것이다. 말하자면 원탁의 식사!

우리 셋은 여러 가지 이야기를 나누며 즐거운 시간을 보냈다. 그런데, 순간 이상한 질투 아닌 질투를 느꼈다. 그야말로 츠추^{吃醋}! 중국어로 '식초를 마셨다'는 뜻으로 질투를 한다는 뜻이었다. 내 눈에 비춰진 메이찡과 오빠는 나보다 두 사람이 더 친해 보였다.

난생 처음으로 진짜 중국인을 앞에 두고 현장에서 실감나게 느껴보는 중국어는 꽤 매력 있었다. 성조가 있어 시조를 읊는 것 같은 높낮이는, 여성들이 말하니 귀엽기까지 했다. 나도 이번 여행을 마치고 집으로 돌아가면 본격적으로 중국어 공부를 하리라는 다짐을 했다.

호텔로 돌아올 쯤 난 몸이 무거워지는 것을 느꼈다. 몸은 천근만근이었고 머리에서 약간의 미열이 나기 시작했다. 아마도 갑자기 더워진 날씨의 일교차에 적응을 못한 것 같았다.

오빠는 나를 호텔로 데려다 주곤 돌아갔다. 난 우화에 나오는 물에 젖은 솜을 짊어진 당나귀처럼 거의 녹초가 되어서 침대에 쓰러져 잠이 들었다.

밤새 머리가 뜨거워지는 것을 느꼈다. 아프기 시작한 것이다. 아침이 빨리 오기만을 기다리며 잠을 청했다.

다음날 아침 요란한 벨 소리에 정신은 들었지만 일어나기가 너무 힘들
었다. 겨우 일어나 문을 열자 오빠가 "메이찡, 니하오.^{미정 씨, 안녕}"라며 손을
흔들었다. 하지만 아픈 나의 얼굴을 보고 바로 부축해 침대에 누이고는
자신의 손을 내 이마에 대어보았다.^{고열로 무척이나 힘겨웠지만, 그의 손길은 부드러웠다.} 열을 재
본 오빠는 내게 잠시 기다리라고 하곤 호텔 방을 나갔다.

몇 분이 지났을까. 약봉지를 들고 돌아온 오빠는 따뜻한 물에 약을 타
서 내게 마시게 했다. 나중에 알고 보니 그 약은 한약 성분으로 된 감기약
인데 중국에서 머리가 아프고 콧물이 나는 감기 같은 증세에 먹는 약이었
다. 나는 약을 먹고 깊은 잠 속으로 빠져들었다. 세상에 이보다 달콤한 잠
이 있을까 할 정도로 아주 편하게 푹 자고 일어나니 그가 금세 내 곁으로
와서 다시 머리를 짚었다. 열이 내린 것을 확인하고 안심하는 그의 모습
을 보며 난 그때 이미 오빠를 사랑할 준비를 했는지도 모른다. 조용히 내
옆에서 간호해주는 그 따스한 마음에 나는 큰 감동을 받았다.

어느덧 열흘이란 시간이 흘렀다. 오빠는 이제 사흘 후면 통신증^{이미 반환된}
^{홍콩이지만 중국인들이 홍콩을 방문할 때 받는 비자 같은 것}의 유효기간인 15일이 다 되어가서 홍콩
을 떠나 집으로 돌아가야 했다. 왠지 아쉽기 그지없었다. 오빠가 떠나기

전에 그리워지는 것이 정말 이상했다.

마지막 날이었다. '이제는 우리가 헤어져야 할 시간 다음에 또 만나요'라는 노래가 절로 머리에서 맴돌았다. 어떻게 보면 열흘이라는 시간이 짧을 수도 있지만 오빠와 함께 나눈 시간이 행복하고 즐거워서 소중하게 느껴졌다.

같이 저녁을 먹고 우리는 조금 걸었다. 딱히 말은 하지 않고 서로 눈빛으로 대화를 나누었다. 그러다 오빠가 갑자기 등을 돌려서 내게 업히라고 했다. 난 순간 당황스럽고 어떻게 업힐 수가 있나 싶어서 고민하고 있는데 오빠는 다시 내게 업히라는 시늉을 했다. 나는 눈 딱 감고 그냥 오빠의 넓은 등에 업혔다. 오빠의 등은 어릴 적 아버지께서 업어주시던 것만큼이나 포근하고 편안했다. 나는 오빠의 등에 업힌 채로 시선이 가는 곳마다 이 추억을 오래도록 생생하게 기억하기 위해서 사진을 찍듯 머릿속에 그대로 그려두었다. 어떤 소설이나 영화보다 더 로맨틱한 순간이었다.

마지막으로 날 호텔에 데려다 주기 위해 우린 함께 택시를 탔다. 서로 아무 말도 하지 않고 그저 침묵과 홍콩의 화려한 야경만이 우리와 함께 달리고 있었다.

호텔에 도착해 "꺼꺼, 짜이찌엔. 오빠. 안녕히 가세요."이라고 말하고 돌아서려는데 갑자기 오빠가 나를 와락 끌어안았다. 아주 꼭 안겨서 숨조차 쉬기 힘들었지만 그 순간만큼은 그대로 있고 싶었다. 한참을 그렇게 안고 있다 오빠가 자신의 연락처를 적은 쪽지를 주었고 나도 오빠처럼 미리 연락처를 적어 놓은 쪽지를 용기 내어 건넸다.

오빠가 중국으로 돌아가고 며칠 후 나도 한국으로 돌아왔다. 중국 속담에 '금으로 만든 집, 은으로 만든 집 모두 자신의 개집보다 못하다'는 말이 있다. 집에 도착하니 좋았다. 홍콩에서 열심히 돌아다닌 탓에 여행의 피로가 쌓여서인지 며칠 동안은 쉬기만 하면서 지냈다. 정신을 차리고 여행지에서 찍은 사진들과 옷가지를 챙기다가 문득 홍콩에서 만난 오빠 생각이 났다.

벌써 헤어진 지 5일이 지났다. 아직 오빠의 전화는 걸려오지 않았다. 약간은 궁금하기도 하고 화가 나기도 했다. 비정한 사람! 그렇게 내게 잘 해주고 좋아한다는 표현도 하더니 이제 와서 사람 마음만 뒤숭숭하게.

순간 무작정 머리를 스쳐 지나는 생각이 있었다. 오빠가 준 쪽지! 정말로 전화가 통할까 의구심이 생겼다. 그것도 그럴 것이 당시 난 중국으로 전화를 걸어본 적이 없었다. 하지만 거침없는 충동이 나를 전화기 앞으로 가게 했다. 쪽지에 쓰여 있는 번호를 눌렀다. 가슴이 콩닥거리며 방망이질해댔다. 내가 왜 이러지, 대담한 성격인 내가 전화기를 들고 떨고 있었다. 곧 이어 뚜— 뚜— 하며 신호음이 울리고 곧 아주 친근한 목소리가 들려왔다.

"웨이. 여보세요."

"니하오, 꺼꺼. 안녕하세요? 오빠."

"쩐더 메이찡 니마? 정말로 미정이 너니?"

반가워하는 오빠의 목소리에 전화하길 잘했다고 생각하며 서로의 안부를 물었다. 사실은 내게 연락하고 싶었는데 내가 준 쪽지를 홍콩 누나 집에 두고 왔다는 것이었다. 누나에게 전화를 걸어 물어봤지만 연락처가 적힌 메모지를 찾지 못하여 할 수 없이 지금까지 내 연락을 애타게 기다리고 있었다고 했다.

이후 우리는 거의 매일 통화를 했다. 주로 내가 전화를 많이 걸었다. 한 번 전화하면 기본이 두세 시간이었다. 이 시간이 긴 것 같지만, 실제론 그다지 많은 얘기를 나누지 못했다. 왜냐하면 오빠의 말을 잘 못 알아들어 "꺼꺼, 덩이시아! 워 차 즈디엔. 오빠, 잠시만요! 지금 사전을 좀 찾구요."라고 말하고 사전을 찾아 뜻을 이해하게 되면 그때서야 "워 밍바이 러! 무슨 말인지 알았어요!" 하며 대화를 이어나갔기 때문이었다.

많은 연인들은 서로 만나 이야기도 나누고 하다 보면 서로를 더 잘 알게 되고 더욱 사랑하게 된다. 하지만 우리는 서로 다른 나라에서 살다 보니 단지 전화만으로 사랑을 키워나갈 수밖에 없었다. 이렇게 사랑을 쌓아

가다가 결국 서로가 운명이라는 확신을 가지게 되었다.

흔히들 장난삼아 말하는 "꺼꺼^{오빠}가 "라오꽁^{여보} 된다"는 말이 현실이
된 것이다.

결혼이란 폭죽을 터트리는 것

이른 아침부터 귀청이 떨어질 것 같은 폭죽소리가 아직 단잠에 빠져있는 우리를 들쑤셨다.

"또 누가 결혼을 하거나 집안의 어른이 돌아가셨나봐."

침대에 누운 채 남편에게 말했다. 남편도 눈을 억지로 뜨면서 내 말에 대답했다.

"그러게……. 이렇게 가까이서 크게 들리는 것 보니 바로 우리 옆 동에서 나는 소리 같아."

"소리를 들어 보니 아마도 결혼하는 거 같아요."

피리파라 피리파라… 슝… 펑…! 피리파라 피리파라… 슝… 펑…!

이렇게 아주 요란하고 길게 쏴대는 소리가 나는 것을 보니 경사의 폭죽소리였다. 상喪을 당했을 때의 폭죽소리는 아주 시끄럽고 짧게 끝나는 것이 대부분이다.

이처럼 중국에서는 결혼하거나 집에 상을 당하면 폭죽을 터트리는데 결혼을 할 때면 아침 일찍 맨 처음으로 폭죽을 터트려 액운을 막는다는 뜻이고 상을 치를 때면 돌아가시는 분이 장수를 해서 호상이면 슬픈 일이지만 기쁜 마음으로 보내드린다는 의미다.

이런 대화를 나누는 사이 동규도 억지로 가늘게 실눈을 떠가며 내게 말을 걸어왔다.

"엄마, 누가 결혼해요?"

요런 꼬맹이가 '결혼'이란 단어를 말하는것이 귀엽게도 느껴지고 무엇보다 아이들은 결혼을 무엇이라 생각하는 것인지 문득 궁금해졌다.

"동규야, 너 결혼이 뭔지 아니?"

아들녀석은 금방 무슨 뜻인지 안다는 표정으로 웃음을 띠며 또박또박 대답했다.

"알아요, 엄마! 결혼은 폭죽 터트리는 거!"

아들의 엉뚱한 대답에 우리 부부는 그만 크게 웃어버렸다. 이런 우리를 보고 동규는 오히려 눈이 동그래져서 되물어 왔다.

"결혼할 때 폭죽을 터트리잖아요. 그죠, 엄마?"

아이의 말에 생각을 해 보니 맞다. 결혼이란 바로 폭죽 터트리기! 결혼을 하면서 터트리는 폭죽처럼 우리의 결혼 생활도 처음에는 아주 시끌벅

적 요란하게 시작했다. 모두가 꿈꾸는 행복한 가정에 대한 염원과 기대 그리고 축하객들의 환호와 축복, 이 모든 것들이 결혼 생활에 활력을 더해서 아주 생기발랄하고 행복한 삶을 사는 부부가 있고 반면에 폭죽을 터트리고 난 후 온 땅바닥에 재만 남은 것처럼 결혼 당시의 즐거움과 행복을 찾아보기 힘든 불행한 결혼생활을 하는 부부도 있다.

양국의 결혼 문화는 비슷한 점이 많은 것 같다. 중국에서도 보통 신랑 측에서 집을 준비하고 신부 측에선 보금자리에 필요한 가구 및 가전제품 등을 준비한다. 한중 결혼 문화의 가장 큰 차이점은 결혼에 관련된 절차인 듯하다.

한국에서는 결혼식을 하고 혼인신고만 하면 합법적 부부가 된다. 하지만 중국은 조금 다르다. 한국처럼 결혼식을 올리고 혼인신고 하는 사람보다는 먼저 '결혼증' 이라고 법률적으로 먼저 신고하고 나서 서로 편한 시간을 정해 결혼식을 하는 경우가 많다.

예비 신랑신부는 건강진단을 받고 각종 서류를 해당 기관에 제출해 빨간 표지에 금빛 글씨로 쓰인 증서를 받는다. 여기에는 신랑신부가 함께 찍은 증명사진과 함께 기본적인 신상기록이 적혀 있고 혼인등록 기관의 도장이 찍혀 있는데 이것이 바로 법적인 부부임을 증명하는 결혼증이다. 한국의 혼인신고보다 한 단계 더 복잡한 절차인 셈이다. 한 가지 재미있는 것은 만일 이혼을 하게 되면 '이혼증' 을 받는다는 것이다.

결혼에 대해서 이야기 하다 보니 갑자기 한국에서의 결혼식 당일이 생각난다.

2002년 12월 8일, 부산에서 결혼식을 올리게 되었다. 결혼 준비를 위해서 나는 결혼식 2주 전에 한국에 들어와서 결혼식장 및 예복들을 혼자서 준비해야 했다. 남편은 결혼 삼 일 전에 한국으로 들어왔다. 당시 신랑 측에선 남편 혼자 한국으로 와서 결혼식을 치러야 했었다. 왜냐하면 신랑 측 가족들을 모시고 오려면 비자가 필요한데 중국 결혼 절차처럼 먼저 혼인신고를 하고 결혼식을 하면 비자가 쉽게 나온다. 하지만 남편은 한국인인 나에게 괜한 부담을 주지 않으려고 한국의 결혼 절차에 따라 결혼식을 하고 혼인신고를 하기로 했다. 생각해 보면 아무리 어엿한 대장부라고 해도, 처음 하는 결혼식은 누구나 떨리기 마련이다. 하지만 새신랑은 아주 대담하게 중국에서 혼자서 한국행을 했던 것이다.

결혼식 당일은 진눈깨비가 내려서인지 체감온도는 더욱 춥게 느껴졌다. 당시 할머니께서 해주신 말씀이 생각난다.

"미정아! 옛말에 결혼식 날 눈이 오면 그 부부는 아주 행복하게 잘 산다는 말이 있단다."

아마 할머니께선 긴장하고 있는 손녀의 마음을 편하게 해주시려고 그런 말씀을 하셨던 것 같다. 사실 그 말씀을 완전히 믿지는 않았지만, 지금 생각해 보면 정말로 어르신들의 말씀은 틀린 말이 없구나 하는 생각이 든다.

한국에서의 결혼식은 한국인들이라면 누구나 익숙하다. 먼저 예복을 입고 현대식 결혼식을 한 후 가족과 친지 분들을 모시고 폐백을 하는 것이 관례다. 남편은 이런 한국의 결혼식을 너무나도 신기해 했다. 예복을 입고 혼인서약도 하고 사진도 찍자 남편은 안도의 한숨을 내쉬며 말했다.

"이제 우리 결혼 다 끝난 거지? 그럼 신혼여행만 남았구나!"

남편은 아직 한 번도 입어보지도 못한 한복을 입고 다시 어른들에게 큰절을 올려야 한다고 하자 큰 눈이 더 휘둥그레지면서 말했다.

"한국은 왜 결혼식을 두 번 해?"

난 웃으면서 말했다.

"한국사람들은 전통을 아주 중시하고 무엇보다 어른들에게 예를 다하는 사람들이라서 그렇답니다."

남편은 그제야 이해했다는 듯 싱글벙글한 얼굴로 한복으로 갈아입었다. 그리고 나와 나란히 서서 우리 가족들에게 절을 했다. 절을 하고, 어르신들이 준비한 절값을 흰 봉투에 넣어서 우리들에게 주시자, 남편은 또다시 궁금한 얼굴로 조용히 내 귓가에 속삭이듯 물었다.

"흰 봉투는 뭐야?"

난 간단하게 절값이라고 하는데 축하하는 뜻으로 주시는 돈이라고 설명해주었다.

"뭐? 축의금 봉투가 빨간 봉투가 아니고 흰 봉투라고?"

그렇다. 중국은 축의금은 빨간색 봉투에 넣어서 주는 전통이 있다. 중국인들에게 붉은색이란 행운의 색으로 축의금이나 세뱃돈은 무조건 빨간 봉투에 넣어 준다.

연이어 친지 분들이 대추와 밤을 내 한복 치마에 던지자, 남편은 또 궁금해졌는지 내게 물었다.

"미정! 밤이랑 대추를 왜 던지지?"

난 다시 남편의 귓가에 작은 소리로 대답했다.

"대추는 자식을 많이 낳으라는 뜻이고 밤은 조상을 잘 모시고 어른을 공경하라는 뜻이에요."

남편은 고개를 끄덕였다.

할아버지께서 덕담을 해주셨다.

"미정아! 왕 서방이랑 행복하게 살고 할아버지 보러 한국에 자주 오너라."

할아버지의 울먹이는 목소리를 듣고, 이젠 정말로 결혼을 해서 집을 떠나는구나 생각하니 나도 모르게 눈앞이 뿌옇게 흐려지려 했다. 이때 내 옆에서 가만히 듣고 있던 남편이 내게 훌쩍이며 말했다.

"미정, 화장지 좀……."

난 얼굴을 돌려 남편을 바라보았다. 큰 눈에서 눈물이 떨어지고 있었다. 난 다급히 남편에게 물었다.

"지금 왜 울어요?"

"할아버지께서 하신 말씀이……."

남편은 말을 다 하지 못한 채 눈물을 닦았다. 내가 통역해주지 않아서 정확히 무슨 말이지 모를 텐데도 이 남자는 가슴으로 할아버지의 말씀을 모두 느낀 것이었다. 옆에서 폐백을 도와주시던 분이 신랑이 우는 모습은 처음 본다고 하자 모든 사람들이 다 같이 함께 웃었다. 정말로 귀여운 중국 남편이다.

모든 어른들께 드리는 절차가 끝난 후 신랑신부가 서로 잔에 술을 따르고 러브샷을 하는 순간! 남편이 술 한 모금을 마시자마자 찡그린 얼굴로 "이거 정말로 술이야?" 했다.

"네, 술인데……. 왜요?"

남편은 내게 자상하게 설명해주었다.

중국에서는 이렇게 신랑신부가 러브샷을 할 경우 물로 술을 대신해서 마신다고 한다. 왜냐하면 많은 하객들에게 술을 받아 마셔야 하기에 신랑신부나 시부모님, 친정부모님의 경우는 물을 술로 대신해서 마신다고 한다.

우리가 술을 다 마시자 폐백을 도와주시는 분이 말했다.

"두 분 상의하셔서 만일 딸을 낳고 싶으면 신부님의 입에 물린 대추의 씨를 신랑님이 먹으면 안 되구요, 아들을 낳고 싶으면 신랑님이 대추를 씨도 함께 먹어야지 아들을 낳습니다."

우리는 딸을 낳고 싶다고 의논했는데 남편이 내 입에 물려 있는 대추를 먹는 순간, 남편의 대추를 많이 먹고자 하는 욕심 때문인지, 아니면 내겐 딸이 좋다고 해놓고 진심은 아들을 낳고 싶었던 것인지 남편은 의논과는 달리 대추씨까지 전부 먹어버렸다. 남편과 난 이 이야기를 자주 한다. 왜냐하면 우리 아이가 아들이기 때문이다. 남편은 자신이 그 날 대추씨까지 함께 먹어서 지금의 귀엽고 똘망한 아들이 있다고 늘 입버릇처럼 말한다.

폐백을 다 마칠 때쯤 남편의 등에 업힌 내게 남편은 비록 한국어로 자신의 마음을 표현하진 못했지만, 아주 큰 소리로 말했다.

"당신을 이제 내 아내로 맞았으니 평생 당신에게 최선을 다하는 남자가 되겠습니다!"

남편이 말이 끝나자 우리 가족들은 느낌으로 알아들었다는 듯이 모두 박수를 치면서 환호를 보냈다. 난 이런 믿음직스런 남편이 너무 고마워서 뽀뽀로 나의 마음을 대신했다.

결혼식은 성황리에 잘 끝났다. 이제부터 신혼여행이다! 사실 난 유럽으로 신혼여행을 가고 싶었지만, 남편의 입장에서는 한국이 외국이다 보니 한국에 처음 온 남편을 위해서 우리나라의 아름다운 곳을 소개하기로 했다. 마음 같아서는 한 달 정도 우리나라 각 도마다 여행을 하면서 한국의 풍속과 문화 그리고 진정한 한국인의 정을 느끼게 해주고 싶었지만 남편 비자가 15일이라서 대표적인 관광지들만 돌아보기로 했다.

먼저 나의 고향이자 결혼식을 올린 곳! 부산을 시작으로 서울, 제주도 찍고 경주를 돌아보기로 했다.

신혼의 달콤한 첫날밤! 난 남편을 위해 해운대의 유일한 수상호텔인 페리스 플로텔의 특실을 예약했다.

"미정! 우리 영화 속 한 장면으로 들어온 듯해!"

남편의 뜬금없는 말에 난 고개를 갸우뚱했다.

"타이타닉 그 영화 미정도 봤지?"

난 가만히 남편을 보고 웃었다. 정말로 비슷했다. 타이타닉 호처럼 이 선상 호텔도 멋진 객실은 물론, 재즈바, 레스토랑, 야외 수영장, 록카페, 쇼핑몰, 헬스장 등 어디 하나 흠 잡을 데가 없었다. 남편과 나는 방과 갑판을 연결하는 작은 문을 열고 밤바다가 보이는 갑판으로 나갔다. 남편은 내게 눈을 감으라고 하곤 내 허리를 잡고 타이타닉의 명장면을 연출했다. 겨울의 매서운 밤바람도 전혀 차갑지 않고 로맨틱한 분위기를 한층 고조시켜 주었다.

"미정! 내가 정말로 신기한 일 하나 가르쳐 줄까?"

"뭔데요?"

"사실 미정과 홍콩에서 우연한 기회로 만났잖아. 그런데 그 운명적인 만남이 있기 전날 꿈을 통해서 당신과의 인연을 이미 예감했었어."

"어머! 정말요? 무슨 꿈인데요? 꿈속에서 날 만났어요?"

"아니! 직접적으로 만나진 않았어. 그런데 내가 꿈속에서 한국의 대학교 기숙사를 갔는데, 거기서 한국 여학생 세 사람을 만났어. 그 여학생들이 한국어로 내게 말을 시키는데 난 도무지 무슨 말인지 몰라서 난감해 하다가 꿈에서 깼어. 그리고 다음날 당신과 홍콩에서 만났지."

"세 사람? 그 중에 한 사람은 날 만났으니 인연이 이뤄진 거네요. 그럼, 나머지 두 사람은 어디에 있을까? 나랑 같이 찾아볼래요?"

"하하하!"

다음날 아침 바람이 더욱 강하게 불어서 선실이 아기를 뉘인 요람처럼 흔들려 잠에서 깼다. 우리는 결혼식을 올리고 인생을 새롭게 출발하는 신혼부부로서 일출을 보면서 인생 설계를 하고 싶었다. 남편과 난 옷을 단단히 입고 갑판으로 나갔다. 동쪽 하늘에서 서서히 태양의 붉은 테두리가 나타나기 시작했다.

"와아!"

나도 모르게 탄성이 절로 나왔다. 남편은 뒤에서 나를 안고 다짐했다.

"미정! 정말로 사랑해! 지금 떠오르는 태양처럼 영원히 당신의 옆에서 지지 않는 당신만의 태양이 될 거야! 우리 같이 행복하게 살자!"

"그래요! 어떠한 고난이 닥쳐도 당신과 함께라면 저도 이 악물고 이겨 나갈 수 있을 거예요."

알 수 없는 잔잔한 감동이 내 눈을 통해서 흘러내렸다.

남편과 함께한 부산 여행은 부산 사람인 내게도 새로웠다. 난 남편을 싱싱한 해물과 온갖 물고기의 종합선물세트인 자갈치시장으로 안내해 직접 회 한 점을 초장에 찍어 쌈을 싸서 입에 넣어 주었다. 남편은 사약을 받은 사람마냥 있는 인상 없는 인상을 다 쓰더니, 입을 오물거릴 때마다 점점 맛이 괜찮다는 표정으로 바뀌었다.

"비린내도 전혀 안 나고 먹을 만하네!"

남편은 지금까지 살아오면서 생선회는 처음 먹어 본다고 했다. 중국에서는 대부분의 사람들이 생선회를 먹지 않는데 상하이나 칭다오처럼 바다를 끼고 생활하는 지역의 사람들은 먹는다고 했다.

우리는 오후 비행기를 타고 서울로 향했다. 당시에는 대통령 선거운동 기간이라서 가는 곳마다 선거운동의 열기로 가득했다. 남편은 생전 처음으로 선거운동을 보더니 너무 신기해하면서 물었다.

"한국에선 정말로 국민이 직접 대통령을 뽑아?"

"그럼요. 대한민국은 민주주의 국가니까 국민이 나라의 대표를 뽑는 것은 당연한 거라구요."

"중국에서는 상상도 못해!"

"만일 13억 인구가 직접 투표제로 주석을 뽑는다면 정말로 볼만할 거예요."

"아마도 그런 일은 꿈에서라도 없을 거야."

명동은 당시 한나라당의 대표인 이회창 대통령 후보 부부와 그 지지자들 그리고 지나가는 시민들로 북새통이었다. 남편은 이 모습이 생소하면서도 재미있는지 무슨 뜻인지도 모르면서 그들이 하는 표어를 따라 말하고 박수도 치면서 선거운동을 몸소 체험했다. 그리고 이 후보의 지지자들 중 한 명이 남편에게 서명을 요구하자 남편은 자신의 이름과 주소를 중국어로 또박또박 적어주었다.

"한국 분이 아니시네요?"

"네. 제 남편은 중국인이에요."

갑자기 사람들이 남편을 에워싸고 박수를 쳤다. 그리고 이 후보의 부인도 다가와 남편과 악수를 나눴다. 남편은 처음으로 한국사람들의 호의를 체험했다면서 아주 즐거워했다. 우리 한국인들의 인정에 나도 모르게 어깨가 으쓱해졌다.

명동 거리는 밤이되자 더욱 활기차고 왁자지껄했다. 성탄절을 앞둔 때라 거리마다 흐르는 캐럴 덕에 더욱 흥겨웠다. 나는 남편에게 우리의 전통주인 동동주를 소개하고 싶어 한 전통술집을 찾았다. 역시 크리스마스 시즌답게 사람들로 가게가 꽉 찼다. 흥에 취해서 동동주 한 단지를 둘이서 다 해치웠다. 둘 다 얼굴이 발갛게 물들어 술집에서 나와 거리를 걸었다. 자정을 넘은 시간인데도 명동의 거리는 낮처럼 밝았다.

"오빠! 나 얼마만큼 사랑해?"

내가 중국어로 묻자, 남편은 아주 능숙한 한국어로 "하늘만큼, 땅만큼."이라고 대답하고서 갑자기 날 안더니 목청 높여 중국어로 말했다.

"워 아이 니, 메이찡! 사랑해, 미정아!"

지나가던 사람들이 가던 길을 멈추고 박수와 환호를 보내 주었다. 조금은 쑥스러웠지만, 사랑을 받는다는 기쁨에 행복했다. 그 순간을 회상하는 지금도 가슴이 벅차 터질 듯하다.

다음날은 한국의 하와이라고 불리는 제주도에 갔다. 바람이 많이 부는 제주도, 게다가 겨울이라 매서운 칼바람 속에서도 우리는 즐겁기만 했다.

"한국 속담에 '사람은 나면 서울로 보내고 말은 제주도로 보낸다' 는 말이 있어요."

"무슨 말이야?"

"제주도 말이 그만큼 유명하다는 말이에요."

"그럼 우리 말 타자!"

승마장에 가서 말을 골라 올라탔다. 그런데 나와 남편이 탄 말이 서로 아는 듯 같이 걷고 달리는 것이었다. 승마장을 몇 바퀴 돌고 나서 말에서 내리려고 하는데 말 관리하시는 분이 내게로 와서 말을 건넸다.

"두 분 신혼부부시죠?"

"네. 지금 신혼여행 중이에요."

"앞으로 두 분 분명히 행복한 결혼생활을 하실 거예요."

"왜요?"

"두 분이 타신 말이 부부거든요."

아! 그래서……. 우린 다정히 서 있는 부부 말과 함께 기념 촬영을 하고 다시 승마장을 크게 한 바퀴 돌았다.

흔히 결혼은 제2의 인생을 향한 첫 관문이라고 한다. 사실 쉽지만 않았던 중국에서의 결혼생활이 이처럼 순풍을 탄 배처럼 지금까지 이어 온 것이 너무나 감사해 남편과 난 동시에 아들 동규를 함께 꼭 안아주었다. 아들녀석의 엉뚱한 말 한 마디로 결혼 당시를 회상하게 한 이 새벽!

이젠 둘이 아닌, 셋이 된 우리! 창밖에는 점점 먼동이 떠오르기 시작했다. 다시 희망찬 하루를 맞이하게 된 우리들은 서로 함께 함으로 얻는 기쁨과 행복에 그저 감사하고 또 감사하며 살고 있다.

신발 한 켤레

매일 노트북 자판 위에서 씨름을 하다 보니 정말이지 오늘은 더 이상 글을 쓰기가 싫어졌다. 그래! 오늘 하루만 마음을 가볍게 하고 오랜만에 쇼핑이나 해보자.

며칠 후면 남편과 나의 결혼기념일이다. 주례 선생님의 말씀대로 검은 머리가 파뿌리가 되도록 함께 행복하게 살 것을 맹세했던 것이 지금까지 평탄하게 이어져 오고 있는 셈이다. 기념일이니 남편에게 선물을 해야겠다. 어떤 선물을 할까 고민한 지 얼마 되지 않아 금세 좋은 생각이 났다. 바로 신발! 남편은 유독 신발을 좋아한다. 그래서 우리집 신발장은 남편이 모은 신발들로 가득 차 있다.

남편에게 가장 어울릴 만한 신발을 찾기 위해 마안산시의 모든 백화점을 돌아본 결과, 드디어 남편의 마음에 쏘옥 들 만한 녀석을 한 켤레 찾아

냈다. 반나절을 모두 이 녀석 고르는 일에 쏟아 부었지만, 힘든 것보다는 남편의 기뻐할 모습이 생각나 절로 미소가 지어졌다. 비록 신발 한 켤레지만 남편에 대한 나의 사랑을 담뿍 담아서 준비한 것이라 내가 선물을 받는 것보다 훨씬 더 행복하고 가슴이 벅차올랐다. 사랑을 해 본 사람들은 알 것이다. 사실 사랑이란 받는 것보다 주는 것이 더 행복한 것임을.

신발을 살 때마다 신발 한 켤레에 얽힌 나와 남편의 이야기가 떠오른다.

결혼식을 올린 후, 합법적 부부임을 증명하기 위해서 서류 등록을 할 때였다. 국제결혼이다 보니 절차가 조금은 까다로웠다. 먼저 중국에서 결혼증과 각종 증빙서류를 공증한 후, 한국에 가서 다시 공증하여 양국의 담당기관에 등록을 해야 했다. 그때도 이전보다는 간편화된 절차라고는 하지만 너무 복잡한 데다 몇 번씩이나 한국과 중국을 오가며 발품을 팔아야만 했다. 우스갯소리지만, 그 전에는 이 절차가 복잡하고 힘들어 결혼을 포기하는 커플들도 있다고 했다.

한국에서 모든 절차를 밟아 정식 부부로 등록한 후 부산에서 상하이로 들어왔다. 남편이 상하이 푸동공항에 마중 나와 있었다. 단지 일주일 못본 것인데 서로 부둥켜안고 안부를 묻는 것이 이산가족 상봉 못지않았다.

결혼 전에도 상하이에 와 봤지만, 이렇게 결혼 후 남편과 함께 온 상하이는 또 다른 낭만이 있었다. 앞으로 서로 마음에 상처를 입히는 일이 있으리라곤 상상조차 못했지만 말이다.

남편과 난 명품 야경으로 유명한 와이탄外灘에서 가까운 호텔을 잡아서 짐을 풀었다. 와이탄은 19세기 중후반에 지어진 각종 양식의 건축물들이 황포강 주변으로 쭉 늘어서 있는 곳이다. 전에도 왔던 곳이지만 예전에 본 와이탄과 지금 남편과 함께 하는 와이탄은 완전히 달라보였다.

남편과 난 유람선을 타고 황포강을 거슬러 올라가며 와이탄의 야경을 감상했다. 마치 나와 남편이 타임머신을 타고 1920년대 상하이로 여행 온 듯했다. 당시 상하이는 국제도시로 서방 선진국들이 모두 모여들고 있던 터라 파티 문화가 많았다. 선상파티! 남자주인공은 바로 남편인 왕 청 씨! 그리고 난 여자주인공이 되는 거다.

"오빠! 눈을 감고 내 얘기를 들어봐요."

내 말에 남편은 조용히 눈을 감았다. 나도 눈을 감고 설명을 시작했다.

"오빠는 양복을 입고 회중시계를 보고 있어요. 난 치파오를 입고 부채를 흔들며 서 있는데, 오빠가 와서 내게 춤을 추자고 청하는 거예요."

"내가 뭐라고 하면서 춤을 청하지?"

난 남자 목소리로 말했다.

"아름다운 아가씨! 당신과 춤을 추는 영광을 주시겠습니까?"

남편이 내 말에 이어 여자 목소리를 내듯 가늘고 조용하게 말했다.

"네! 당신처럼 멋진 도련님이면 좋아요!"

손발이 착착 맞는다. 남편은 두리번거리며 주위 관광객들의 눈치를 살피는 듯하더니 사람들의 눈은 상관없다는 듯이 나의 손을 끌어 당겼다. 비록 배경음악도 없었지만 아주 감미로운 음악이 흐르는 듯 남편과 난 춤을 추었다.

다음날 아침, 남편이 상하이 사람들처럼 먹자고 해 호텔에서 제공되는 아침을 먹지 않고 근처에 있는 아침식사 전문식당으로 갔다. 남편은 상하이의 별미인 샤오 롱빠오와 또오푸 나오를 시켰다.

샤오 롱빠오는 작은 고기찐빵이라고 생각하면 좋을 것 같은데 먹는 방식이 조금 색다르다. 먼저 샤오 롱빠오의 귀퉁이를 깨물어서 구멍을 낸 다음 그 안의 국물을 먼저 빨아 마신 후 먹는 것이 정석이다. 그리고 또오푸 나오는 순두부처럼 말랑하면서 그 위에 작은 새우 말린 것을 뿌려서 먹는데 순두부의 부드럽고 구수한 맛이 새우의 짭짤한 맛과 함께 어우러져 그야말로 입에서 살살 녹는다.

여행에서 그 지방의 특색 음식을 맛보는 것도 큰 즐거움 중 하나인 것 같다. 우리는 든든하게 아침을 먹고 상하이의 다른 여행지를 둘러보기 위해 길을 나섰다.

우선 예전에 가보지 않았던 청황미아오^{成隍廟}부터 갔다. 이곳의 모든 상점이 중국 전통양식의 건축물로 살아 있는 고대 중국을 보는 듯해서 너무나 좋았다. 이곳에는 많은 내외국인들이 여행을 오는데 중국의 전통 공예

품이 많아서 구경할 것도 많았다. 어눌하게나마 중국어로 흥정도 해 가면서 물건을 사는 재미도 쏠쏠했다.

놀라운 점은 이 안에 스타벅스가 들어와 있다는 것이었다. 건물 외관은 중국 전통가옥이지만 건물 안의 인테리어는 전통과 현대화가 함께 공존하는 모습이 너무나 잘 어울려 남편의 팔을 잡고 스타벅스 안으로 들어가 커피를 두 잔 시켰다.

사실 중국인들이 커피를 마시는 것에 익숙해진 것은 최근이다. 요즘도 커피를 즐겨 마시지 않는 중국인들이 더 많다. 중국인들에겐 차를 마시는 문화가 그들의 역사만큼 깊고 오래되었다. 남편은 스타벅스 커피를 처음 마셔본다고 했다.

"그래도 커피 맛 좋다."

나는 속으로 대답했다.

'저도 새로운 환경인 중국에 잘 적응하기 위해 노력 많이 할게요.'

여행 사흘째! 상하이의 백화점과 대형 쇼핑몰에는 없는 것이 없다. 열심히 이곳저곳을 돌아다니다 백화점의 한 신발가게에서 마음에 쏙 드는 롱부츠를 발견했다. 이탈리아에서 수입된 것인데 한국에 비해서 가격이 저렴해 나는 바로 점원을 불러 내 사이즈에 맞는 것을 가져다 달라고 했다.

"오빠, 이 부츠 디자인도 멋지고 한국보다 가격도 훨씬 싸요!"

남편은 가만히 듣고만 있었다. 점원이 신발을 가져와서 바로 신고 거울에 여러 번 비춰본 후 사기로 결정을 내린 나는 남편에게 물었다.

"오빠! 이거 정말로 맘에 드는데, 사도 되죠?"

남편은 대답 대신 점원에게 가격을 물었다.

"1,900위엔^{한화약 34만 원}이에요."

점원의 말에 다소 놀랐는지 남편은 "미정이 네가 마음에 들면 그렇게 해!"라고 하면서도 표정이 별로 좋지 않았다. 나는 내가 뭘 잘못 했나 아무리 생각해봐도 남편이 왜 화가 났는지 알 수 없었다. 정말 속이 상했다.

마음에 쏙 드는 물건을 발견하고 그걸 사는 게 바로 쇼핑의 즐거움 아닌가! 하지만 옆에 서 있는 남편이 똥 밟은 사람마냥 불편한 얼굴로 나를 보는데 이 부츠를 산다고 해도 더 이상 쇼핑에서 얻는 즐거움은 없을 것 같아서 신었던 부츠를 벗어두고 백화점을 속히 빠져 나와 택시를 타고 호텔로 향했다.

호텔로 돌아오는 택시 안에서 우린 아무런 말도 하지 않고 창밖만 바라봤다. 호텔방으로 돌아오자마자 난 참았던 불만을 토해내기 시작했다.

"오빠! 그 부츠가 얼마나 맘에 들었는지 알아요? 오빠한테 사달라는 말이 아니라, 내가 내 돈 주고 사겠다는데 뭐가 잘못됐어요? 한국에서 그 부츠를 사려면 여기 가격에 배는 더 줘야 살 수 있단 말이에요!"

묵묵히 듣고만 있던 남편이 아주 낮고 조용한 어투로 내게 말했다.

"미정아! 여긴 한국이 아니라 중국이야! 네가 사려고 하는 그 부츠의 가격이 마안산에서 보통 공인들의 두 달 월급이야. 네 말대로 한국보다 가격이 싸고 마음에 든다고 해도 이건 아니라고 봐. 우리 식당의 종업원 아가씨가 한 달 허리가 휘도록 일을 해서 받는 돈이 고작 800위엔^{약 14만 원} 조금 넘어. 앞으로 중국에서 생활 하려면 최소한 소비성향도 중국의 수준에 맞춰야 한다고 생각해. 혼자 조용히 생각을 해 봤으면 좋겠어!"

나는 남편의 충고를 듣고 조용히 생각에 잠겼다. 가만히 생각해보니 남편의 충고는 꽤 설득력 있었다. 그렇다! 비록 그 부츠가 내 맘에 꼭 들어서 사지 않으면 잠도 이룰 수 없을 정도로 눈앞에서 아른거리지만, 중국에서의 물가를 생각한다면 내가 조금은 철없이 소비하고자 했던 것 같아서 마음이 편하지 않았다. 하지만 약간 야속한 마음도 들었다. 시집을 온 지 겨우 몇 주인데, 아직은 낯선 중국을 이해할 시간도 주지 않고 이렇게 다그치는 남편이 그땐 정말로 미웠다.

요즘도 신발을 살 때면 자연히 떠오르는 부츠 사건! 돌이켜 보면 당시 남편의 따끔한 충고 한마디가 없었다면 아직도 한국에서와 같은 철없는 소비생활을 해 왔을 듯했다. 신발은 사지 못했지만 그보다 더 큰 생활의 지혜를 배운 것 같아서 후회는 없다.

마음속 깊이 그 날의 일을 떠올리며 남편과 나의 결혼 7주년을 자축하면서 남편에게 속삭였다.

"여보, 사랑해요! 그리고 고마워요!"

이성적인 남자 VS 감성적인 여자

남편을 알기 전, 한국에 있을 때부터 자주 들어왔던 말이 있다. 중국남자들은 일단 결혼을 하면 자신의 아내와 가정을 잘 보살피는 아주 다정다감한 남편들로 평이 나있다는 것이었다. 중국 영화를 봐도 남편들이 앞치마를 두르고 가족들을 위해서 맛있게 요리를 하는 장면들이 자주 나온다. 실제로 직접 중국에 살다 보니 중국남자들이 한국남자들보다는 여자친구나 아내를 끔찍이도 챙긴다는 것을 느낄 수 있었다. 하지만 이건 나와는 먼 나라의 이야기였다. 적어도 내 남자는 그렇지 않았다!

남편이 날 생각하는 마음과 표현의 방식은 중국에서는 정말 유일무이한 독특 그 자체다. 남편은 겉모양만 중국사람일 뿐이지, 사실 한국 남성과 비슷한 사상들을 많이 가지고 있다.

남편의 뇌리에 여자와 남자는 확실하게 구분되어 있다. 여자는 자고로 부드럽고 온유해야 하며 가족들을 위해서 집안일을 하고 현모양처가 되어야 하며, 남자는 가족들의 윤택한 삶을 위해 밖에서 열심히 뛰어야 한다는 것이 남편이 생각하는 아내와 남편의 본분이다. 그래서 우리 집에서는 다른 중국 가정과는 달리 안팎에서 해야 할 일들이 확실하고 각자의 맡은 바 책임을 다하며 충실하게 생활에 임하고 있다.

나는 아주 감성이 예민한 여자다. 이에 비해 남편은 아주 이성적인 남자다. 남편과 결혼을 결심하게 된 주된 이유는, 물론 남편을 사랑하기도 하지만 나에게 없는 이성적인 면이 많아서 매력적으로 보였기 때문이다. 나의 감성적인 면에 남편의 이성적인 면이 합쳐져서 완벽한 가정을 이루었다고 생각하고 하나님께 완전한 가정을 이루게 해주심에 자주 감사드렸다.

하지만 때론 이런 남편의 철저한 이성적 관점의 비평과 충고로 인해 감수성이 소녀만큼 민감한 나를 자극해 속상할 때가 적지 않았다. 남편의 말 한마디 한마디가 이치에 맞지만 내가 받을 상처는 전혀 생각하지 않는 모양이다.

남편은 그야말로 '따오 줴이 또우푸 신刀嘴豆腐心'이다. 따오 줴이 또우푸 신이란 중국 속담으로 '칼처럼 날카롭고 비정하게 말하지만 사실 속마음은 두부처럼 약한 마음을 가진 사람'을 뜻한다. 이런 남편의 마음을 난 시간이 조금 흐른 뒤에야 비로소 이해할 수 있었다. 남편은 자신의 방식으

로 눈물 많고 마음이 여린 나를 단련해 다소 힘든 중국 생활에 적응해 나
갈 수 있게 성장시킨 것이다.

결혼하기 전에도 눈물이 많아서 항상 눈물공주라고 불릴 정도로 눈물
샘이 마를 새가 없던 나였다. TV드라마를 보다가도 감동적이거나 슬픈
장면에서는 어김없이 눈물 콧물을 줄줄 쏟아내곤 했다.

한번은 TV를 보면서 훌쩍이고 있는데 남편이 퇴근하고 집으로 돌아왔
다. 난 남편이 돌아온 줄도 모르고 드라마 속 주인공의 죽음에 울다가 눈
화장이 번져 마치 판다처럼 눈 주위가 시커멓게 물든 얼굴을 하고 있었다.

"미정아! 무슨 일이야? 왜 울고 있어?"

남편의 다급한 목소리가 귓가에 쩌렁쩌렁 울렸다. 난 슬픔에 목이 메
나오지 않는 목소리로 간신히 대답했다.

"오빠! 저 남자가 죽었어요……. 흐흑흑……."

"누가? 누가 죽어?"

너무 놀란 남편의 눈에는 긴박감마저 감돌았다.

"드라마 남자주인공이 죽어버렸어요……. 어어엉……."

남편은 그제야 이해했다는 듯이 내게 소리쳤다.

"요즘 드라마는 여자들의 눈물로 먹고 살아! 이건 감독에 의해 설정된
비현실적인 드라마일 뿐이라구! 그게 그렇게 울 일이야?"

난 남편을 뚫어져라 쳐다보며 화장지로 눈물을 연신 닦으며 대답했다.

"세상에! 냉혈인간! 어떻게 이런 슬픈 드라마를 보고도 전혀 동요가 없어요?"

나는 슬픈 드라마를 보면서도 잘 울지만 감동을 받아도 잘 운다. 심지어 올림픽을 보면서도 선수들이 메달을 따 감동에 찬 모습을 보면 나도 모르게 그 선수에게 감정이입이 되어 눈물범벅이 된다.

2008년 베이징올림픽 때의 일이다. 어려운 환경에서도 굴하지 않고 열심히 노력해서 금메달을 딴 선수를 보면서 눈물을 참기가 힘들었다.

옥사나 추소비티나라는 33세의 선수로 체조선수치고는 나이가 많은 그녀는 우즈베키스탄 출신이지만 출전 당시 독일의 국가대표로 활동하고 있었다. 그녀의 아들은 백혈병을 앓고 있었는데 독일 정부에서 독일 시민권을 취득할 경우 아들의 치료비를 지원해준다는 제안을 해와 그것을 받아들여 독일로 건너가게 되었다고 한다. 그 후 피나는 노력을 해서 베이징올림픽 여자 도마부분에서 은메달을 획득했다. 그녀가 눈물을 흘리며 관중을 향해 두 손을 흔드는 모습은 내겐 너무나도 큰 감동이었다.

이런 나를 본 남편은 놀라서 왜 우냐며 무슨 일이 있냐고 물었다.

"저 은메달을 따기 위해 얼마나 힘들었을까요……."

그러자 남편은 "미정, 너의 눈물은 너무 흔해. 올림픽 보면서 우는 사람은 세상에 너 하나뿐일 거야!"라며 웃었다.

"지금 내 눈물은 감격의 자연스런 표현이라구요. 이런 내 맘을 당신이 어떻게 알아요!"

이런 우리의 성격차이는 신혼 초에 더했다. 그때를 생각해 보니 남편이 잔인할 정도로 인정이 없다고 생각될 만한 부부싸움이 있었다. 딱히 무슨 일 때문에 다툼이 생긴 것인지는 정확히 기억나지 않는다. 아마도 사소한 것이 화근이 되어서 말다툼을 하게 된 것 같았다. 하지만 남편은 많이 화가 났고 난 서러움에 울었다. 남편은 내 울음소리가 시끄럽다며 텔레비전 소리를 높이고 내가 우는 것을 무시했다. 난 이번에야말로 냉혈인간 남편의 버릇을 고쳐주리라 마음을 단단히 먹고 더 크게 울기 시작했다. 남편은 나의 전략을 알아챈 것인지 조금의 미동도 없이 눈물로 자신의 마음을 약하게 할 의도라면 그렇게 애쓸 필요가 없다면서 자신은 자야 하니까 거실에 나가 울라고 했다. 나도 오기가 생겨 '내가 이기나 당신이 이기나 두고 보자' 생각하고 거실에 나와 울기 시작했다.

30분 정도 지났을까. 중국 엄마^{시어머님이지만 친정엄마처럼 대해주셔서 그냥 엄마라고 부른다}께서 내가 우는 모습을 보고 놀라 다가오셨다. 난 중국 엄마의 얼굴을 보자 친정엄마가 생각나서 더욱 서러워졌다. 만일 남편이 나와보지 않으면 결단코 이혼하리라 속으로 다짐하면서 말이다. 그래도 중국 엄마께서 옆에서 눈물도 닦아주고 겨울이라 춥다며 스팀 난로도 켜주시고 친딸을 위로하듯 내 편이 되어 주셨다.

"미정아! 춥고 힘들어, 울지 마! 엄마가 가서 왕 청을 혼낼 테니 울지마! 알았지?"

중국 엄마는 엄숙한 표정으로 남편이 자고 있는 방문을 열었다. 하지만 방문은 굳게 잠겨 있었고 중국 엄마도 화가 나서 방문을 두드리면서 큰 소리로 말씀하셨다.

"왕 청! 문 열어! 어서 빨리 문 열어 봐!"

방문 뒤로 남편의 목소리가 들려왔다.

"저희들 일에 신경 쓰지 마시고 가서 주무세요!"

"왕 청! 문 열어! 지금 미정이가 계속해서 울고 있는데 이 추운 날 감기라도 걸리면 어떡할 거니? 빨리 문 열어!"

중국 엄마의 맹렬한 항의에 마지못해 남편은 방문을 열었다. 중국 엄마는 남편을 보자마자 큰 소리로 호통을 쳤다. 정말로 속이 시원했다. 그때서야 눈물을 그쳤다. 하지만 이미 많이 울어서 내 두 눈은 퉁퉁 부어 있었다.

다음날 이런 날 보고도 남편은 아무렇지 않게 출근했다. 중국 엄마의 말씀에 의하면 남편이 시아버님을 닮아서 화가 나면 적어도 2박3일은 말을 하지도 않고 스스로 화가 풀어져야 말을 한다고 했다.

사실이었다. 2박3일이 지나서야 조금씩 웃음도 띠고 내게 말도 걸어오고 했다. 하지만 남편의 마음은 행동과는 달리 많이 신경 쓰였나 보다. 싸우고 난 다음날 남편은 출근 후 집으로 전화를 걸어 내가 점심은 먹었는지, 뭘 하고 있는지 중국 엄마께 일일이 묻고 또 부탁을 남겼다는 것이다.

　"엄마, 미정이가 너무 많이 울어서 힘들 거예요. 죽을 만들어 좀 먹이고 물도 많이 마시게 하세요."

　중국 엄마에게 이 말을 전해 듣자 나도 모르게 가슴이 뭉클해지면서 눈앞이 뿌옇게 흐려졌다. 남편은 자신의 마음을 말로 표현하지 않고 행동으로 보이는 멋쟁이 부산사나이 같은 사람이다.

　한동안 난 마안산시 무역추진위원회에서 한국어 통역으로 한중 우호증진을 위해서 나름대로 자부심을 가지며 아주 열심히 일을 한 적이 있다. 그러다보니 자주 마안산시 시장님을 모시고 가까이는 상하이, 허페이 그리고 멀리는 산둥성의 웨이하이며 한국까지 수행통역을 맡게 되었다. 매번 행사 때마다 남편은 내가 어린 아들을 걱정할까봐 회사에 휴가를 신청하고 묵묵히 아이를 안고 기저귀 가방을 들고 나와 함께 해주었다. 남의 말 하기 좋아하는 사람들은 그게 뭐가 어렵냐고 할지도 모른다. 하지만 당시 내가 가는 행사들의 일정이 긴 것은 일주일씩이나 되었다. 게다가 비행기표도 남편이 직접 사야 하는데도 마다하지 않고 동행해 주었던 것이다. 남편은 내가 아이를 보고 싶어 하고 걱정하면 내 일은 물론이고 마음까지 상하게 될 것이 자명하기에 많은 시간과 경제적 부담을 자진해서 청하곤 했던 것이다.

어느 날 행사를 마치고 돌아오는 길에 시장님께서 내게 귓속말로 살짝 말씀해주셨다.

"미정 씨는 아주 행복한 사람이에요."

난 시장님께 미소로 대답을 드렸다.

또 한 번은 내가 요리를 하다가 그만 부주의로 손가락 살을 같이 자른 적이 있었다. 병원에 가면서 바로 남편에게 전화를 했더니 금방 달려와 내 곁에 있어주었다. 주의 좀 하라는 핀잔 섞인 말을 하면서도 연신 꿰맨 손을 들여다보고 눈에 눈물을 글썽이며 말했다.

"많이 아프지?"

난 남편을 안심시키고자 아무렇지도 않은 듯 씩씩하게 대답했다.

"하나도 안 아파! 마취주사 맞았어요!"

"열 손가락이 모두 심장과 연결이 되었다는 말도 있는데……. 마취기운이 없어지면 많이 아플 텐데……."

얼마나 아프냐고 안타까워하는 모습이 마치 따스한 친정엄마의 모습 같았다. 하지만 이런 친정엄마 같은 모습도 잠시, 남편의 눈이 냉철하고 이성적인 눈빛으로 바뀌더니 안전사고에 대한 주의사항을 늘어놓았다.

"첫째, 주방은 집 안에서 가장 위험한 장소로 늘 안전사고가 일어날 수 있는 곳이니 주의하고 또 주의한다! 둘째, 요리를 할 때는 항상 정신집중을 한다! 요리를 하면서 TV나 음악은 보지도 듣지도 않는다! 셋째, 무슨 일이 생기면 먼저 남편인 내게 전화를 걸어 알린다! 만일 응당한 응급처치나 상황처리가 되지 않으면 더 큰 상해를 입을 수 있기 때문에……."

이처럼 남편은 겉으론 마치 호랑이 같지만 속마음은 따뜻하고 온순한 토끼 같다. 지금도 내가 하는 모든 일에 적극적으로 발 벗고 나서서 지지하고 응원하고 격려해주는 나의 영원한 동반자다.

"여보, 왕 청 씨! 나는 다시 태어나도 당신이랑 결혼할 거예요!"

PART 02
행복한 가정생활

Happy Home Life

찬란한 경험!

2004년 8월 22일!

"응애, 응애, 으아앙."

갓난아이의 우렁찬 울음소리에 드디어 내가 아이를 낳았구나 하는 안도감과 함께 나도 다른 엄마들처럼 순산을 해냈다는 성취감이 들었다. 여전히 내 손을 꼭 잡고 놓지 않는 미련할 정도로 충실한 나의 남편이 내 시야에 들어왔다.

그는 내가 아이를 낳는 동안 내 곁에서 한 발짝도 떠나지도, 물 한 모금 마시지도, 앉지도 않은 채로 그저 내 손을 잡고 서서 용기를 준 아주 미련 곰탱이 남편이다. 고마워, 사랑하는 곰탱이!

남편은 "미정아! 수고했어."를 연신 외쳤고 눈에는 닭똥만한 눈물을 글썽이다가 결국 내 손등 위로 툭 하고 떨어뜨렸다. 남자의 자존심상 쉽게 눈물을 보이지 않는다는 우리 곰탱이지만, 오늘만큼은 참기가 힘들었나 보다.

빨리 아기와 눈을 맞춰보고 싶어서 죽을힘을 다해 몸을 일으키려고 애를 써보아도 잘 일어나지 않았다.

"간호사님! 우리 아기 좀……."

"네, 축하드려요. 아주 건강한 왕자님이에요."

키 50.5센티미터, 몸무게 3.7킬로그램의 아주 건강하고 멋진 녀석이었다. 아기는 잠시 내게 눈도장만 찍고 포대기에 싸여 밖으로 나갔고, 남편은 방금 세상에 나온 그 멋진 녀석의 모든 행동을 놓칠세라 손엔 캠코더를 들고 뒤따라 나가며 내게 한마디 남겼다.

"미정! 조금만 기다려. 내가 울 아기 찍어서 보여줄게."

미련한 곰탱이라고 생각했는데 의외로 행동이 재빠른 남편을 생각하니 피식 웃음이 나왔다.

나의 출산은 예정일보다 열흘이나 앞서 진통이 왔다. 당시 2004년 그리스올림픽이 한창이었다. 진통이 온 것은 한국 축구팀과 다른 나라 축구팀이 경기를 할 때였다. 나도 대한의 사람으로서 국가의 명예를 위해 힘겹게 뛰는 대표팀 선수들을 열띠게 응원하고 있었다.

한국 선수가 한 골을 먼저 넣었다. 너무 기쁘고 즐거운 나머지 나도 모르게 환호성을 질렀다.

"와아! 필승 코리아!"

남편도 옆에서 함께 기뻐하면서 열띤 응원전을 펼쳤다. 그런데 축구경기가 중간을 넘어가면서 약간의 미열과 동시에 오한이 들었다. 한여름 찜통에 오한이라니 이상하기까지 했다. 그러더니 아랫배의 묘한 당김과 동시에 뭐라고 말할 수 없는 싸늘한 아픔이 오기 시작했다. 그때까지 난 그냥 몸이 좀 피곤한가, 아니면 응원을 너무 열심히 했나 보다 생각하고 침대에 누워 꼼짝하지 않았다. 시간이 지남에 따라 점점 약 먹은 병아리처럼 맥을 못 추더니 본격적인 진통이 시작되었다.

그때서야 식구들의 신속한 출산준비가 시작됐다. 엄마는 병원에 전화해서 나의 상황을 알렸다. 병원에서는 진통이 10분 간격으로 되면 병원으로 오라고 했다. 새벽 두 시가 조금 넘어서부터 간격이 10분으로 줄었다. 아버지께선 차에 시동을 걸고 엄마와 남편은 양쪽에서 날 부축해 내가 신을 신고 걸을 수 있도록 도왔다. 배가 많이 불러서 앉았다 일어나기조차 혼자서는 엄두가 나지 않았다.

친정집에서 병원까지는 불과 20분 정도의 거리였다. 조용한 차창 밖 거리는 보슬비가 내리고 있었고 내 마음은 온통 출산에 대한 걱정만이 가득 찼다. 두 시 반쯤 병원에 도착하자 간호사들이 출산하기 위한 준비 과정을 도왔다.

진통이 더 잦은 간격으로 왔다. 하지만 아직 양수가 터지지 않았다. 간호사는 "인위적으로 양수를 터트릴 거예요."라며 날 안심시키더니 뭔가를 다리 사이로 넣어 양수를 터트렸고 곧 뜨거운 물이 내 옷을 적셨다. 난 순간 아기가 나오는 줄 알고 "지금 아기가 나와요?"라고 물었더니 아니라며 아직 아기를 낳으려면 멀었다고 했다.

그렇게 아기를 맞을 준비가 척척 진행되어 갔다. 남편과 난 가족 분만실을 신청하여 대기 중이었는데 꽤 많은 산모들이 남편과 함께 출산을 하고자 하였다. 그래서 내게도 가족 분만실을 사용할 수 있는 기회가 오기를 바랐다. 다행히도 우리 부부의 바람이 이뤄졌다. 병원에서도 남편이 외국인이고 또 직접 동반 출산을 위해 한국에 왔다고 하니 특별히 배려해 주는 분위기였다.

산모 혼자만 분만실에 들어가는 것이 아니라 가족 모두 참여한다고 생각하니 출산에 대한 두려움과 걱정으로부터 조금 멀어졌다. 심리적으로 안정된 상태에서 출산할 수 있어서 너무나 감사했다. 무엇보다 남편과 같이 분만의 시간을 공유한다는 것이 여간 든든한 것이 아니었다.

통증의 간격이 점점 줄었다. 하지만 아기가 나오려면 더 기다려야 한다고 했다. 아기가 세상에 나오려고 같이 애쓰는 것이 느껴지니 나도 모르게 더욱 용기가 났다. 그래서 무통분만 주사도 마다하고 출산의 경이로움을 내 몸 전체로 느끼며 감당하였다. 나중에 들은 얘기지만 남편은 내가 산모 중에서 제일 아프다고 열심히 비명을 질러댈 거라고 생각했었는데 의외로 비명이나 고함을 지르지 않고 담담히 참는 모습이 너무나 성숙한 엄마의 모습이라고 칭찬을 아끼지 않았다고 한다. 그도 그럴 것이 새벽 내내 통증이 있다 없다를 반복하다 보니 잠도 오고 무엇보다 비명을 지를 힘도 남아있지 않았기 때문이었다. 점차 몸의 힘도 빠지면서 잠이 쏟아지기 시작했다.

"주무시면 안 돼요. 아이가 위험해져요!"

간호사의 긴박한 목소리가 내 귓가를 울렸다. 순간 뒤통수를 맞은 듯 아찔해지더니 잠에서 번쩍 깨어났다. 난 다시 크게 숨을 들이쉬고 내쉬며 예쁜 아기를 생각하면서 마음으로 주님을 부르짖었다.

'주님! 제게 힘을 주세요! 건강하고 예쁜 아기를 낳을 수 있도록 지금 이 시간 저와 함께해주세요!'

아침 8시 30분쯤 의사 선생님께서 오시더니 내 몸 상태를 보시고 이젠 죽을힘을 다해 힘을 주라고 했다. 이미 아기의 머리가 보인다고 했다. 난 생 처음 '젖 먹던 힘까지 낸다'는 말을 실감하게 됐다. 내 손을 잡고 있던 남편의 손에도 힘이 들어가는 게 느껴졌다.

"미정! 조금만 더, 조금만 더 힘을 줘! 많이 힘들면 내 손을 꼬집어!"

"으응응… 헉헉, 으으응… 악!"

한순간 내 다리 사이로 미끌미끌하며 물컹한 덩어리가 쑥 하고 빠져 나가는 느낌이 들면서 내 얼굴에 안도와 희열이 교차하는 미소가 번졌다. 드디어 나의 왕자님이 자궁 속에서의 긴 잠에서 깨어나 세상 밖으로 나온 것이다!

"미정! 수고했어!"를 연신 말하는 남편을 보니 내가 정말로 순산을 한 것이구나 싶어서 감동의 눈물이 밀려왔다. 뿌연 눈물 사이로 보이는 아이의 얼굴을 보니 정말로 감사했다.

난 가족 분만실에서 일반 병실로 옮겨졌다. 남편은 바로 중국의 엄마께 전화를 걸어 나의 순산과 아빠가 되었음을 알리고 전화기를 내게 건넸다. 전화기 저편으로 다정한 중국 엄마의 목소리가 들려왔다.

"미정아! 정말 수고했다. 우리 딸! 정말로 장하다!"

"엄마! 저 금메달 땄어요!"

"그래! 우리 미정이 금메달감이다!"

중국 엄마의 목소리를 들으니 나도 모르게 목이 멨다. 감사하고 또 감사했다. 남편은 계속해서 기쁨을 많은 중국 친지분들과 함께 하고자 열심히 다이얼을 눌렀다.

임신이란 사실을 알았을 땐 겨우 45일 정도였다. 아직 입덧을 시작하기엔 좀 이른 감이 있는데도 난 계속해서 토했다. 중국에서 생활한 지 겨우 1년밖에 되지 않아서인지 모든 음식, 심지어 물에서마저 비릿한 냄새가 나 바로 토했다. 이대로 가다간 내 몸의 모든 내장도 토할 듯한 불안감이 생겼다. 정말이지 아이도 낳기 전에 쓰러질 것 같은 상황이었다.

결국 남편과 중국 엄마와의 의논 끝에 한국행을 결정했다. 두 달도 되지 않아서 남편 없이 혼자 고국으로 돌아왔다. 고향이 좋긴 좋은지 그렇게 심하던 입덧이 단숨에 사라지더니 이젠 김치만 빼고는 다 잘 먹게 되었다.

하지만 조금 서운한 부분도 없지 않았다. 남들은 "자기야, 나 뭔가 먹고 싶어."라고 하면 그녀들의 남편은 공간과 시간을 초월한 슈퍼맨으로 변해 산모를 위해서 어떤 음식이라도 구해다 줄 기세다. 그래서 여성들이 임신 중 남편에게 여왕 대접을 받아 제일 행복하다고 하는데, 나는 남편이 곁에 없어 너무나 애석했다.

임신 4개월에 접어들자 배가 조금씩 불러왔다. 내 배 안에 생명이 살아서 자라나는 느낌이 신비로웠다. 이 무렵, 충성스런 남편도 나와 아기가 그립다며 한 달이라는 긴 휴가를 신청해 바다 건너 한국으로 왔다. 지금도 그 당시를 떠올리면 눈시울이 금방 붉어진다.

세상의 남편들이여! 아내가 임신을 했을 땐 세상에서 제일 행복하다고 느끼게끔 해줘야 한다. 그래야 아기도 건강하고 예쁘게 태어나며 아내의 가슴에 상처가 남지 않기 때문이다.

우리 아가는 음력 7월 7일, 즉 견우와 직녀가 만난 날에 태어났다. 그래서 중국에선 이 날을 정인절情人节이라고 하는데 서양에 밸런타인데이가 있듯 중국식 밸런타인데이라고 이해하면 좋을 듯하다. 이런 이유로 우리 아가의 애칭은 칠석七夕이다.

게다가 보너스가 하나 더 있다. 양력으론 2004년 8월 22일! 중국 개방의 아버지라 불리는 덩샤오핑 주석의 탄생 100주년을 기념하는 날이기도 하였고, 중국이 올림픽에 참가해 금메달 100개를 따낸 날이기도 했다. 그래서 그런지 아이를 낳고 병실로 옮겨져 텔레비전을 켜니 덩샤오핑의 일대기를 소개하는 프로가 나왔다.

당시 난 사회주의에 대해서도 잘 몰랐고 더욱이 덩샤오핑 주석에 대해서는 거의 몰랐었다. 하지만 남편의 입장에서 보면 아주 경사스런 날이다. 중국인들이 말하는 덩샤오핑 주석은 아주 위대한 인물이다. 덩샤오핑 주석이 없었다면 지금의 경제 개방된 중국은 없었기 때문이다. 그래서인지 남편도 덩샤오핑 주석을 많이 존경하는 눈치다.

"오늘처럼 뜻 깊은 날에 태어난 우리 아가는 필시 위대한 인물로 자랄 거야!"라며 신난 남편을 보면서 난 마음으로 조용히 기도를 드렸다.

"이 모든 것을 주관하시고 인도해주신 너무나 좋으신 주님! 감사합니다!"

하이옌! 하이옌! 나의 여동생!

사랑하는 미경 언니!

정말 오랜만에 언니께 편지를 쓰네요. 요 사이 언니랑 자주 만나지 못했죠. 거우 전화통화로 몇 마디 나누는 것이 다였죠.

사실 언니랑 많은 이야기를 나누고 싶었어요. 하지만 언니가 요즘 특히 더 바빠진 것 같아서 전화하기가 망설여졌어요.

언니, 전 많은 사람들이 각기 자신의 일로 분주히 움직이는 모습을 보면 많이 부러워요. 방안에서 혼자 책을 보거나, 아님 터무니없는 상상들을 하곤 해요. 그러다 보면 나의 모든 꿈도 이젠 사라지고 더 이상 실현가능한 꿈도 없는 것 같아 우울해져요.

제가 얼마나 건강한 몸으로 돌아가고 싶은지 하나님께 기도하고 또 기도해요. 전요, 하나님이 공평하신 분이시라는 것을 믿어요. 그래서 하나님께서 꼭 저를

구원해주실 거라고 생각하고 인내하며 기다려요.

사람마다 자신의 꿈이 있잖아요. 만일 제가 건강한 사람이라면 저도 지금 제 꿈을 위해서 열심히 생활하고 있을 거예요. 비록 지금 제 현실은 그렇지 못하지만, 언니가 저와 함께 해주어서 힘을 내서 살고 있어요.

매번 저 스스로 용감하게 현실을 받아들이고 살아남자고 다짐해요. 이 세상에는 저보다 더 깊은 병으로 힘든 사람, 손과 발이 없는 사람, 심지어 스스로 생각조차 바르게 하지 못하는 사람들도 많잖아요. 이들 모두 열심히 살아가죠. 그럼 저 또한 용감하게 제 길을 가야 한다는 것을 더욱 뚜렷이 알게 되요. 그러니 언니, 너무 제 걱정하지 마세요. 어떤 상황이든 열심히 생활해 나갈 거예요.

언니, 바빠도 건강 꼭 챙기세요. 건강한 신체가 있다면 모든 것을 가진 거나 마찬가지예요.

요즘 언니를 보면 예전에 비해 즐거운 것 같지 않고 살도 많이 빠졌어요. 예전의 언닌 항상 웃는 얼굴에 말도 재미있게 하고 매우 쾌활했어요. 빨리 예전의 언니 모습을 보고 싶어요.

언니가 일과 가정 모두를 보살펴야 하고 다른 한편으론 제 일에 많은 신경을 쏟고 있다는 것을 잘 알아요.

언니! 정말로 고마워요. 그리고 미안해요. 제가 언니를 얼마나 좋아하는지 아세요? 저는 언니의 일이라면 사소한 것도 전부 궁금하고 함께하고 싶어요.

사실, 제 성격이 고마운 마음이 들어도 겉으로 잘 표현을 하지 못해요. 언니에 대한 고마움을 제 가슴 깊은 곳에 차곡차곡 쌓아두고 있어요. 언니가 한국에서 가져다 준 일기장에는 지금까지 언니와 함께한 일들이 빠짐없이 기록되어 있어요. 지금 다시 회상해 봐도 정말로 감동적인 일들이 많아요.

언니와의 만남 이후 매일 언니의 전화를 기다리게 되고 언니가 오길 기다리게 돼요. 왜냐하면 전 언니의 맑고 시원한 웃음소리를 듣는 것이 정말 좋거든요.

정말이지, 꿈에라도 이렇게 좋은 언니가 생길거라고는 생각도 못했어요. 언니가 제게 주신 사랑과 관심은 영원히 잊지 못할 거예요.

언니! 전 매일 언니를 위해서 기도해요. 언니가 매일 즐겁고 평안하길 바라요. 그리고 항상 언니의 웃는 얼굴을 볼 수 있기를 바라요. 제겐 언니의 즐거움이 바로 제 즐거움이기도 하기 때문이에요.

곧 국경일이네요. 언니의 가족 모두가 즐거운 국경일 지냈으면 해요.

오늘은 여기까지 쓸게요.

언니의 동생 하이옌

2003년 9월 27일

하이옌과의 인연은 2003년 초여름으로 되돌아간다.

결혼을 하고 중국으로 와 처음 맞는 여름이었다. 당시 난 열심히 중국어 공부를 하고 있었다. 매일 빠짐없이 신문과 잡지를 보고 알아듣지도 못하는 TV도 아주 열심히 시청했다. 중국은 대부분의 TV 프로그램의 내용이 화면 하단에 자막으로 나온다. 그러다보니 글을 보면서 어떻게 읽는지 배우게 된다. 언어 학습에 큰 도움을 주는 것 같아 열심히 봤다.

그날은 남편이 손에 신문 한 부를 가지고 퇴근해 "이 기사 한번 읽어봐! 여기 학생의 사연이 많이 안타까워." 하면서 내 앞으로 내밀었다.

"그래요? 무슨 사연인데요?"

"공부도 할 겸 사전 찾아가면서 읽어봐."

난 사전을 옆에 놓고 찬찬히 읽어 내려갔다.

마안산시의 한 스무 살 여학생이 요독증을 앓고 있다는 소식이었다. 이 여학생의 이름은 리 하이옌李海燕이라고 하는데 당시 베이징에서 대학을 다니고 있었다. 하이옌의 가족은 모두 네 식구인데 아버지, 어머니, 유치원에 다니는 여동생 그리고 하이옌이었다. 하이옌의 부모님은 쓰촨성 사람으로 아버지가 군 복역을 마친 후 마안산시 모 회사의 사원으로 배정받아 이곳으로 정착해 살고 있다고 했다. 한국의 남자는 모두 국방의 의무가 있어서 군대에 가지만, 중국은 우리나라와 달리 지원군으로 이뤄진다. 그런데 생각보다 군 복무를 지원하는 사람들이 많다고 한다. 일정기간의 군 복무를 마치면 정부에서 안정된 직장을 마련해주기 때문이다. 하이옌의 아버지도 이러한 목적으로 군 복무를 마치고 이곳 마안산시에서 단란한 가정을 꾸리고 정착했던 것이다.

그러던 어느 날 행복했던 하이옌의 집안에 먹구름이 드리워졌다. 바로 큰딸인 하이옌이 베이징에서 대학 생활을 한 지 1년 남짓 되었을 때 병을 얻게 된 것이었다. 하이옌 스스로도 자주 피곤함을 느끼곤 했지만, 다른 이상 증세가 없어서 대수롭게 여기지 않았다고 했다. 그러던 어느 날 평소처럼 수업을 듣던 중 갑자기 어지럽더니 정신을 잃어버렸고 주위의 학우와 교수님의 도움으로 병원으로 옮겨져 검사를 받게 되었다. 검사 결과는 하이옌 혼자서 감당조차 하기 힘든 요독증! 요독증은 신장이 나빠져서 오줌 성분이 혈액으로 고이는 병으로 심하게는 혼수상태에 빠져 사망까지 이른다고 했다.

가정 형편을 잘 아는 하이옌은 자신이 아픈 것보다 어려운 환경에서 부모님께 부담이 될 것이 죄송할 뿐이라고 했다. 하이옌이 다니던 학교에서도 전교생이 모금운동을 통해 하이옌에게 도움을 주었지만 역부족이었다. 그래서 베이징에서 치료를 받던 하이옌이 부모님이 계신 마안산시로 돌아와 치료를 받고 있으나 턱없이 부족한 병원비로 힘든 상황에 처했다고 했다. 주위에서 빌릴 수 있는 대로 빌려 일주일에 몇 번씩 하는 혈액 투석비를 감당했지만 지금은 이것조차 쉽지 않다고 했다. 이 기사를 쓴 신문기자는 하이옌이 많은 사람들의 관심과 지원으로 지속적인 치료가 이뤄졌으면 한다고 덧붙였다.

난 기사를 읽으면서 눈물이 맺히고 가슴 한가운데서 뜨거운 횃불이 타올라 이 아이를 만나야겠다는 강한 결심이 섰다. 경제적으로 큰 도움은 못 주더라도 적어도 하이옌의 언니가 되어 힘든 투병생활 중에 사랑과 관심을 받고 있다는 것을 조금이나마 느끼게 해주고 싶었다.

"오빠! 하이옌이란 아이를 만나보고 싶어요. 이 기사를 쓴 기자분과 연락이 가능할까요?"

"내일 당장 신문사로 가서 기자를 만나볼게."

남편은 내가 무슨 일을 하던 항상 지지해 주는 든든한 사람이다. 다음 날 남편이 기자와 연결이 되어서 나의 뜻을 전했다. 기자는 너무나 기쁘다며 속히 하이옌과의 만남을 주선하겠다고 했다.

이틀 뒤 기자분이 우리에게 연락을 취해 왔다. 하이옌의 가족들도 날 만나고 싶어 한다는 소식이었다. 난 내 용돈인 500위엔과 한국에서 가지고 온 예쁜 펜과 수첩 등 여학생들이 좋아할 만한 것들을 챙겨서 기자와 같이 하이옌의 집으로 향했다.

하이옌과 가족들 그리고 소아마비로 장애가 있는 동메이^{冬梅}라는 하이옌의 이웃집 친구가 와 있었다. 집은 아주 작은 평수로 변변한 가구 하나가 없었다. 하지만 정리정돈이 잘 되어 아주 깔끔한 인상을 주었다.

나는 신문 기사를 읽으면서 하이옌이 어떤 모습의 아이인지 혼자서 상상했었다. 환자니까 아주 핏기 없는 얼굴에 힘없는 목소리를 하고 있을 거라고 생각하며 하이옌을 만났는데 실제 하이옌을 만나니 이런 생각은 편견에 불과했다는 것을 깨달았다. 너무나 밝고 쾌활한 모습의 하이옌은 환한 미소로 날 반겼다. 하이옌의 이런 모습은 나 말고도 그 자리에 모인 모든 사람들의 마음을 뭉클하게 했다.

"안녕하세요! 난 김미정이에요."

난 하이옌에게 손을 내밀어 악수를 청했다. 하이옌도 수줍은 얼굴로 손을 내밀었다.

"안녕하세요! 전 리 하이옌이라고 해요."

하이옌과 난 처음 만났지만 아주 자연스럽게 여러 가지 얘기를 나누었다. 하이옌은 아주 꿈이 많은 소녀였다. 빨리 건강을 회복해서 못다 한 학업도 이루고 무엇보다 자신처럼 아픈 사람들을 위해서 봉사를 하고 싶어 하는 아주 마음씨가 고운 아이였다. 들국화 같은 순박하고 예쁜 아이라는 생각이 들었다.

헤어져야 할 시간이 되었을 때 난 가방 속에서 하이옌에게 줄 선물과 용돈 500위엔을 꺼내 놓았다.

"하이옌, 이거 별거 아니지만, 내가 한국에서 가져온 것들이야. 그리고 이것은 적지만 내 용돈인데 너에게 주고 싶어. 받아줄 거지?"

하이옌의 큰 눈에서 눈물이 주르르 흘러내렸다. 난 하이옌의 두 뺨으로 흐르는 눈물을 닦아주면서 들국화 같은 하이옌을 꼭 안아 주었다.

"이젠 언니가 하이옌 집도 알았으니까 자주 보러 올게."

옆에서 보던 기자도 붉어진 눈시울을 닦으며 내게 한 가지 제안을 해 왔다. 다름이 아니라 하이옌과 나의 만남을 기사화해서 신문에 기재하자는 것이었다. 난 내가 신문에 날 만큼 큰일을 한 것도 아니고 내가 좋아서 한 것인데 기사화되는 것은 싫다고 말했다. 하지만 기자는 모두 하이옌을 위해서라고 했다.

외국인도 아픈 하이옌에게 관심과 사랑을 나누고자 하는데 하물며 같은 중국인으로, 같은 시에서 생활하는 시민으로서 하이옌에게 도움을 주자고 호소력 있는 기사를 쓴다면 많은 선량한 시민들이 하이옌에게 도움을 줄 것이라고 했다.

썩 내키지는 않았지만 기자의 말대로 어쩌면 하이옌에게 더 많은 도움의 손길이 올 수 있겠다는 생각에 동의했다. 정말로 하이옌을 위한 모금함이 생겼으면 하는 아주 간절한 마음으로.

이렇게 시작된 우리 자매의 인연은 말하지 않고 눈빛만 보아도 서로의 마음을 읽을 수 있는 사이로 발전하기까지 그리 긴 시간을 요하지 않았다. 하이옌을 알아갈수록 오히려 내가 하이옌에게 많은 행복과 사랑을 받는다는 생각을 하게 했다. 이런 생각이 들수록 마음 한편으로는 초조하고 안타까웠다. 왜냐하면 내가 하이옌을 위해서 할 수 있는 일이라고는 내 용돈을 하이옌에게 나눠 주는 것이나, 하이옌이 혈액 투석을 위해 일주일에 두 번씩 가는 병원에 동행해 주는 것뿐이기 때문이었다.

하이옌이 가는 병원은 스치예^{十七病}라는 병원이었다. 중국의 종합병원은 처음 가봤다. 우리나라의 현대화된 병원과는 모양새부터 너무 달랐다. 건물의 외관도 오래되었지만 무엇보다 내부의 시설과 위생을 보고 더욱 놀라움을 금치 못했다. 아픈 환자들이 드나드는 곳인데 병원 복도에서 담배를 피우는 사람, 침을 뱉는 사람 등 몰상식한 사람들을 잔뜩 모아 놓은 듯했다.

하이옌과 함께 혈액 투석실로 향했다. 병실 안에는 환자 네 사람이 혈액 투석을 하고 있었다. 하이옌을 침대에 눕히자, 간호사가 와서 투석준비를 했다.

"언니, 혈액 투석은 시간이 좀 걸려요."

하이옌은 내가 자신 때문에 시간을 낭비한다고 생각했는지 미안해 했다.

"나 시간 많아. 그러니까 괜찮아!"

나는 웃으면서 하이옌의 손을 잡아 주었다. 하이옌 양 옆으로 혈액 투석을 하는 환자들 얼굴을 보니, 창백하고 핏기가 없다. 무엇보다 희망이 없는 사람처럼 보여서 너무 마음이 아팠다. 건강한 사람들도 희망이 없다면 힘든데 하물며 환자들이 희망 없이 치료한다면 그 효과를 기대하기는 힘들 것이다.

말에는 믿지 못할 강력한 힘이 있다. "하이옌, 넌 꼭 다시 건강해질 거야! 희망을 가져!"라며 용기를 주자 정말로 하이옌의 얼굴에 화색이 도는 것 같았고 비전문가인 내가 봐도 큰 변화가 생긴 것 같았다.

어느 날 오후 하이옌의 집으로 갔다. 매번 하이옌의 집에 가면 그의 친구 동메이가 함께 있다. 처음엔 먼 친척이라고 혼자 생각했었는데 그게 아니라 같은 동에 사는 이웃이다. 하이옌이 건강할 때, 동메이와는 알고 지내는 사이였지만 왕래가 잦지는 않았다고 했다. 하지만 하이옌이 요독증에 걸린 후 동메이가 자주 하이옌의 집에 와서 하이옌을 위로한다고 했다.

"언니, 동메이는 나보다 한 살 어린 동생이지만 의지가 강하고 배울 점이 많은 아이예요."

동메이는 여섯 살 때쯤 고열이 있은 후 소아마비가 와서 장애를 가지고 살아가게 되었다고 했다. 혼자서는 잘 걸을 수 없고 손의 움직임도 부자연스러워서 다른 이의 부축 없이 계단을 오르내리는 일은 힘들다고 했다. 하지만 하이옌을 위해서 매일 5층까지 오르내리고 있는 것이었다.

동메이의 영혼은 누구보다 맑고 아름답다. 혼자서 그 힘든 중국어도 익혀서 꽤 많은 글자를 읽는 것이 여간 대견하지 않다. 동메이는 책 읽는 것을 좋아한다. 하지만 용돈이라곤 한 번도 받아보지 못해서 그저 빌려 읽거나 서점에 가서 몇 시간씩 읽고 온다고 했다. 스무 살이 될 때까지 용돈이 뭔지 자신이 좋아하는 물건을 산다는 행복감도 느껴 보지 못한 동메이다.

난 동메이에게 작은 행복을 주고 싶었다. 그래서 봉투에 400위엔을 넣어 동메이에게 주면서 말했다.

"동메이, 우리 둘만의 비밀이야, 알았지?"

동메이의 눈에서 행복한 빛이 났다.

우리 세 자매의 우정은 더욱 끈끈하게 이어져 갔다. 좋은 사람과 함께 하는 시간은 아주 빨리 흘러간다. 곧 겨울을 앞둔 어느 오후 하이옌의 집에 갔다. 평소와 달리 하이옌의 얼굴에 그늘이 가득했다. 알고 보니 계속되는 병원비가 문제였다. 일주일에 두 번씩 가던 병원 횟수를 한 번으로 줄일 수밖에 없는 상황이 되었다고 했다.

마음이 조급해졌다. 어렵게 지금의 건강상태를 만들었는데, 다시 예전으로 돌아갈 수는 없다. 난 하이옌의 병원비 마련을 위해 한국의 병원과 교회로 메일과 편지를 써 보냈다. 하지만 이역만리 중국의 하이옌에게 기회는 쉽게 오지 않았다.

이렇게 노력한 지 4개월째 접어들 무렵 난 상하이 한인교회에 편지를 써서 하이옌이 처한 상황과 병을 자세히 알렸다. 그리고 기도하면서 회답이 있기를 기다렸다. 주님의 응답이 왔다. 정말로 놀라운 일이었다. 상하이 한인교회에서 하이옌의 병원비를 지원해 주고 싶다고 했다.

"할렐루야"를 외치며 이 소식을 전하기 위해 하이옌의 집으로 갔다. 하이옌과 동메이 그리고 나 셋이서 부둥켜안고 울었다. 하이옌이 다시 정상적인 치료를 받을 기회를 얻을 수 있어 너무나 다행이었다. 그 크고 맑은 하이옌의 눈망울과 희고 창백한 얼굴에 다시 미소가 피어났다.

상하이 한인교회에서는 분기별로 하이옌의 병원비를 보내주었다. 아마도 하이옌의 착한 마음을 주님이 아시고 날 통해서 방법을 찾게 하시고 축복을 주신 것 같다.

1년 동안 하이옌은 마음 놓고 현대 의학의 도움을 받아 생명을 연장해 가고 있었다. 그러던 어느 날 상하이 한인교회에서 전화가 왔다. 담당자는 더 이상 지원하기가 힘들 것 같다고 했다. 매년마다 예산을 세우는데 상하이에도 하이옌과 같은 도움의 손길을 기다리는 사람들이 많다는 것이었다. 물론 1년 동안 상하이 한인교회 여러분 덕분에 하이옌이 무사히 치료를 받아 왔었다. 하지만 지금 와서 다시 하이옌에게 이런 답답한 소식을 전할 수 없었다. 하이옌의 몸과 마음이 점점 좋아지고 있기 때문이었다.

난 상하이 한인교회를 방문하기로 결정하고 하이옌의 현 상태에 관한 의료진의 소견서와 더불어 하이옌이 한인교회 분들께 감사한 마음을 담아 쓴 편지를 들고 가 상하이 한인교회 담당자 분들을 만났다. 그분들을 열심히 설득하는 와중에 나도 모르게 눈물이 흘렀다. 왜 눈물이 났는지 모르겠다. 오직 하이옌을 생각하면서 말씀을 드렸는데…….. 이 눈물은 설득을 위해 흘린 것이 아니라 마음 깊은 곳에서 우러나옴을 누가 봐도 알 수 있었을 것이다.

마안산으로 돌아와서도 하이옌에게 이야기하지 않았다. 담담하게 기도하면서 기다렸다. 사흘이 지나고 나서야 상하이 한인교회에서 전화가 왔다. 하이옌의 병원비를 1년 더 지원하겠다는 확답이었다.

"사실 하이옌이 상하이에 거주하는 사람이 아니라 저희들도 많은 어려움이 따릅니다. 하지만 김미정 씨께서 하나님의 사랑을 몸소 실천하고자 하시는 마음이 우리를 감동시켰습니다."

"감사합니다! 감사합니다!"

수화기를 든 채 고개를 90도로 숙여가면서 그분들께 진심으로 감사의 마음을 전했다. 지금 생각해도 정말로 상하이 한인교회 분들께 감사하다. 갑작스런 나의 방문과 억척같은 설득에도 귀찮다거나 싫은 내색하지 않고 도와주신 여러분께 다시 한 번 이 책을 통해서 감사드린다.

이렇게 하이옌은 계속해서 치료를 받을 수 있었다. 하지만 이번에는 내 몸에 이상 반응이 왔다. 바로 주님께서 우리 부부에게 2세를 주신 것이다. 기다리고 기다렸던 선물이기에 너무나 감사하고 행복했다.

하지만 입덧이 너무 빨리 왔다. 물 한 모금조차 넘길 수 없고 다 토했다. 병원에선 아직 입덧하기엔 이른 시일인데 이상하다고 했다. 물에서도 역겨운 냄새가 나서 목구멍으로 넘어가질 않았다. 이렇게 먹지도 못하고 마시지도 못하다간 아기를 낳기는커녕 내 몸조차 건사하기 힘들 것 같았다. 그래서 임신 두 달이 채 안 된 몸으로 한국행을 결정했다. 아쉽지만 하이옌과 동메이와도 짧은 이별의 시간이 왔다.

뱃속의 아이는 내 고향 부산에서 잘 자라 세상 밖으로 나와 주었다. 아이가 태어난 지 60일 만에 다시 마안산으로 돌아왔다. 돌아온 중국 땅이 반갑다기보다는 밤낮으로 힘든 모유 수유와 아기 돌보기로 내 몸과 마음은 황폐해져만 갔다. 아기를 낳은 여성들에게 찾아오는 불청객인 산후우울증 증세가 나에게도 온 것이었다.

아무도 만나기 싫고 계속해서 울기만 했다. 모유 수유를 하면서도 울고 기저귀 갈면서도 울고 창밖의 먼 산을 보면서도 울었다.

그리고 외모 변화는 날 더욱 힘들게 했다. 거울을 볼 때마다 한 마리 돼지로 변해버린 내 모습이 혐오스러워 거울을 던져 버렸다. 바닥에 흩어진 거울 조각들이 마치 내 모습 같았다. 이런 내 심경의 변화를 남편도 우려한 나머지 날 위로하려고 갖은 노력을 했다.

"아이가 좀 더 커 젖을 떼면 네 모습도 다시 예전으로 돌아갈 거야!"

이런 남편의 위로에도 아랑곳하지 않고 난 더욱 집 밖으로 나가지 않았다. 그렇게 보고 싶어 하고 걱정되던 하이옌에게조차도 연락하지 못하고 그리움에 속이 탔다.

이런 내 마음을 중국 엄마께선 아신 걸까? 하루는 내 방으로 들어오신 중국 엄마께서 조심스럽게 말씀하셨다.

"미정아! 너, 하이옌 많이 보고 싶지? 내가 전화해줄까?"

사실 하이옌에게서 몇 번이나 안부전화가 와서 나와 아기가 언제 오냐고 물어왔다고 했다. 하지만 난 아직 사람들을 만날 자신이 없었다.

"지금은 만나기 싫어요. 조금만 더 있다가요……."

출산 전 166센티미터에 53킬로그램이던 것이 한순간 64킬로그램으로 늘었다. 미운 나의 모습을 하이옌에게 보이기 싫었다.

나의 삐뚤어진 마음은 중국 엄마의 설득과 믿음으로 인해 차츰 정상을 되찾아 갔다. 안정을 찾고 나니 하이옌이 너무 보고 싶어져서 단숨에 전화했다.

이미 겨울바람이 매서운 12월 초였다. 하이옌의 엄마가 반갑게 전화를 받고 연신 "주님! 감사합니다."라고 하셨다.

"미정 씨처럼 착한 분은 분명히 예쁘고 건강한 아기를 낳았을 거예요.

그렇죠?"

하이옌 엄마의 말씀에 목이 멨다.

"하이옌은요?"

"하이옌 지금 회사 다녀요."

회사라구? 벌써 병이 다 나아 정상적인 생활을 해도 될 만큼 호전되었
단 말인가? 도무지 믿기지 않았다.

"어떻게 회사를 가요?"

하이옌의 몸 상태가 몰라보게 좋아졌고 무엇보다 하이옌이 집에만 있
다 보니 무료하던 차에 지인의 소개로 한 광고회사에서 간단한 책상정리
와 전화 받기 등 소소한 일들을 하게 되었다고 했다.

출퇴근시간도 일반사람들보다 자유로우며 병원에 가는 날이면 회사를
가지 않아도 된다고 했지만 왠지 걱정이 됐다. 충분한 휴식이 필요한 하
이옌에게 무리가 되지 않을까? 사무실 환경은 좋을까? 궁금증이 꼬리에
꼬리를 물었다.

하이옌의 엄마는 저녁에 하이옌이 퇴근하는 대로 전화를 주겠다고 했
다. 오후 다섯 시가 조금 넘었을 쯤 전화가 걸려왔다.

하이옌일 거야! 수화기를 들어 올리는 손목이 살짝 떨렸다. 그토록 그
리워하던 하이옌의 목소리가 들려왔다!

"언니, 정말 보고 싶어 죽는 줄 알았어요."

하이옌의 울먹이며 말했다.

"미안해! 언니가 빨리 연락을 했어야 했는데……."

"아니에요. 아기랑 언니는 건강한 거죠?"

하이옌의 건강한 목소리를 들으니 모든 걱정이 사라졌다. 우리는 다시 예전처럼 수다를 떨었다. 하이옌은 빨리 아기와 나를 보고 싶어 했다. 며칠 후면 주일이라 교회에 갔다가 하이옌이 우리 집에 오기로 하고 아쉽지만 수화기를 내려놓았다.

2004년 12월 11일 오후 7시 32분, 하이옌에게서 문자 한 통이 왔다.

미정 언니, 저 하이옌이에요. 정말 미안해요. 요 며칠 계속 전화를 못했어요. 언니가 애기 보느라 얼마나 힘들고 피곤하시겠어요. 하지만 언니 건강도 조심하셔야 해요. 제가 내일 예배를 마치고 바로 언니 집으로 갈게요.

내일이면 하이옌과 마주 보고 이야기할 수 있겠구나 생각하니 시간이 너무 더디 가는 것 같았다.

2004년 12월 12일 새벽 5시 40분, 이른 시간에 전화가 왔다. 왠지 심장이 요동치며 불안했다. 가슴에 손을 올리고 잠시 눈을 감았다.

"미정아!"

전화를 받은 중국 엄마가 다급하게 부르는 목소리에 심장이 더욱 달음

박질쳤다. 하이옌이 위독하다고 했다. 어제 저녁까지만 해도 내게 문자메시지를 보낸 하이옌이 위독하다니 믿을 수 없는 이야기였다.

"엄마! 잘못 들으신 거 아니세요? 오늘 하이옌이 오기로 했는데……."

도대체 뭐가 뭔지 모를 일이었다.

"지금 하이옌 집으로 가봐야겠어요."

옷가지를 주섬주섬 입고 신발을 신고 나가려는데 또 다시 전화벨이 울렸다. 신발을 신은 채로 거실로 뛰어가 전화를 받았다.

"여보세요!"

"하이옌이…… 흑흑…… 하이옌이……."

하이옌의 엄마였다. 하지만 무슨 말을 하는지 하나도 알아들을 수 없었다.

"하이옌이 왜요?"

"하이옌이 틀린 듯해요…… 흑흑흑."

하이옌의 엄마는 계속 내가 알아듣기 힘든 소리만 했다. 하이옌의 엄마를 대신해서 어떤 젊은 목소리의 여자가 울면서 말했다.

"하이옌이 지금 저 세상으로 갔어요!"

"뭐요? 뭐라고 했어요! 하이옌이 어딜 갔어요?"

다리에 힘이 풀리면서 난 자리에 털썩 주저앉고 말았다. 서러운 울음이 터져 나왔다.

"어엉엉…… 엉엉……."

내 대성통곡을 듣고 남편이 급히 내 곁으로 왔다. 남편은 우는 날 꼭 안고 등을 쓰다듬어주었다. 2004년 겨울 하이옌은 그렇게 우리 곁을 떠났다.

하이옌의 집에 갔다. 계단을 오르면서도 설마 했다. 문을 두드렸다. 금방이라도 하이옌이 "미정 언니!"라고 부르며 문을 열어줄 것만 같았다. 하지만 나온 사람은 하이옌의 엄마였다. 우린 문 입구에서 부둥켜안고 울었다.

하이옌의 방으로 갔다. 모든 것이 예전 그대로였다. 하이옌의 책상도, 침대도, 그리고 우리가 앉아서 이야기를 나눴던 작은 의자도…….

하이옌의 엄마는 책상 서랍에서 한 통의 편지를 꺼내 내게 내밀었다. 하이옌이 내게 남긴 편지였다. 또 다시 눈물이 흘렀다.

하이옌의 엄마는 요사이 하이옌이 그다지 심하지는 않지만 감기에 걸려 며칠째 미열에 약간의 기침을 동반하고 있었다고 했다. 그래서 나랑 통화를 하고도 단숨에 달려오지 않았던 이유가 혹시라도 아기에게 감기를 옮길까봐 걱정해서였다고 했다. 그러던 와중 오늘 새벽 갑자기 호흡 곤란 증세가 와서 손 한번 써 보지도 못하고 그렇게 하늘나라로 갔다고 했다.

하이옌은 힘든 호흡을 하면서도 작별인사와 위로의 말을 남기는 착한 마음의 아이였다.

"슬퍼 마세요! 전 항상 여기에 있을 거예요. 미정 언니에게도 그동안 고마웠고 아기 보러 가지 못해서 미안하다고 전해주세요."

이렇게 빨리 데려가시는 주님도, 정은 정대로 다 주고 바람처럼 사라져 버린 하이옌도 원망스러웠다. 하지만 누구보다도 어리석고 이기적이고 바보 같은 내가 밉고 또 미워 용서가 되지 않았다. 하이옌이 얼마나 나와 아기를 보고 싶어 했는데…… 난 영원히 하이옌에게 죄인이다.

하이옌의 유품 중에서 나랑 같이 찍은 사진 한 장과 단지 내가 사줬다는 이유로 애지중지 하며 입기조차 아까워하던 분홍색 원피스가 나왔다. 주르륵 흐르는 눈물만이 하이옌에 대한 미안함을 대변했다.

오늘따라 하이옌의 모습이 눈에 선하다. 그리운 하이옌에게 마음의 편지를 띄워본다.

사랑하는 하이옌! 보고 싶어. 너무 많이……. 미안해! 요사이 안부를 자주 묻지 못했네.

네가 그렇게 보고 싶어 했던 동규도 이제 곧 여덟 살이야. 너의 기도 덕에 동규는 아주 건강해. 하늘나라에서도 보이지?

넌 우리를 볼 수 있지만, 난 널 볼 수가 없네. 그래서 가끔 핸드폰에 지우지 않고 남겨둔 너의 마지막 문자메시지를 꺼내서 보곤 해. 그리곤 다짐해.

언니가 이 책 꼭 출판해서 너에게 보여줄 거야. 너도 하늘에서 파이팅 하며 지켜봐줄 거지?

정말 정말 보고 싶다. 다음에 우리 만날 때까지 서로 행복하고 꿋꿋하게 살자.

못 말리는 나의 이웃

이웃을 잘못 만났을 때 따라오는 생활의 불편함은 한두 가지가 아니다. 처음에는 이웃들이 너무 싫어 마음속으로 경멸하고 무시했었다. 하지만 지금은 내 삶의 중요한 부분이 되었다. 그들을 넓은 아량으로 끌어안고 나니 이젠 제법 정이 들었다.

우리 집은 정남향으로 통풍과 일조량이 좋은 2층 202호다. 이웃끼리 사이좋게 문과 문이 마주보고 있는 계단식이다. 우리와 마주보는 201호에는 노부부가 살고 있고 우리의 위층인 302호에는 신혼부부 내외가 부모님 그리고 조카인 어린 남자아이와 함께 중국에서는 보기 드문 대가족이다. 그 맞은편 집인 301호에는 중년 부부가 딸 아이 하나와 살고 있다.

처음 이사 와서는 서로 인사도 하고 정답게 지내는 이웃들의 모습이라서 참으로 좋았다. 하지만 머지않아 생각보다 문제가 많은 이웃이라는 것을 알게 되었다.

먼저 302호 부부를 보자. 갓 결혼한 탓인지 사흘이 멀다 하고 부부싸움을 해댄다. 남의 집 부부싸움이 무슨 문제가 되냐고 할지 모르겠지만, 이 부부는 상식을 벗어난 행동을 하기 때문이다. 꼭 밤 11시 이후나 자정을 넘어서 큰소리를 내며 싸운다. 어떤 날은 이 시간들도 비교적 이른 시간이다. 깊은 새벽 모두들 하루의 피로를 풀기 위해 숙면에 들어간 두세 시쯤 302호 부부의 전쟁이 시작된다.

이 시간도 그들만의 선택이라고 해두자. 하지만 그들은 말로만 싸우는 것이 아니라 육탄전을 벌이는 것이 문제다.

"때려! 때려 봐!

부인이 질러대는 악다구니가 우리 가족 모두를 기겁하고 깨게 만든다. 게다가 둘 다 목소리는 어찌 그리 큰지 중국사람 중에서도 목청이 큰 편이다. 괴롭지만 들을 수밖에 없다.

더욱 이상한 것은 우리 집뿐만 아니라 다른 이웃집까지 소리가 들릴 법도 한데 누구 하나 시끄럽다고 말린다거나 찾아가 항의하는 사람이 없다는 것이다.

"여보! 중국사람들은 정말로 마음이 넓어요! 이렇게 시끄러운데도 아무도 관여하는 사람이 없네요. 만일 한국의 아파트에서 302호 부부처럼 싸운다면 벌써 주민들에 의해 경비실에 신고가 들어갔거나 이웃들이 찾아가 크게 한판 벌어졌을 거예요."

좋게 말하면 중국인들의 인내심이 아주 대단한 것이고 조금 다르게 말하자면 어떤 상황에서든 나와 관련이 없는 일에는 끼어들지 않으려고 하는 무관심이다. 이렇게 말하면 남편은 그저 이해하라는 식으로 나를 달랜다.

302호 부부가 전쟁 없이 조용히 지나가는 날엔 그들의 네다섯 살쯤 되어 보이는 조카 녀석의 활동이 시작된다. 거실 바닥에 장난감이나 공 같은 것을 사정없이 치거나 내던지고, 이것도 성에 차지 않으면 의자를 끌어서 드르륵 끼이익거리는 억센 소리를 낸다. 머리카락이 서고 머리통 전체가 지끈지끈해진다.

이럴 때마다 난 남편에게 빨리 이사를 가자고 아이처럼 칭얼거리며 답답한 마음을 표현하곤 했다. 이때만 해도 이 부부만 잠잠하다면 더 이상 문제될 것이 없다고 생각했었다. 하지만 이런 나의 기대에 찬물을 끼얹는 일이 얼마 되지 않아 발생했다.

때는 여름 더위가 지나가고 시원한 바람이 아침저녁으로 불어 선선한 가을의 향이 묻어나는 어느 날이었다. 밤 10시가 지난 시각, 아이를 재우고 일찍 잠을 청한 터라 단잠에 푹 빠져 있던 때였다.

쿵쿵! 쿵쿵쿵! 벽 너머로 들려오는 정체불명의 굉음! 남편도 이 소리에 눈을 비비며 일어났다.

"무슨 소리지?"

"나도 잘 모르겠어요. 근데 옆집에서 나는 것 같아요!"

내 말을 들은 남편은 벽에 귀를 댔다. 내 추측대로 201호에서 나는 소리였다. 그 소리는 우리 집뿐만 아니라 우리 동 전체를 울리는 듯했다. 마치 영화에서 공룡이 걸어 나오는 듯한 울림이었다.

혹시 노부부가 위급한 상황이라 도움을 청하는 것이 아닐까 하는 아찔한 생각이 들었다. 왜냐면 이 노부부는 평소에도 자주 병원에 다녔기 때문이었다.

"여보! 우리가 찾아가 봐요! 정말로 도움이 필요한 상황이면 큰일이잖아요."

우리는 201호 초인종을 눌렀다. 하지만 인기척이 없었다. 다시 초인종을 눌렀지만 마찬가지였다. 난 조급한 마음에 문을 두드리며 할머니를 불렀다. 역시 아무런 반응이 없었다.

"집에 아무도 없나 봐요."

집으로 돌아와 다시 잠을 청하려고 하는데 다시 의문의 쿵쿵거림이 시작되었다. 도대체 무슨 일이지? 전설의 고향에서나 나올 법한 기이한 일이었다. 앞집에 사람은 없고 굉음소리는 그 집 벽에서 나오고……. 다시 남편과 난 201호 초인종을 눌렀지만 201호 노부부 중 어느 한 사람의 인기척도 들을 수 없었다.

결국 다시 집으로 돌아왔다. 그리고 다시 얼마 지나지 않아서 계속해서 이어지는 굉음에 결국 아이까지 깨고 우리 가족 모두 새벽까지 잠을 설쳐야 했다.

다음날 아침 난 다시 그 노부부의 집을 찾았다. 하지만 여전히 문은 굳게 닫힌 채 열리지 않았다. 평소에 서로 인사를 하며 안부를 묻는 사이라 여간 신경이 쓰이는 것이 아니었다.

그런데 그날 오후 201호 할머니가 찾아 오셨다. 우선 할머니를 거실로 안내하고 차도 한 잔 내 왔다.

"할머니! 무슨 일이 있으세요?"

"난 괜찮아. 새댁! 어제 우리 집 초인종을 누른 것 다 안다우……."

"어제 댁에 계셨어요? 그럼 이상한 굉음도 들으셨어요?"

"그거 내가 벽을 친 소리라우."

"네?"

나의 놀란 표정을 보신 할머니께서 해명하시기 시작했다. 할머니 말씀에 의하면 201호인 할머니 댁과 301호는 아래위층 사이인데 관계가 좋지 않다고 했다. 두 집의 갈등은 3년 전부터 시작되었다고 한다.

그 갈등의 시작은 실내 인테리어 공사였다. 먼저 201호인 할머니의 집이 실내장식을 마치고 입주한 후 301호 사람들이 인테리어를 시작하고 입주했다. 하지만 301호 주인이 원래 구조와 다르게 수도관 위치를 이동하여 설치했다고 한다. 그로 인해 201호 할머니 댁 천장에 습기가 차서 곰팡이가 피었다. 그래서 할머니께서 301호를 찾아가 얘기하던 도중 두 집이 언쟁을 높이면서 다투게 되었다고 했다. 그 후 두 집은 원수가 되어서 서로를 미워하기 시작했다.

"새댁, 301호는 사람이 아니야! 내 수면을 방해하기 위해서 밤 10시가 넘어서 청소기를 돌리고 그 집에 고등학생 딸이 있는데 그 아이의 걸음걸이가 너무 시끄러워서 내가 수면제를 먹고 자는데도 도무지 잠을 이룰 수 없어."

"할머니, 그렇다고 밤에 주무시지 않고 벽을 치시면 무엇보다 할머님 건강을 해치게 되요. 제가 301호 사람들을 만나 볼게요."

"고맙지만, 소용없다네. 301호가 조용해야 내가 벽치는 것을 멈출 거야! 그러니 새댁이 이해를 좀 해줘!"

상식적으로 할머니의 복수 방법을 이해할 수 없었지만 얼마나 힘드셨으면 이런 극단적인 방법을 쓸까 생각하고 참아 보기로 했다.

다음 날도 그 다음 날도 계속해서 밤마다 할머니는 '눈에는 눈, 이에는 이' 라는 식으로 301호와 전면전을 펼쳤다. 이젠 201호 할머니가 벽을 치면 301호도 바닥을 내리쳤다. 201호 할머니께서 벽을 치는 이유는 그 벽 위쪽이 바로 301호의 안방이기 때문이다. 하지만 201호 벽은 우리 안방의 벽과 나란히 있어서 이 전쟁의 가장 큰 피해자는 우리 가족이었다. '고래 싸움에 새우 등 터진다' 는 말은 우리 가족을 위해 있는 말 같았다.

이렇게 지속된 밤마다의 혈전이 수면장애로 이어지고 그 장애가 면역 저하로 떨어져 난 감기 몸살을 앓게 되었다. 병원에 가서 링거를 4일 연속으로 맞았다. 이젠 나의 인내심도 바닥을 드러내기 시작했다.

난 다시 할머니를 찾아가 벽 치는 일을 그만 두시라고 얘기하고 내가 직접 나서서 301호와 화해할 수 있도록 주선하겠다고 했다.

"새댁은 모른다우. 내가 대화로 해결해 보려고 시도해 봤지. 이 늙은이가 초인종을 눌러도 문조차 열어주지 않았다우."

이 말을 듣던 나 또한 화가 났다. 어떻게 자신들보다 더 연세 있으신 분이 문을 두드리는데 있으면서 모른 척 한단 말인가? 301호 사람들의 도덕성이 의심스러워졌다. 할머니께서는 부디 자신의 마음을 이해해달라고 하셨다. 난 다시 인내해야만 했다.

안방을 비워두고 아이 방에서 생활해봤지만 소음에서 자유로울 수는 없었다. 두 달이 지나자 이젠 아들 동규도 면역력이 떨어져 병원 신세를 지게 되었다. 동규의 아픈 얼굴을 보니 더 이상 참을 수 없었다.

딩동. 딩동. 201호 초인종을 누르자, 할머니가 문을 열었다. 짧고 분명한 말투로 나의 강한 의지를 보였다.

"할머니! 저도 이제 더 이상은 참을 힘이 없어요. 이젠 우리 아이까지 잠을 못 자서 병원신세예요. 계속해서 벽을 치신다면 저도 가만히 있지만은 않을 거예요."

그러자 할머니께서 지금까지 내게 보여준 인자한 모습은 온데 간데 없고 갑자기 표정이 달라지면서 냉정하게 말씀하셨다.

"새댁이 공안에 신고를 하든 말든 알아서 하슈. 난 멈출 수 없으니까!"

이럴 수가! 화가 머리끝까지 났다. 여태껏 걱정하고 이해하면서 견뎌왔던 노력들이 물거품이 되면서 배신감까지 느껴졌다. 정말로 화가 나서 견딜 수 없었다. 할머니가 밉고 야속했다. 참을 만큼 참았다. 이젠 나도 가만히 보고만 있지 않겠노라 결심하게 되었다.

다시 악몽의 시간이 돌아왔다. 그래도 할머니께도 자녀와 손자가 있는데 내가 낮에 그렇게까지 말했는데 오늘만큼은 벽 치는 것을 멈추지 않을까 기대했다. 하지만 그것은 나의 착각이었다.

쿵쿵! 쿵쿵쿵쿵!

난 급히 베란다로 가서 창문을 열고는 아주 큰 소리로 외쳤다.

"지금 몇 시인데 시끄럽게 해요!"

그리고 바로 경비실로 전화해 이 상황을 설명하자 경비 아저씨 한 분이 오셔서 할머니의 행동을 저지했다. 속이 다 시원했다.

이 일로 할머니의 적은 301호가 아닌 202호인 내가 되었다. 201호와 마주보고 있다 보니 대문을 열고 나가면 할머니와 마주치게 된다. 난 그래도 어른이라고 생각해 간단하게 "니하오." 하고 인사하는데 할머니는 적개심에 활활 타오르는 눈빛으로 날 노려봤다. 작고 마른 체격에 다소 창백한 얼굴 전체에 검버섯이 나 있고 눈빛은 퀭하니 증오가 가득 찬……. 그 순간 할머니의 눈빛은 너무 섬뜩했다.

그리고 며칠이 지난 후 다시 할머니의 복수가 시작되었다. 정말로 공안에 전화하고 싶었다. 하지만 아무리 보아도 할머니의 정신상태는 정상이 아닌 듯했다. 난 생각을 한 끝에 할머니의 딸에게 연락했다. 자식 이기는 부모 없다고 했다. 역시 효과가 있었다.

어느 날 저녁 7시쯤 할머니가 직접 사과하러 오셨다. 믿기지 않았다. 기세등등했던 모습은 어디로 가고 그저 약한 모습인 할머니를 보니 나도 조금 누그러졌다. 나이 드신 분들은 자식들 말에 제일 약한 것 같다.

"새댁! 미안해. 하지만 새댁은 몰라. 문화대혁명이 얼마나 무서운 나날이었는지, 벌써 몇십 년이 지났지만, 지금도 그때의 악몽은 생생하다오."

할머니께선 문화대혁명 당시 교사였다고 한다. 하지만 마오쩌둥 주석이 문화대혁명이란 말로 무지한 노동자와 농민 그리고 마오쩌둥 사상에 세뇌된 분별력 없는 어린 학생들을 주동하여 홍위병이란 부대를 만들어 지식층과 부유한 층을 뒤엎고 타도했다는 것이다. 그래서 할머니도 여러 교사들과 함께 결박되어서 비판대에 세워지고 학생들에게 갖은 모욕과 매질을 당했다고 한다. 울먹이시는 할머니를 보니 옹졸했던 내 마음이 절로 후회되었다.

"할머니! 저도 무례하게 굴어서 죄송해요."

나도 할머니께 며칠 동안의 무례함에 대해 사과드렸다. 할머니가 가시고 난 우리 동 단지 앞에 주민들에게 알리는 글을 써서 붙였다.

존경하는 이웃 여러분!

저는 여러분과 같은 동 2층에 살고 있는 한국인 김미정이라고 합니다.

여러분과 같이 이웃이 되어 함께 살아가게 되어서 무한한 영광으로 생각합니다.

벌써 중국에서 생활한 지 2년이 넘었습니다. 여러분들이 주신 관심과 배려로 중국 생활에 아주 잘 적응하면서 생활하고 있습니다. 도와주신 많은 분들께 너무나 감사드립니다.

제가 여러분께 이렇게 편지로 인사를 드리는 것은 몇 가지 당부와 양해를 구하고자 함입니다. 이미 여러분과 가까운 이웃으로 생활하고 있으니 여러분을 한 가족이라고 생각하고 부탁의 말씀을 드리겠습니다.

첫째, 늦은 밤이나 이른 새벽 계단을 오르내릴 시 숙면을 취하고 있을 우리 이웃주민들을 위해서 발자국 소리를 조금만 더 신경 써 작게 내면 어떨까 합니다.

둘째, 늦은 밤까지 TV를 시청하시거나 음악을 들으시는 분들도 볼륨을 조금만 낮추어주셨으면 합니다.

여러분의 따뜻한 배려와 관심을 바랍니다. 우리 모두의 공통된 바람인 행복한 생활을 위해서 우선 자신도 중요하지만 이웃도 함께 생각하며 생활하였으면 합니다.

항상 여러분의 가정에 건강과 행복이 가득 하시길 바랍니다.

중한 우호 만세!

202호 한국 며느리 김미정 올림

이렇게 써서 우리 동 출입구에 붙이자 바로 효과를 발휘했다. 201호 할머니께서도 예전처럼 매일 밤 벽을 치는 것이 아니라 일주일에 한두 번씩으로 줄어들어 정상적인 생활 리듬을 되찾아 가는 듯했다. 하지만 아쉽게도 201호 할머니께서 아직도 나를 보는 시선이 곱지만은 않다. 문과 문을 대하고 있는 이웃이다 보니 할머니를 마주치지 않을 수 없다. 문을 나서다 우연히 할머니를 만나게 되면 난 예전처럼 할머니께 인사를 건넨다. 하지만 할머니는 무표정으로 쳐다만 보신다. 매번 이렇게 인사를 해야만

한다는 것이 곤욕이다. 하지만 요즘은 할머니와 잘 마주치지 않아서 조금은 편하다. 그런데 이상하게도 할머니의 모습이 보이지 않자 나도 모르게 걱정되면서 할머니의 건강을 위해서 기도하게 된다.

생활 속에서 부딪히는 일은 할머니 일 이외에도 다양하다.

빨래해서 옷을 말리는 일도 한국과 중국이 확연히 다르다. 처음 중국에 와서 놀란 것은 모든 빨래들이 베란다 안쪽이 아닌 바깥으로 나와 있다는 것이었다. 아이 어른 옷 할 것 없이 겉옷부터 속옷까지 심지어 여성 속옷인 브래지어마저 널려 있는 것이 영 이상하고 민망하기 그지없었다. 하지만 중국 사람들은 베란다 밖에서 옷을 말리는 것이 보통이다. 집집마다 베란다에는 펄럭이는 만국기처럼 옷들이 펄럭이고 있다.

사실 건강 면에서 본다면 옷을 햇빛이 잘 드는 베란다 밖으로 널어서 살균 소독을 해서 입는 것이 좋다. 하지만 우리나라 사람들처럼 남의 이목을 중시하는 사람들에게 베란다 밖에서 옷을 말린다는 것은 외부인들에게 내 속을 보여주는 것처럼 부끄러운 일이다.

그랬던 나도 중국식 생활에 점점 익숙해지면서 빨래를 하면 베란다 밖으로 널어놓는다. 그리고 빨래를 걷을 때 태양빛에 잘 말린 옷에서 나는 햇님 향기가 너무나 좋다. 그런데 한국에서 볼 수 없는 상황으로 이웃과 충돌이 생긴다.

우리 집 위쪽으로 네 층이 더 있는데, 내가 먼저 뽀얗게 빨래를 해서 빨래 건조대에 널어놓으면 위쪽에서 빨래를 꽉 짜지 않은 상태로 물방울이 후두둑 떨어지는 젖은 빨래를 널거나 바깥으로 손을 뻗어서 꽉 짜버리는 것이다. 이렇게 되면 햇볕에 잘 말려진 우리 집 빨래들이 다시 젖어버린다.

이럴 때는 그나마 화가 덜 난다. 더 화가 나는 것은 위층에서 아래층들이 빨래를 널어놓은지 확인도 하지 않은 채 창밖으로 가래침을 뱉는 것이다. 정말 속이 울렁거린다. 그래서 다시 빨래를 해서 널은 적도 있다. 어떤 날에는 빨래를 널고 있는데 갑자기 위쪽에서 마늘껍질이 떨어져 내 머리와 빨래에 내려앉았다. 재빨리 위층을 올려다보니 누가 마늘을 까고 베란다로 그 껍질을 버린 것이었다.

이런 일들이 자주 일어나자 난 빨래를 밖에 널지 않고 다시 베란다 안쪽으로 널게 되었다. 다른 사람의 생활 방식을 바꾸려니 싸워야 하고 화내야 하니 여러 모로 나의 감정 소비가 많다. 그리고 목소리 큰 중국 여성들을 상대로 중국어로 싸운다는 것은 계란으로 바위를 치는 격이다. 그냥 내가 참고 베란다 안에다 걸어둔다.

이렇게 처음부터 못 말리는 우리 이웃들을 좋아하게 되거나 이해하게 된 것은 아니다. 많이 원망도 해 보고 싫어도 해 보고……. 하지만 생각을 조금만 바꿔보니 이런 이웃을 통해 나를 회개하게 되고 또 이웃들을 위해

기도하는 내 자신을 발견하게 되었다. 지금은 나의 못 말리는 이웃들이 더없이 정겹게 다가온다.

3층에서 부부싸움 하는 소리가 나지 않는 날에는 축복을 하게 되고 부부싸움이 나는 날에는 그들의 싸움이 정말 서로를 미워하고 헐뜯어 상처 주는 싸움이 아닌 서로를 이해해 나가는 과도기가 되어, '비 온 뒤 땅이 더 단단해진다' 는 말처럼 그들 부부가 사랑하며 살아갔으면 하고 바란다.

삶을 살아가면서 마음에 평화와 여유를 가지고 사는 것이 얼마나 행복이고 축복인가를 새삼 느끼게 된다. 이것이 내가 중국에 살면서 터득한 가장 큰 교훈이다.

지금은 이런 나의 귀여운 이웃들이 감사하다. 먼 훗날 내 삶을 뒤돌아 볼 시기에 지금의 이웃들과의 일들을 생각한다면 재미있는 에피소드로 남아 오히려 지금을 그리워 할 수 있을 것 같다.

양아들 친친과 샹샹

나는 정말로 행복한 엄마다. 왜냐면 나에겐 멋진 아들이 셋이나 있기 때문이다. 동규는 내가 열 달을 배불러 낳은 장남이고, 친친亲亲과 샹샹翔翔은 나의 양아들이다. 비록 내가 직접 배 아파서 낳은 아이들은 아니지만 내게는 친아들이나 다름없다. 친친은 벌써 유치원생으로 동규랑 같은 유치원을 다닌다.

내가 사는 아파트 가까운 곳에 작은 시장이 있다. 시장이 작다 보니 주로 시장 주위 아파트 주민들이 장을 보러 다니는 곳이다. 이곳에 매번 장을 보러 갈 때마다 어떤 젊은 아주머니친친의 엄마 한 분이 아이를 등에 업고 장사를 하고 있었다. 정말로 힘들게 살고 있구나 하는 생각에 나도 모르게 관심이 갔다. 그래서 항상 친친의 엄마에게 채소를 샀다.

그리고 장을 보러 갈 때마다 똘망똘망한 친친을 생각하며 우유와 과자, 요구르트 등을 사서 시장으로 향했다. 친친의 엄마도 나의 이런 마음을 느꼈는지 나에게 유독 친절하게 대해주고 채소도 듬뿍 담아 주었다.

어느 날 장을 보러 친친 엄마의 가게에 왔을 때 친친은 혼자서 사과상 자로 보이는 나무 궤짝 위에 허름한 이불을 깔고 곤히 자고 있었다. 자고 있는 아이의 모습을 보자 눈물이 핑 돌았다. 난 주위를 두리번거리며 친친의 엄마를 찾았지만 보이지 않았다. 아마도 화장실을 가기 위해 자리를 비운 듯 보였다. 난 친친의 옆으로 가서 자는 아이를 지켰다. 얼마 지나지 않아서 친친 엄마의 모습이 보였다.

"왔어요?"

친친의 엄마가 반가운 얼굴로 맞아주었다.

"친친이 혼자서 자네요."

"혼자서 시장 주위를 뛰어다니면서 놀더니 잠이 들었네요."

이렇게 시작된 우리 부녀자들의 대화는 그칠 줄 몰랐다. 이날 난 친친 엄마에 대해서 알게 되었다. 얼핏 보기엔 40대 중후반쯤 되어 보이는 친친 엄마는 사실 나와 같은 72년생이었다. 중국여성들은 한국여성들보다 결혼을 빨리 하는 편인데 친친이 겨우 네 살이니 결혼을 늦게 했구나 생각했는데 그게 아니라 친친이 둘째 아들이라고 했다. 친친의 형은 지금 중학교 1학년인데 정신박약아라고 했다. 중국은 인구정책으로 한 가정 당

아이 하나만을 낳을 수 있는데 첫째 아이가 장애를 가지고 태어나면 둘째 까지 낳을 수 있다. 난 그제야 친친의 가족에 대해서 알게 되었고 간혹 친친의 노는 모습을 물끄러미 바라보던 아이가 친친의 형이라는 걸 알 수 있었다.

아이 둘을 키우기엔 그녀의 남편 혼자서 버는 돈으로는 빠듯해 아이를 낳자마자 쉴 틈도 없이 친친을 둘러업고 장사를 시작했다고 한다. 친친 엄마의 억척같은 모습에서 옛날 우리 어머님들의 모습을 볼 수 있었다. 그녀의 선량함과 근면함 그리고 항상 웃는 얼굴로 손님을 대하는 것이 많은 고객들에게 자연히 그 집만을 찾게 하는 비결인 것 같다. 친친도 날 볼 때마다 인사를 건넸다. 녀석을 만나는 것이 작은 행복으로 내 마음에 점점 자리를 잡아갔다.

하루는 평소처럼 친친이 좋아할 과자 등을 사서 시장으로 향했다. 그런데 친친이 보이지 않았다.

"친친 엄마! 친친이 보이지 않네요? 어디 아픈가요?"

"아니요. 오늘부터 친친을 유치원에 보냈어요."

"어느 유치원요?"

"바로 큰 길 건너에 있는 유치원요."

"어머! 우리 동규랑 같은 유치원이네요."

내심 기뻤다. 동규를 데리러 갈 때마다 친친의 반에 가서 만날 수도 있고 동규랑 함께 친친을 데리고 놀아 줄 수도 있었기 때문이다. 이날 오후 난 조금 이른 시간에 유치원을 찾았다. 아이 반으로 가기 전에 먼저 원장님을 만나기 위해서였다.

"원장님! 안녕하세요?"

"어서 오세요. 무슨 일로 오셨나요?"

"친친이라고 샤오^小 반 아이의 유치원비를 제가 내고 싶어서 왔어요."

"이미 친친의 어머니가 상반기 유치원비를 다 내셨어요."

"원장님께서 친친 엄마께 장학금이라는 명목으로 면제해 준다고 하시고 친친의 유치비는 돌려주셨으면 해요. 그리고 친친이 유치원 졸업하기 전까지 친친의 학비는 제가 내겠어요."

"동규 어머니의 마음은 잘 알겠습니다만, 저희가 주지도 않는 장학금이라고 하면서 동규 어머니가 대신 내시는 것은 좀 그렇구요. 차라리 친친 어머니와 내일 오후 유치원에서 만나셔서 직접 동규 어머니의 뜻을 전하시는 것이 좋을 듯해요."

그렇게 해서 시장이 아닌 유치원 원장실에서 친친 엄마와 내가 만나게 되었다. 친친의 엄마는 아주 고마워하면서 눈물을 흘렸다.

"친친 엄마! 오해하지 마시고, 내 마음을 받아주셨으면 해요. 제가 돈이 많은 부자라서 그러는 것이 아니라 친친이 밝고 건강하게 자라나 주길 바라는 마음에서 그런 거예요."

"마음은 너무 감사해요. 하지만 저도 시장에서 열심히 장사도 하고 아직은 버틸 만 해요. 친친을 제 힘으로 기르고 싶어요. 만일 정말로 힘든 상황이 오면 그때 도움을 청할게요."

친친 엄마의 거절에 난 실망의 마음이 들었다. 말로는 마음을 안다고 하고선 자존심이 상한 것은 아닐까 하는 생각에 머리가 복잡해졌다. 이웃에게 사랑을 전하고자 하는 진심이 전해지지 않았다는 속상함도 있었다. 하지만 다시 생각해 보니 친친 엄마의 선택이 참으로 아름답다는 생각을 하게 되었다.

자신의 자식을 잘 기르고 싶은 부모의 심정은 누구나 매한가지다. 물질의 도움을 쉽게 받지 않고 자신의 힘으로 떳떳하고 당당하게 아이를 키우고자 하는 친친 엄마의 마음이 참으로 소중하다고 느껴졌다.

"친친 엄마! 그럼, 내가 친친의 깐마干妈가 되고 싶은데 괜찮겠죠?"

"아휴, 그럼요. 그저 감사하죠."

깐마라는 것은 수양모를 뜻하는 말로 중국에선 많은 아이들이 깐마, 깐띠에干爹.수양부를 두고 있다. 내가 친친의 깐마가 되어 계속해서 관심과 사랑을 주고 싶어서 제안했다. 이렇게 친친과 내가 혈육관계가 아닌 정으로 뭉쳐진 모자母子가 되었다.

처음 친친을 동규에게 소개시킬 때 동규는 그다지 좋아하지 않았다. 어린 마음에 엄마의 사랑을 친친에게 빼앗긴다고 생각했던 모양이다.

"엄마는 친친만 좋아해!"

하지만 이런 어린 질투심도 잠깐, 이제 동규는 친친을 자신의 남동생이라며 좋아한다. 두 녀석이 함께 있는 모습을 보면 마음이 훈훈해진다.

마지막으로 우리 셋째 아들 샹샹! 샹샹은 태어나기 전부터 내 마음을 조마조마하게 했던 녀석으로 바로 장애인 동생 동메이가 낳은 아들이다. 동메이가 원래 허약했던 터라 아이를 가지고 한시도 마음이 놓이질 않았다. 게다가 동메이가 아이를 가지고 나서 유달리 입덧을 심하게 해서 더욱 몸이 좋지 않았다. 동메이는 정말로 어렵게 제왕절개로 무사히 건강한 아이를 낳을 수 있었다. 샹샹도 잘 자라서 이젠 말도 제법 잘 한다.

동메이의 집 입구에 내가 들어서는 모습이 보이면 샹샹은 날 크게 부르며 달려 나온다. 친근한 샹샹의 목소리가 날 기분 좋게 만든다. 조그마한 녀석이 너무나 사랑스럽다.

"오! 샹샹, 많이 컸네! 지난번보다 더 무거워졌어."

"응, 깐마! 나, 밥 많이 먹어요."

"미정 언니, 바쁜데 뭐 하러 또 와요?"

"너랑 샹샹이 보고 싶어 왔지!"

아이를 보느라 다소 야위고 초췌해진 동메이의 얼굴이 안쓰러웠다.

"언니, 샹샹이 크면 클수록 오히려 키우기가 더 힘들어요."

"그럼! 아이가 어릴때는 건강하게 키우기 위해서 엄마들이 고생을 하지. 그리고 좀 더 자라면 아이들도 생각을 하기 때문에 바른 인성을 가진 아이로 자라날 수 있게 세심한 주의가 필요하지."

동메이는 뭐든 배우고 책 읽는 것을 좋아한다. 그래서 다독을 통해 배운 여러 가지 삶의 경험과 지혜가 많은 총명한 여성이다. 이에 반해 그의 남편은 좀 무지한 사람이다. 이해는 된다. 깊은 산골에서 초등학교만 겨우 졸업하고 혼자 도시로 나와 생활하다 보니 우선 먹고사는 것이 먼저였을 그가 책을 읽고 배우기란 쉽지 않았을 것이다.

"언니, 아이의 교육 문제로 남편과 상의하면 남편은 피곤하다고만 하고 아예 신경을 쓰지 않아요."

동메이는 아이 교육에 관해서 남편에게 기댈 것이 못 된다며 답답함을 호소했다. 난 동메이에게 동규를 키우면서 몸소 부딪혀 배운 경험의 지혜를 나누어주었다.

우리의 대화가 길어지다 보니 샹샹의 인내심에도 한계가 온 듯했다. 계속해서 내가 가지고 간 우유와 비스킷을 쥐었다 놓았다 하면서 결국 동메이 다리를 잡고 어리광을 피웠다.

"엄마! 주세요! 엄마."

동메이는 우유와 비스킷을 뜯어서 몇 개를 샹샹의 손에 쥐어주었다.

"샹샹, 비스킷 한꺼번에 많이 먹으면 안 돼!"

"알았어요, 깐마!"

우린 다시 이야기를 시작했다. 식욕이 좋은 샹샹은 눈 깜빡할 사이 손에 쥔 과자와 우유를 다 먹어 치우고 다시 동메이의 바짓가랑이를 잡고 매달렸다.

"엄마! 먹고 싶어요… 엄마!"

"샹샹, 항상 엄마 말을 잘 들어야 깐마가 다시 맛있는 거랑 장난감 많이 많이 사줄 거야! 알았지?"

나의 말에 이번에도 초롱초롱한 눈망울을 깜빡이고 고개를 끄덕이며 시원하게 잘도 대답했다.

"응, 알아요. 깐마!"

녀석의 까까머리를 쓰다듬어 주고 다시 동메이와 중단된 얘기를 나누었다. 하지만 얼마 지나지 않아 또 다시 녀석이 응석을 부렸다. 그러더니 과자 봉지를 통째로 집어 들었다. 동메이가 마지못해서 과자를 꺼내주려고 하자 내가 말렸다. 샹샹을 등받이가 없는 유아용 작은 나무 의자에 앉히고 나와 마주 보게 했다.

"샹샹, 조금 전 엄마와 약속했지?"

"응……."

"약속은 지켜야 하는 거야. 만일 깐마가 샹샹에게 재밌는 책을 사준다고 약속했는데 안 지키면 샹샹 기분이 좋아?"

"아니요, 싫어요."

"그래, 똑같은 거야. 샹샹이 약속을 지켜야 깐마도 약속을 지킬 수 있는 거야. 약속은 함께 지켜야 하는 거란다."

녀석이 잘 알아들었다는 듯 고개를 끄덕였다.

"앞으로 엄마랑 한 약속 잘 지킬 수 있지?"

"응, 깐마!"

샹샹과 새끼손가락을 걸었다. 샹샹은 더 이상 과자를 달라고 동메이의 다리에 매달려 칭얼거리지 않았다. 이것을 본 동메이는 놀랐다.

"안 된다고 해 놓고 다시 아이의 요구대로 해주는 것은 아이의 좋은 습관을 기르는 데 좋지 않아. 이렇게 어린 아이지만 알기 쉽게 말해주면 아이도 알아듣고 사고하고 올바른 판단을 하게 되는 거야."

"그렇군요. 언니, 나도 이제부터 아이에게 뭐든 하지 말라고만 할 것이 아니라 충분한 대화 속에서 해답을 찾아야겠어요."

동메이의 걱정스런 얼굴이 금세 환해졌다.

중국에서는 아이를 황제처럼 떠받들며 키우는 부모들이 너무나 많다. 아이가 요구하는 모든 것들을 다 해주고 아이가 스스로 할 수 있는 일들도 부모들이 다 대신해주는 것이 사랑이라고 착각하는 것이다.

나는 동메이 집을 나서면서 다시 한 번 샹샹을 안고 당부했다.

"샹샹, 과자만 많이 먹지 마. 만일 과자가 먹고 싶으면 엄마에게 말하고 먹어야지, 혼자 마음대로 꺼내서 먹으면 안 된다."

"응! 알아요, 깐마!"

샹샹을 생각할 때면 또랑또랑한 샹샹의 이 한마디가 내 귓전에서 맴돌며 메아리친다. 난 정말로 샹샹이 좋다. 샹샹은 내게 행복을 가져다준다.

생각만 해도 가슴이 벅찬 아들들! 동규, 친친, 샹샹! 하나님이 내게 주신 아주 크고 귀중한 선물이다. 해맑게 웃는 세 아들을 보면 마음 한가득 감사함으로 뒤덮인다. 난 세상에서 가장 행복한 엄마다!

생 사

중국에는 '생불대래사불대거^{生不帶來死不帶去}'라는 말이 있다. '공수래공수
거^{空手來空手去}'와 비슷한 말로 빈손으로 왔다가 빈손으로 간다는 뜻이다. 살
아 숨 쉬는 매초마다 새롭게 세상으로 나오는 생명과 이 세상을 등지는 사
망이 끊임없이 이어지는 게 인간세상의 법칙인 것이다.

내 삶 속에도 죽음으로 인해 사랑하는 사람과의 아픈 이별이 두 번 있
었다. 어쩌면 죽음을 가장 가깝게 직면하고 내 인생에 있어 크게 충격을
받은 고통의 기억들이다. 그 첫 번째 기억은 내가 여섯 살이 조금 넘었을
무렵 엄마가 돌아가신 일과 두 번째는 바로 중국 엄마와의 뜻밖의 이별!

그래서일까 난 아들 동규에게 각별하다. 이런 내 모습이 가끔은 남편
의 눈에 아이를 온실 속의 화초로 키우는 것처럼 보였던지 내게 한마디 한
다. 아이에게 사랑하는 마음을 너무 겉으로 표현하지 말라며 남자아이에

겐 비바람을 맞는 것도 성장에 큰 도움을 준다는 것이다. 남편의 말에 동감하면서도 항상 나의 어린 시절이 떠올라 아이에게 더욱 정성에 정성을 기울이고 있다.

나의 엄마는 선천성 심장판막증으로 몇 차례 수술을 받았지만 당시 한국의 의학으로는 완전치유가 힘들었는지 계속해서 재발했다고 한다. 심장판막증이 있는 엄마에게 아이를 낳는다는 것은 생명을 위협하는 일이라 아주 위험하다고 했다. 그래서 아버지는 내가 태어난 후 다시는 아이를 낳지 말자고 하셨다고 한다. 하지만 엄마는 하나는 너무 외롭고 무엇보다 자식 욕심이 많아 아이를 더 낳고 싶어 했다고 한다.

그래서 나의 남동생이 태어났다. 나랑 동생은 터울이 1년 반 정도밖에 나지 않아 몸이 약한 엄마로서는 두 아이를 모두 키울 수 없었기에 장녀인 나는 거의 할아버지, 할머니 손에서 자랐다. 내겐 할아버지, 할머니께서 부모나 다름없었다. 어릴 적 추억을 회상해도 엄마와 함께한 시간은 거의 없고 그나마 기억나는 것은 딱 두 장면이다.

하나는 엄마가 돌아가시기 전 직접 나의 머리를 감기고 곱게 땋아주면서 하신 말씀이다. "엄마가 항상 미안해! 엄마는 그래도 우리 미정이가 세상에서 제일 예쁘고 사랑스럽단다."라고 다정하게 말씀하시던 모습이 마치 사진을 찍은 것처럼 생생하다. 그리곤 덧붙여 하시던 말씀이 있었다.

"엄마가 우리 미정이 시집 갈 때까지 살아야 하는데……."

어린 나로서 가슴깊이 아픈 엄마의 말씀이 무엇을 말하는지 몰랐다. 가끔 혼자 있게 되면 엄마의 이 한마디가 문득 떠오른다. 자신의 딸이 곱게 자라서 시집가는 것을 얼마나 보고 싶으셨을까 생각하니 엄마의 짧은 삶이 너무나 가엾다. 특히나 출산의 고통을 고스란히 경험하고 나니 더욱 가슴이 저민다.

둘째는 엄마가 돌아가시던 날 많은 친지들이 울고 있고 무엇보다 관 뚜껑을 닫기 전 마지막으로 엄마의 얼굴을 봤을 때다. 조용히 주무시듯 누워계시던 모습에 당시 난 엄마가 자는데 왜 사람들이 울고 그러나 이상하게 생각했었다.

엄마의 죽음은 엄마 한 사람만의 죽음이 아니었다. 뱃속에 또 한 명의 내 동생이 세상 빛 한번 보지 못하고 그렇게 엄마를 따라 머나먼 여행을 떠난 것이다.

젊은 나이에 세상을 하직한 엄마와 뱃속의 동생을 위해서 영혼을 달래주는 굿이 시작되었다. 무속인을 찾아가 좋은 날을 받아서 했는데 일종의 의식을 통해 영혼을 불러들인다고 했다. 그래서 영혼을 대변해서 가족들에게 영혼이 하고자 하는 말을 들려준다고 했다. 아마도 엄마의 원통함을 조금이나마 위로하기 위해서 믿어지지는 않지만 지푸라기라도 잡는 심정으로 굿을 한 것 같다. 무속인이 한 손에 부채와 방울이 달린 막대기를 흔들면서 노래하듯 주문을 외자 곧 그 무속인의 몸에 엄마의 영혼이 들어왔다면서 가족들 앞으로 가서 이야기했다. 그러다 곧 내 차례가 왔다. 무속인은 나와 동생을 잡고 울고 시작했다.

"내가 너희들을 두고 어떻게 가니? 눈에 밟혀서 못 간다! 으흑흑……
미안해!"

난 너무 무서워 막 울었다. 무속인은 우는 나의 얼굴을 만지며 안고 통곡했다. 공포에 떨면서 엉엉 우는 나에게 친척들은 괜찮다고 하면서 이 무속인이 엄마라고 했다. 너무나 큰 충격이었다. 무속인은 얼마 동안 통곡하다가 다시 춤을 추고 어떤 주문 같은 것을 외우더니 다시 리듬에 맞춰서 구구절절 말했다. 이야기를 다 한 듯한 무속인은 작별의 인사를 하듯 우리를 보고 인사했다.

잠시 후 폭이 넓고 긴 흰 천의 양끝을 두 사람이 잡아 흔들고 있었고 무속인이 그 뒤쪽으로 가서 크고 하얀 종이배를 그 위에 올려놓았다. 그 배가 천의 이쪽 끝자락에서 저쪽 끝자락으로 도달하자 모든 의식은 끝나고 밖으로 나가서 굿에 사용된 모든 물건을 태웠다. 이로써 엄마와 동생을 기리는 굿은 끝이 났다.

가끔 어릴 적 굿하던 장면이 떠오른다. 어린 나에게 사람이 죽으면 굿을 한다고 인식하게 했던 그날! 하나님을 믿는 나로서 그날의 굿을 믿지는 않는다. 죽은 자의 넋을 기리고 더 좋은 곳으로 가길 바라는 산 자들의 애틋한 마음일 거라고만 이해한다. 내 기억 어렴풋이 숨어있는 친엄마를 기억하며 고개 숙여 기도한다.

또 다른 경험은 중국 엄마의 어이없는 죽음! 사람의 생명이 풍전등화라는 것을 느끼게 한 죽음이다.

어느 날 중국 엄마의 왼쪽 턱과 목을 잇는 부분에서 큰 종양이 발견되었다. 너무나 갑자기 자란 종양은 외관상 보기에도 꽤 컸다. 이 종양이 생긴 것은 돌아가시기 불과 2주일 정도 전이었다.

종양이 생기기 전 중국 엄마께서 고향인 양저우扬州에 가고 싶다고 해서 모셔다 드리고 왔다. 양저우는 남편의 고향이기도 하고 이모님과 외숙부님도 살고 계셔서 중국 엄마는 1년에 한두 번씩 놀러 가시곤 했다. 양저우에 가신 지 사흘째 되던 날 중국 엄마에게서 전화가 왔다.

"미정아! 고향친구들이 상하이에 간다는데 나도 함께 가려고 해."

"엄마, 외지에서 오래 계시다 건강이라도 나빠지시면 어떡해요?"

"괜찮아! 상하이 친구 집에서 함께 있을 거야. 너무 걱정하지 마라."

중국 엄마의 목소리는 여행을 앞둔 아이들처럼 들떠있었다.

"엄마, 혹시라도 몸이 좋지 않으시면 바로 연락하세요."

"그래, 알았다. 걱정 마! 내가 상하이 특산품도 사 가지고 갈게."

이렇게 가신 중국 엄마는 일주일이 지났는데도 통 오실 생각이 없으셨다. 난 걱정에 상하이 친구분 댁으로 연락했다. 처음 상하이로 떠나실 때와는 다르게 많이 피곤한 기색이 있는 목소리였다. 하지만 중국 엄마는 일주일만 더 친구들과 함께 지내다 오고 싶다고 하셨다. 걱정은 되지만 너무 원하시는 일이라 우린 빨리 시간이 지나 집으로 돌아오시기만 기다렸다.

드디어 중국 엄마가 돌아오셨다.

"엄마! 보고 싶었어요!"

"미정아! 잘 있었어?"

"네! 왜 이제야 오세요."

중국 엄마의 얼굴은 피곤하고 힘들어 보였다. 그리고 목은 크게 부어 있었다.

"엄마! 목이 왜 그래요? 어디 부딪혔어요?"

"아니, 상하이에 있으면서 갑자기 생겼네."

"그럼 빨리 오셔서 검사를 받았어야죠!"

즐겁게 여행하고 오신다던 중국 엄마가 환자로 돌아왔다. 속이 상했다. 난 얼른 남편에게 전화를 걸어 곧장 집으로 오게 했다. 남편이 돌아와 병원을 가려 했으나 이미 검사를 받기엔 늦은 시간이라 다음날 아침 일찍 가기로 했다.

다음날 아침! 평소보다 더 바삐 움직였다. 남편과 난 중국 엄마를 모시고 병원으로 가 각종 검사를 받았다. 오후 늦게 모든 검사가 끝났다. 검사 결과는 다음 주 월요일에 나온다고 했다. 하루를 힘들게 보내신 중국 엄마를 부축하고 집으로 돌아왔다.

"엄마! 너무 걱정 마세요! 다 괜찮을 거예요."

"미정아! 난 죽는 거 겁 안 나."

"왜 그런 말씀을 하세요? 엄마는 저희랑 오래오래 사셔야 해요!"

검사 때문에 하루 종일 아무것도 먹지 못한 엄마를 위해 죽을 끓였지만 그마저도 입맛이 없다며 몇 숟가락 드시지도 못했다. 얼른 엄마를 방으로 모시고 가서 눕혀드렸다. 엄마는 눕자마자 바로 잠이 드셨다.

다음날 아침, 엄마는 기력을 찾은 듯 보였다. 난 친구들에게 전화를 걸어서 몸이 허약할 때 무엇을 먹으면 기력이 회복되는지 물어보고 시장에 갔다. 친구의 말에 의하면 붕어를 푹 고아서 그 국을 마시면 좋고 비둘기 탕을 해서 그 국물을 마셔도 좋다고 했다. 난 붕어도 사고 비둘기도 사서 정성껏 고았다.

"엄마! 이거 좀 드세요! 기력 회복에 좋다고 해요."

"그래, 우리 미정이가 엄마를 위해서 한 음식이니 먹어봐야지."

중국 엄마는 내가 해 온 국 한 사발을 다 드셨다. 맛나게 드시는 엄마를 보니 너무나 좋았다. 하지만 조금 후 엄마는 먹은 것을 모두 토했다. 난 엄마의 등을 두들겨 드리고 물을 마시게 했다.

엄마와 난 나란히 소파에 앉았다. 중국 엄마가 내 손을 잡았다.

"미정아! 난 네가 참 좋아! 진짜 널 좋아해!"

중국 엄마를 안으면서 나도 내 진심을 말했다.

"엄마, 저도 엄마를 얼마나 좋아하는데요."

정말이었다. 중국 엄마에게서는 항상 엄마 향기가 났다.

중국 엄마의 죽음을 예감이라도 한 걸까? 나는 아이 고모와 큰아버지 댁에 전화를 걸었다.

"언니, 오늘 저희 집에서 같이 저녁 먹어요."

형님^{남편의 형수}과 따칭^{조카}이 왔지만, 아이의 고모는 일이 있어 내일 시간을 내어 엄마를 보러 온다고 했다. 엄마가 편찮으신데 이보다 더 큰 일이 어디 있어! 역시 자신만 아는 이기적인 고모다.

저녁에 내가 열심히 솜씨를 발휘한 음식을 모두 맛있게 먹고, 아이들은 장난감을 가지고 함께 놀고 형님과 난 중국 엄마와 같이 얘기도 하고 즐거운 시간을 가졌다. 이 순간만큼은 엄마도 아주 편안해 보였다.

밤 8시가 되어서 형님도 아이를 데리고 집으로 가고, 남편은 전화를 받고 잠시 외출했다. 중국 엄마는 조금 눕고 싶다고 하셨다. 동규와 난 곁에서 엄마를 지켰다.

9시 20분쯤 잠에서 깬 엄마가 목욕을 하고 싶다고 했다. 엄마가 목욕을 할 수 있도록 욕실에 물을 받고 실내를 따뜻하게 했다. 엄마를 부축하여 욕실로 안내하고 문을 닫아 드렸다.

"미정아! 미정아! 빨리……."

갑자기 욕실 안에서 다급하게 날 부르는 소리가 들려 얼른 문을 열고 들어가니, 엄마는 아직 옷도 다 벗지 않은 상태였다. 엄마는 얼른 바지를 입혀달라고 했다. 난 엄마가 바지를 입을 수 있게 도왔다. 엄마는 힘이 없으신 듯 온 몸을 내 어깨에 기댄 채 방으로 향했다. 안방 침대로 다 와서 앉으려고 하는데 갑자기 "억" 하는 소리를 길게 내며 엄마가 쓰러지셨다. 난 급히 엄마를 양손으로 꼭 붙잡아 안았다. 하지만 이미 엄마의 고개는 힘없이 내 한쪽 어깨에 푹 파묻혀 있는 상태였다. 집엔 세 살배기 동규 외에 그 누구도 도움을 줄 사람이 없었다.

"동규야! 빨리 엄마 핸드폰 가져 와! 빨리!"

동규가 얼른 뛰어가 내 가방에서 핸드폰을 찾아다 주었다. 엄마를 안은 채 한 손으로 핸드폰 다이얼을 눌렀다. 손과 다리가 사시나무 떨듯 떨렸다.

"여보! 빨리 집으로 와요. 엄마가 이상해!"

남편도 내 전화에 혼비백산하여 신발을 신은 채 방으로 들어왔다. 남편은 죽은 듯이 내게 기댄 엄마를 안아 바닥에 눕히고 숨소리가 들리는지 살폈다.

남편이 엄마를 업고 계단을 내려가는데 큰 형님도 고모도 모두 오셨다. 구급차도 아파트 입구에 도착했다. 다들 구급차를 타고 병원에 갔다. 난 동규와 조카를 데리고 집에서 소식을 기다려야 했다. 이 상황이 어린 아이들에게도 불안하게 느껴졌는지 조카들과 동규가 울기 시작했다. 나도 아이들과 함께 울고 싶지만, 나마저 운다면 아이들이 더 불안해 할 것 같아 애써 참았다. 아이들이 울다 지쳐서 잠들자, 난 서재로 와서 울면서 기도했다.

한참 기도하다 잠시 잠이 들었다. 한 시간쯤 자다가 문득 눈이 떠졌다. 얼른 남편에게 전화했다. 남편은 엄마는 아직 응급실에서 깨어나지 않고 인공호흡기에 의존해 겨우 숨만 쉬고 있다고 했다. 엄마가 우리 곁을 떠나려고 준비하신다는 직감이 들었다.

일요일 아침 8시 30분경 남편에게서 전화가 왔다. 남편은 울먹이며 말했다.

"엄마, 가셨어!"

큰 슬픔을 안고 장례식을 준비했다. 대형버스를 빌려 가족들과 친지들을 모시고 장례를 치르는 곳으로 갔다. 중국 엄마는 새 옷을 입고 유리관 안에 누워 있었고 관의 가장자리는 흰 국화와 노란 국화로 둘러싸여 있었다. 이틀 사이에 엄마의 넉넉하고 인자하시던 얼굴도 야위어 다른 사람 같았다.

마지막 모습을 보는 시간. 줄을 서 돌아가며 헌화하고 묵념했다. 엄마의 앞에 흰 국화를 한 송이 놓고 잠시 고개를 숙이고 두 손을 모아 기도했다.

"하나님! 부디 저희 엄마를 천국으로 인도하소서!"

장정들이 와서 엄마의 관을 들어 화장하는 곳으로 모셨다. 모두가 눈물로 엄마의 마지막 가는 길을 애도했다. 장례를 다 치르고 마지막으로 버스를 타기 전에 하는 의식 같은 것이 있었다. 작은 모닥불을 피워 그 불꽃 사이를 참석한 모든 사람들이 뛰어 넘는 의식이다. 저승과 이승의 경계선으로 죽은 자를 송별하고 산 자들은 다시 세상으로 돌아온다는 의미라고 했다.

이렇게 그리운 엄마 두 분을 내 삶 속에서 떠나보냈다. 사실 어릴 적 친엄마와의 이별은 깊게 다가오지 않았다. 나는 그때 삶과 죽음의 의미조차 알지 못하는 어린 꼬마였다. 하지만 중국 엄마와의 이별의 고통은 아주 깊고 오래갔다. 중국 엄마의 죽음은 인생을 되돌아보는 계기가 되었다. 단 하루의 시간도 아주 귀하게 여기고 허투루 쓰지 않았다. 때론 삶에 대한 회의도 오고 자포자기하게 되기도 했지만 함부로 살거나 경솔하게 행동하지 않았다. 이것이 나의 두 분 엄마께 보답하는 방법이라 생각했다.

어릴 적부터 엄마의 사랑을 항상 갈망해왔던 나이기에 내 아이에게 그 부족했던 사랑을 대신하고픈 마음에 동규에게 유난히 애정표현을 한다. 동규 녀석이 하루는 내게 안기면서 물었다.

"엄마, 우리 미국 사람이에요?"

"왜 그렇게 생각해?"

"미국 사람들이 만나면 안고 뽀뽀하잖아요."

아이의 눈으로 이해한 미국문화가 재미있다. 피식 웃음이 나왔다. 동규의 말대로 미국인들처럼 사랑을 표현하면서 나누며 살아가고 싶다. 순간순간이 아쉽지 않게, 오래오래 기억되게⋯⋯.

글을 쓰면서 오늘도 하늘나라에서 나지막이 미소 지으시며 우리를 내려다보실 두 분께 사랑과 존경을 보낸다.

사랑하는 엄마들! 오늘따라 더욱 그립습니다.

아들! 딸?

난 1972년생이다. 그 당시에는 너도 나도 아들을 낳기 위해 많은 자녀들을 낳아서 길렀다. 내 친구들을 봐도 형제자매들이 최소한 서너 명은 되었다. 나처럼 딱 둘만 있는 집은 다소 드물었다. 그러다보니 학교와 동네 여기저기 표어들이 많이 붙어 있었다. '아들 딸 구별 말고 둘만 낳아 잘 기르자.' 한동안 이런 표어들이 유행을 하다가 '둘도 많다. 하나만 낳아 잘 기르자.' 라는 표어까지 나왔었다.

하지만 지금 우리나라는 출생률 높이기에 혈안이 되어 있다. 서울의 강남구는 출산장려금으로 둘째 아이를 출산하면 100만 원, 셋째 아이는 500만 원, 넷째 아이는 1,000만 원, 다섯째 아이는 2,000만 원, 여섯째 아이는 3,000만 원 등 파격적인 출산 장려금을 지원한다는 소식을 인터넷에서 보았을 때 정말로 놀라지 않을 수 없었다.

만일 이 소식을 중국인들이 듣는다면 너도나도 한국으로 가서 살고 싶어 할 것이다. 왜냐면 중국은 아이를 더 낳고 싶어도 인구억제정책상 한 가구당 한 자녀만이 가능하기 때문이다. 하지만 여전히 많은 중국인들은 남아선호사상의 영향으로 아들을 낳고자 집착한다. 특히 농촌 지역에서는 아이들을 적게는 둘, 많게는 서넛도 낳는다.

이런 농촌 주민들의 생각을 알았는지 정부는 농촌 주민들이 첫째로 딸을 낳으면 둘째까지는 벌금 없이 낳아도 된다고 허가했다. 하지만 영 효력이 없는 듯했다. 대부분의 농촌 주민들은 첫째가 딸이든 아들이든 무조건 둘째를 낳는다는 것이다.

그리고 도시사람들은 소수민족 외에 한족^{汉族}들은 아이를 하나만 낳아야 했다. 만일 아이를 하나 이상 낳으면 어김없이 벌금과 함께 직장에서 쫓겨나기에 일반서민들은 둘째 아이는 꿈도 꾸지 못한다. 하지만 비교적 경제적으로 윤택한 자유 경제활동을 하는 개인사업가들은 벌금을 내고 둘째아이를 낳는다.

벌금의 액수도 대도시와 중소도시는 차이가 난다. 마안산시는 벌금이 마안산시 호적을 가진 사람과 농촌 호적을 가진 사람으로 나눠서 각각 5만 위엔^{한화 약 860만 원}과 2만 위엔^{한화 약 350만 원}이다. 높은 벌금이 부과되지만 우리 시에도 둘째를 낳아서 기르는 사람들이 적지 않다. 그러나 대도시를 보면 이 벌금이 더 큰 숫자로 불어난다.

저장성^{浙江省}의 원저우^{溫州}시와 항저우^{杭州}시의 경우, 2009년부터 벌금이 올라 원저우는 314,000위엔^{한화 약 5,400만 원}, 항저우는 195,000위엔^{한화 약 3,400만 원}으로 엄청난 금액이다.

그런데 얼마 전 베이징의 친구에게 전화가 왔다. 사업을 하는 친구인데 한동안 연락을 못 했던 터라 아주 반가웠다. 친구는 최근 득남을 해서 너무 즐겁다고 했다. 이 친구는 첫아이로 딸이 있지만 아들을 낳고 싶어 둘째를 가졌는데 바라던 아들을 얻게 되어서 너무 다행이라고 했다. 하지만 친구가 말한 벌금의 액수에 난 너무 놀랐다. 무려 21만 위엔^{한화 약 3,640만 원}을 벌금으로 지불했다고 한다. 한국 일반 직장인의 1년 소득인 셈이다.

"그렇게 많은 벌금을 내고도 아이를 낳았니?"

"이까짓 벌금쯤이야 감수하더라도 아이를 낳는 것이 더 현명한 것 같아. 둘째아이를 낳고 가정이 더 화목해졌어. 큰아이도 남동생이 생겨서 너무 좋아해!"

친구의 말을 들으니 이해도 됐다. 아이들은 복덩어리 그 자체이기 때문이다. 아이들을 통해 얻는 행복이 얼마나 큰 것인가를 생각하면 중국인들이 얼마나 행복을 억제 당하고 살아가는 것인지 새삼 이해하게 됐다.

하지만 불행하게도 아들을 얻기 위해서 인륜을 저버리는 행동을 스스럼없이 저지르는 중국인들도 있다. 중국도 한국과 마찬가지로 초음파 검사로 성별을 알아내는 것은 불법이다. 초음파를 통해 성별을 알아내서 아들이면 낳고 딸이면 지우는 것을 예방하기 위해 불법으로 붙이고 있다. 하지만 중국은 '되는 것도 없고 안 되는 것도 없다'는 말이 생길 만큼 모든 일에 '관시ᑊ系', 즉 인맥을 통해서 안 되는 일들도 이뤄지는 나라다.

아는 중국 언니에게 들은 얘기다. 자신과 같은 사무실에서 일하는 동료의 얘기였다. 언니의 동료는 결혼한 지 2년이 된 여성으로 첫 아이를 임신했다. 언니의 동료는 항상 입버릇처럼 자신은 꼭 아들을 낳겠다고 했다고 한다. 무슨 특별한 이유가 있는 것이 아니라 남편이 아들을 너무 원하기 때문이라고 했다. 그런데 그 동료는 임신 6개월이 되었을 때 태아 성감별을 통해서 아들이 아닌 딸이라는 판명이 나오자, 정말로 무서운 짓을 했다고 한다. 바로 6개월씩이나 자신의 뱃속에서 키워 온 아이를 지운 것이다. 언니는 그 동료에게 요즘은 딸이 더 귀엽고 부모에게도 잘한다며 만류했다고 한다. 하지만 이 여자는 수술을 했다.

이 얘기를 다 듣고 나자, 소름이 돋았다. 자식을 낳아 본 엄마들이라면 누구나 다 알 것이다. 뱃속의 태아는 함께 교감하고 생활하는 내 몸의 일부분으로 아직 세상 밖으로 나오지 않았을 뿐 한 인간의 모양을 갖춘 인격체라는 것을…….

세상에서 제일로 무서운 동물이 인간이라고 하던데 그 말이 틀리지 않았다. 아들이 그리도 중요한가? 중국 친구들은 내가 아들이 있으니 이런 소리를 한다며 농담 섞인 말로 불평했다. 아이의 성별은 우리 맘대로 이뤄지지 않는 하늘의 섭리다. 우리에게 때론 딸로 때론 아들로 인연을 받고 태어난 아이들을 부모는 잘 낳아서 열심히 기르면 되는데 이것을 인위적인 방법을 통해 지키지 않는다는 것은 큰 잘못인 것 같다.

한국 친구들 중에서도 장남에게 시집을 가, 아들을 낳지 못한다고 시부모에게 많은 스트레스를 받는 친구가 아직도 있다. 그리고 스스로도 죄를 짓고 살아간다는 느낌을 가지고 있다고 했다. 믿기지 않는 이야기였다.

한국도 중국도 변하지 않은 유교적 관념 때문에 현대 여성들로 하여금 마음의 짐을 안고 살아가게 한다. 지금도 중국에서 농촌 인구가 상당수를 차지하는데 만일 지금처럼 아들을 낳기 위해서 더 많은 아이를 낳는다면 더 많은 사회적 문제가 생길 것이다. 아이를 그저 낳기만 하고 그에 응하는 교육 방침이 뒤따라주지 않는다는 것이 가장 큰 이유일 것이다.

현재, 중국의 농촌은 예전 우리의 '새마을 운동' 처럼 '신농촌 운동' 이란 것을 통해 농촌 주민들의 의식 개혁과 생활문화를 개선시켜 좀 더 현대화된 농촌을 조성한다는 중국 정부의 방침을 따르고 있다. 이 의식 개혁으로 남아선호사상도 개선되었으면 좋겠다. 그래서 개인의 능력에 맞게 자녀를 계획하고 교육시키는 책임 있는 부모가 되었으면 한다.

난 지금 고민 중이다. 아이를 하나 더 낳아야 하나, 말아야 하나? 한국 사람인 내 입장에서 보면 다산이 애국하는 지름길 같고 중국인 남편의 입장에서 보면 그다지 반가운 소리만은 아닌 듯하다. 다행히도 내가 한국 국적이다 보니 중국 당국도 어쩔 수 없겠지만 말이다.

'아들! 딸?' 이 아니라, '아들! 딸!' 앞으로 많은 아이들이 적어도 성별에 의한 차별대우로 세상에 태어날 권리마저 빼앗기는 일은 이 세상에서 없어지기를 간절히 바란다!

비단이 장사 왕 서방

중국 친구들이 이구동성으로 내게 묻는 질문이 있다.

"미정아, 너 결혼할 때 부모님의 반대가 없었니?"

당연히 반대하셨다. 가장 많은 반대를 하신 분이 우리 엄마다. 엄마의 생각엔 자본주의 안에서 자란 내가 중국이라는 사회주의 국가에서 잘 적응하겠냐는 생각에 크게 반대하신 것 같다. 하지만 아버지는 엄마와 다른 견해를 보이셨다. 약간의 반대도 있으셨지만, 만일 사람만 바르고 정확하다면 외국인이라고 해도 괜찮다는 결정을 하신 것이다.

평소에도 아버지는 항상 딸인 내 의견을 존중하신 편이라 난 아버지의 이런 판단에 의외라는 생각을 하지 않았다. 하지만 아버지께서 미래의 사위를 곁에서 잘 살펴보시기 위해서 중국 마안산시에 오신다는 것이다. 그것도 2주씩이나 말이다. 이 말씀에 난 놀라지 않을 수 없었다. 엄마도 아버지의 의견에 동의하셨다. 중국에 와서 보고 조금이라도 불만족스러운 것이 있다면 그대로 아버지와 같이 한국으로 와야 한다는 전제 조건하에 중국으로 오신다고 했다.

난 긴장되었다. 나에겐 더없이 너그러운 아버지지만, 사윗감을 보실 때는 아주 철저하고 세세히 보실 것이다. 만에 하나 아버지께서 마음이 바뀌어서 무조건 반대하시면 어쩌나 생각하니 가시 방석에 앉아 있는 기분이었다.

이런 내 걱정과는 상관없이 남편과 중국 엄마는 놀라기보다 오히려 한국 손님, 그것도 미래의 장인과 사돈이 될 분이라면서 아주 기뻐하며 조금은 흥분된 어조로 내게 이것저것 물었다.

"미정아! 아버님은 뭘 좋아하시니?"

"미정아! 아버님이 예전에 중국에 와 보셨니?"

성실한 남편과 정성을 다해 상대를 대하는 중국 엄마를 생각하면 분명히 아버지께서 결혼을 승낙하실 것이라는 굳은 믿음이 생겼지만, 2002년 당시의 마안산은 지금의 마안산과는 많이 달라서 시市가 아니라 군郡이라고 생각될 만큼 작고 다소 보잘것없는 도시였다. 딸이 대도시가 아닌 소도시로 시집 가 불편하게 살기를 바라지 않으실 것 같아서 더욱 걱정되었다. 하지만 이런 걱정을 하기엔 너무 이르다는 생각을 하게 되었다. 아버지가 오시기 전 만반의 준비를 해서 꼭 결혼 승낙을 받아낼 것이다!

남편과 난 고민 끝에 2주나 되는 긴 시간을 좁은 중국 엄마 댁에서 함께 머무르시는 것이 아버지께 불편을 줄 거라는 생각에 마안산시에서 가장 좋은 호텔을 예약해 두었다. 아버지와의 통화에서 호텔을 예약해두었으니 잠자리가 편하실 거라고 말씀드렸더니 곧 불호령이 떨어졌다.

"난 지금 여행을 가는 것이 아니야! 이 사람이 정말로 내 딸을 행복하게 해 줄 사람인지를 보는 거야. 짧은 시간이지만 너희들과 함께 생활해 보면서 정말로 내 사윗감으로 자격이 있는지를 심사하러 가는 거야. 그러니 다소 불편하더라도 난 괜찮으니 호텔예약은 취소하거라. 그렇지 않으면 내가 가야 할 이유가 없구나!"

아버지의 태도는 아주 완강하셨다. 우리는 아버지의 의견을 존중하여 중국 엄마의 집에서 함께 지내기로 했다. 남편은 조금 걱정스러운 얼굴로 물었다.

"한국사람은 너 말고 만난 적이 없는데 어떻게 아버님께 내 진심을 전할 수 있을지……. 게다가 한국말은 거의 못하는데……. 어떡하지? 미리 한국말을 좀 배워둘걸."

이 사람 나랑 정말 결혼하고 싶어 하는구나 싶어서 속으로 기분이 좋았다. 그리고 미래의 장인께 잘 보이고 싶어 하는 것이 한국의 어느 사위들과도 다를 바 없어 보여 귀엽게만 보였다. 그리고 마음속으로 만일 아버지께서 반대하신다고 해도 내가 믿고 사랑하는 이 사람과 남은 내 삶을 함께 하겠노라고 굳게 맹세했다.

드디어 결전의 날! 난징 루코우^{祿口}공항으로 아버지를 모시러 갔다. 남편은 좀 떨려 보였다. 미래의 장인어른이자 우리 둘의 혼사를 결정하는 중요한 인물이므로 더더욱 그럴 것이다. 남편은 며칠 동안 연습한 한국어 인사법을 계속해서 중얼거리며 외웠다.

"오빠, 긴장되지?"

"아니, 긴장은 무슨……. 내가 잘 할 테니 걱정하지 마!"

긴장이 안 될 턱이 없다. 난 남편의 손을 꼭 잡아줬다.

인파 속에서 아버지의 모습이 보였다. 중국에서 만나는 아버지가 더없이 반가웠다. 남편은 밤낮으로 연습한 한국어로 아버지께 인사했다.

"아버님, 처음 뵙겠습니다. 저는 왕 청이라고 합니다. 만나서 반갑습니다."

어떤 한국인이 들어도 한국사람이 말하는 것이라고 착각할 정도였다. 아버지는 멋들어진 우리말 소개가 마음에 드셨는지 흡족한 웃음을 띠셨다. 나중에 아버지께 전해들은 이야기지만 외국인이면서 어렵게 연습한 한국말을 자연스럽게 구사하는 모습을 보고 첫인상부터 점수를 후하게 주셨다고 했다.

남편이 경영하는 식당에서 마안산에 오신 아버지를 위한 성대한 환영

파티가 열렸다. 남편은 아버지를 위해서 주방장에게 특별 메뉴를 지시하고 종업원들에게 아버지를 극진히 모시라는 명령도 내렸다. 식당 입구에 중국 엄마와 남편의 형 식구와 누나 식구까지 모두 나와 우리를 기다리고 있었다.

"환잉! 환잉! 환영합니다! 환영합니다!"

식당 여종업원들까지 두 줄로 서서 입구에 들어선 아버지께 인사했다.

아버지를 위해서 특별 요리가 많이 나왔다. 한국사람으로서 접해보지 못했던 전통 중국요리들! 가장 독특한 요리로 뱀 요리와 개미 요리, 자라 요리 그리고 오리 혀 요리가 나왔다. 뱀 요리는 튀김옷을 입혀 튀긴 거라 겉보기엔 평범한 장어를 튀겨 놓은 것 같았다. 그리고 개미 요리는 옥수수 말린 것을 튀겨서 개미와 함께 볶은 것이다. 자라는 모양을 그대로 살려 찐 것인데 등껍질 부분은 그날 손님 중 가장 귀빈에게 주어지는 부분이다. 오리 혀 요리는 혀만 따로 볶아서 나오는데 아이들도 잘 먹는 요리다. 그 외에도 생선, 육류, 채소류, 탕 종류, 여러 가지 후식 등이 푸짐하게 나왔다.

아버지께서도 뱀 요리나 개미 같은 것은 처음 드셔 볼 것이다. 난 맛 볼 엄두도 못 냈다. 아무리 나라마다 음식 문화가 다르다고 하지만 뱀과 개미, 자라 같은 것은 영 먹히지가 않았다. 하지만 음식들을 마다하지 않고 맛있게 드시는 아버지의 모습에 다시 한 번 딸을 위하는 마음이란 생각이 들어 콧날이 시큰해졌다.

다 같이 술도 한 잔 하고 너무나 좋은 만남이었다. 중국 친구들은 모두들 아버지의 딸 사랑에 놀랐다고 했다. 사위 될 사람을 알아보기 위해 멀리 타국까지 온다는 것이 쉽지 않다는 것이었다. 난 아버지가 중국까지 오신 것은 그리 놀랍지 않았다. 평소에 아버지를 보면 그러실 분이셨기에……. 하지만 2주나 되는 시간을 딸을 위해서 비우고 오심에 아버지의 사랑을 새삼 다시 느꼈다.

우리는 마안산 근처에 있는 난징南京을 비롯해서 우후芜湖, 그리고 상하이까지 아버지를 모시고 가서 중국의 멋진 경치를 소개했다. 같이 도시를 여행하면서 아버지께선 남편이 외국인 같지 않고 같은 한국사람 같다는 느낌을 많이 받으셨다고 했다. 윗사람을 배려하고 공경하는 것도 그렇고 중국남자다 보니 한국남자보다 더 여자를 아끼고 배려할 줄 안다는 느낌에 딸을 시집보내도 되겠다고 결정하셨다고 했다.

게다가 한국에서 듣던 중국의 모습과 실제 중국의 모습이 많이 다르다고 하셨다. 아버지가 중국으로 오시기 전, 엄마를 비롯해 할아버지, 할머니 심지어는 아버지의 지인들까지 공산주의인 중국이 자유와 인권이 있겠느냐고 하시며 중국으로 시집가는 것을 말리라고 하셨다 한다.

정작 중국에서 2주 생활해 보신 아버지는 서방국가나 한국보다 더 개

방적인 태도의 중국사람들과, 외국인들에게 큰 호감을 가지고 대하는 중국인들의 태도에 안심하고 딸을 이곳에 보낼 수 있겠다고 생각을 굳히신 것이었다.

게다가 비록 언어는 잘 통하지 않아서 힘들었지만 인상과 얼굴에서 묻어나오는 자비로운 중국 엄마의 모습에서 세상에서 가장 좋은 시어머니가 될 분이라고 판단했다고 하셨다. 남편과 시어머니 될 사람이 가장 큰 관건인데 이 두 사람이 모두 나를 아끼고 사랑하는 마음으로 가득해서 환경이 달라도 시집가서 잘 적응하리라 생각하고 마지막 결정을 하신 것이었다.

"왕 청이 귀여운 구석이 있어! 열심히 한국말로 나와 얘기를 하고자 애쓰는 것이 참으로 기분이 좋아. 그렇지만 네가 더 신경을 써서 존댓말을 많이 가르쳐야겠더라."

"아직 한국어를 많이 못 가르쳤어요. 더 노력할게요."

"그래! 너희들 결혼해라! 비록 한국이 아니라 뚝 떨어져 중국으로 시집간다고 하지만, 너희들이 서로 아끼고 사랑하며 살아 준다면 아버지로서 더 바랄 것이 없다!"

하지만 조금은 섭섭하신지 금세 아버지의 눈시울이 붉어졌다. 마음속 깊이 아버지께 감사를 드리고 벌써부터 집을 떠나 시집을 온 것처럼 이별의 아픔이 느껴졌다. 아버지를 한번 안아드리고 싶어졌다. 32년 동안 살아오면서 아버지에 대한 감사함을 한 번도 속 시원하게 말하거나 표현하지 못했다. 아버지는 조용히 내 등을 토닥이시며 섭섭한 마음을 전하셨다.

"항상 어리다고만 생각한 내 딸이 이제 정말로 아비의 품을 떠나가는구나……. 넌 항상 자랑스러운 내 딸이었다. 앞으로 좋은 아내가 되고 행복한 보금자리를 이곳 중국에서 잘 이루며 살길 바란다!"

중국 사위에 대한 엄마의 믿음과 사랑은 못 말릴 정도다. 어떤 때는 은근히 질투도 난다. 엄마와 나의 전화 통화 내용은 항상 이렇게 시작된다.

"미정아, 우리 왕 서방 잘 받들어야 해! 알았지?"

"내가 엄마 딸이에요? 아님, 왕 서방이 엄마 아들이에요?"

나는 일부러 심통을 부린다.

"난 우리 아들 왕 청이 제일 좋아! 빨리 우리 왕 서방 바꿔봐!"

난 전화를 남편에게 건넨다.

"어머니! 비단이 장사 왕 서방이에요!"

"그래! 우리 비단이 장사 왕 서방, 잘 지냈어?"

"네. 그런데 요즘 어머니 보고 싶어 죽겠어요."

"나도 우리 왕 서방이 제일 보고 싶네."

"하하하! 빨리 한국으로 어머니 보러 갈게요."

이렇게 실컷 얘기를 다하고 엄마는 다시 내게 당부하신다.

"우리 왕 서방한테 소홀히 대하면 안 된다!"

"알았다니까요. 엄마도 참! 항상 왕 서방만 끼고 돌아요."

이런 엄마의 사위 사랑과 자랑은 동네에서도 평판이 자자한 지 이미 오래다.

한국에서 결혼식을 하고 중국으로 돌아오기 전, 남편이 엄마를 위해서 직접 중국요리를 해 주겠다며 앞치마를 두르고 주방으로 들어간 적이 있었다. 그때 엄마께서 놀란 눈을 하시곤 남편에게 이렇게 가르치셨다.

"대장부는 부엌에 들어가면 안 돼! 나가서 큰일을 못해!"

"어머니, 괜찮아요! 중국요리 맛있게 해 드리고 싶어요!"

"왕 서방 마음만 고맙게 받을게. 앞으로 왕 서방은 큰일만 하고 이렇게 주방에서 하는 작은 일은 미정이한테 하라고 해!" 하시면서 절대로 중국에서도 부엌을 자주 드나들지 말라는 엄마의 말씀을 듣고 남편은 확실하게 실천에 옮긴다. 가끔 남편에게 주방 일을 부탁하면 한결같이 대답한다.

"난 도와주고 싶지만, 우리 장모님의 말씀을 어길 수 없어!"

남편은 정말로 장모님 말씀을 잘 듣는 사위다. 그래서 남편이 집안의 그 어떤 일도 거들지 않는 것은 완전히 친정엄마의 사위교육 결과다. 친정엄마는 항상 남자는 바깥일을 여자는 집안일을, 그래야 가정이 순조롭게 아귀가 맞아서 돌아간다고 생각하시는 분이다.

엄마가 중국 사위인 남편을 좋아하는 또 다른 이유가 있다. 그것은 남편이 친정식구 누구에게나 살갑게 대하는 마음 때문이기도 하다. 예전에 할아버지께서 살아계실 때, 남편은 자주 할아버지의 어깨를 주무르며 말 벗이 되어 드렸다. 서툰 한국말로 얘기하는데 옆에서 들으면 무슨 말인지 나조차 알아듣지 못하는데 할아버지와 남편은 아주 잘 통하는 오랜 친구 처럼 이야기꽃이 끊이지 않는다.

"할아버지 말씀 알아들어요?"

"아니! 귀는 못 알아듣는데 마음으로 무슨 말씀인지 다 느끼고 들려."

그리고 남편이 또 하나 잊지 않고 하는 일이 있다. 매번 할아버지와 할 머니께 용돈을 드리는 것이다. 내가 이 사실을 안 것도 몇 년이 흐른 뒤에 할머니의 말씀을 통해서다. 남편의 이런 성심성의는 우리 가족들의 사랑 을 받기에 충분했고 한국 집에서도 가장 인기가 높았다.

남편에게 또 한 번 놀란 적이 있다. 때는 2008년 11월 말, 하나뿐인 동 생의 결혼식 참석을 위해 우리 식구 모두 한국에 왔다.

나의 올케는 울산 아가씨다. 그래서 신부 측을 배려해 결혼식을 울산에 서 올리기로 했다. 대형 관광버스를 빌려 친정식구는 물론, 친척들과 많 은 지인들을 태우고 울산으로 향했다. 이동 중 먹을 떡과 고기 그리고 각 종 과일 음료수를 차 안에 잔뜩 준비했다. 엄마와 함께 각 자리마다 음식 을 나른다고 정신이 없는데, 남편은 손님들께 인사한다고 정신이 없었다.

"자네가 비단이 장사 왕 서방인가?"

"맞습니다. 맞고요! 제가 비단이 장사 왕 서방입니다."

남편의 고 노무현 전 대통령 어투를 성대모사한 대답이 순식간에 온 관광버스를 웃음으로 출렁이게 했다. 엄마가 일손을 놓고 한 말씀 거드셨다.

"우리 왕 서방 잘 생기고 한국말도 잘 하지요?"

여기저기서 맞다며 맞장구를 쳤다.

"비단이 장사 왕 서방 노래 한번 들어보자!"

엄마가 나서서 말리셨다.

"우리 왕 서방, 한국 노래 몰라. 그러니 다음에……."

"어머니! 저 한국 노래 알아요! 어머니가 가르쳐줬잖아요!"

"뭐? 무슨 노래?"

갑자기 남편은 양복 윗도리를 벗어 던지고 넥타이를 풀어서 머리에 질끈 동여매고서 노래하기 시작했다.

"비단이 장사 왕 서방 명월이한테 반해서

비단이 팔아 모은 돈 퉁퉁 털어서 다 줬소.

띵호와 띵호와 돈이 없어서도 띵호와.

명월이 하고 살아서 왕 서방 죽어도 괜찮다.

우리가 반해서 하하하 비단이 팔아서 띵호와."

노래만 하는 것이 아니라 율동도 함께 하는데 까무러치게 놀랐다. 여태껏 함께 살면서 이렇게 쇼킹한 남편의 모습은 또 처음이었다. 한편으론 우습기도 하고 애교 떠는 것이 귀엽기도 하고……

"와! 우리 비단이 장사 왕 서방 잘 한다!"

남편이 1절을 다 부르자, 엄마는 마이크를 넘겨받아 목청껏 2절을 이어 부르셨다. 엄마의 노랫소리에 남편은 박수를 치며 "우루히히!" 괴상한 소리를 냈다. 장모와 사위의 공연이 끝나자, 우레와 같은 박수와 환호성이 터졌다.

"여보! 이 노래 가사를 아직도 기억해요? 그리고 그 괴상한 소리는 또 뭐예요?"

"장모님이 가르쳐주신 노래인데 잊을 수 없지! 그리고 한국사람들 신나서 노래하면 춤도 추고 이렇게 소리도 지르잖아. 나도 배운 거야!"

쑥스러운 듯 멋쩍어 하는 남편! 버스 안은 축제 분위기였다.

"미정아! 우리도 중국 사위 얻고 싶다. 소개 좀 해라!"

아주머니 한 분이 내게 중매를 서라고 하셨다. 웃으며 그렇게 하겠노라고 대답은 드렸지만 속으론 다른 대답을 하고 있었다.

'이렇게 멋진 신랑감은 한국에서도 중국에서도 아주 찾기 힘들 거예요.'

남편의 '이 한 몸 희생정신'에 힘입어 울산에 가는 동안 아주 즐거운 시간을 가질 수 있었다.

결혼식이 끝나고 집으로 돌아와 엄마의 사위 찬양은 다시 시작되었다.

"우리 왕 서방은 못 하는 것이 없네! 정말로 장해!"

엄마의 사위 편애는 정말로 약도 없다! 하지만 이런 엄마의 편애가 난 싫지 않다. 엄마의 사위사랑이 영원히 계속 이어지길 바란다.

"우리 왕 서방!"

"우리 장모님!"

다시 태어난 나

2008년 봄, 나는 자연유산으로 마음에 큰 상처를 입었다. 그 아픔으로 둘째 생각은 까맣게 잊고 살아왔는데 다시 내게 그 기쁨이 찾아왔다. 동규의 동생을 가졌다는 것이 너무 기쁘고 행복해서 내 입에서 연신 "할렐루야"가 저절로 나왔다. 세 번이나 임신 테스트를 한 후 그제야 남편에게 말했다.

"여보! 당신 내년에 다시 애기 아빠가 될 거예요!"

남편은 크게 웃으면서 날 꼭 안아주었다. 행복한 순간이었다. 마치 꿈속에서 멋진 세상을 보듯이 말이다.

"엄마 뱃속에 애기가 있어요?"

동규도 덩달아 신기해하면서 좋아라 한다.

"엄마, 난 남동생도 여동생도 갖고 싶어요."

중국사람들은 비교적 쌍둥이를 선호하는 편이다. 쌍둥이를 낳았을 때
는 자녀가 둘 이상이지만 벌금을 내지 않아도 되기에 많은 사람들이 쌍둥
이를 바란다. 그 쌍둥이 중에서도 가장 높게 치는 것이 롱펑타이龙凤胎다.
롱펑타이란 남녀 이란성 쌍둥이로 아들과 딸을 한 번에 얻을 수 있기에 더
욱 그런 것 같다. 거리를 다니다 롱펑타이를 만나면 가던 길을 멈추고 볼
정도다.

동규의 요구조건이 너무 난이도가 높은 것이라 녀석의 희망사항을 들
어 줄 수 있을지……. 되도록이면 녀석의 주문에 응해주고픈 엄마 마음에
서 오는 욕심 같은 것이 생긴다. 하지만 내겐 그런 재주가 없다. 그저 주님
이 주시는 그대로 감사히 바구니에 담을 뿐이니 말이다.

아이가 태어나려면 적어도 9달은 더 있어야 한다. 조심, 조심 그리고
또 조심이다. 유산의 경험이 있는 나로선 걱정이 먼저 앞섰다. 자연유산
의 경험이 있는 사람은 다시 자연유산이 되기 쉽다는 소리를 들었다. 그
래서 지난번과는 다르게 충분히 쉬어주고 많이 먹고 그럴 거다. 머지않아
한 팔엔 우리 동규를, 다른 한 팔엔 아가를 안고 잘 것을 생각하니 자꾸 웃
음이 나고 입가엔 미소가 떠나질 않는다. 아! 이 행복감, 세상의 그 무엇
과도 바꿀 수 없을 것 같다.

이제 46일째다. 병원에 가서 아기가 안전하게 있는지 검사를 하러 갈

시간이다. 마안산시에서 비교적 시설이 현대화되었다는 마깡^{马钢} 병원에
갔다. 먼저 평소 알고 지내던 소아과의 딩^丁 주임을 찾아서 같이 산부인과
로 갔다. 그렇지 않으면 언제까지고 순서를 기다리고 있어야 한다.

기다림보다 날 더욱 참을 수 없게 만드는 것이 불쾌감을 주는 의사들의
불친절한 태도다. 물론 의사들의 힘든 노고를 모르는 바는 아니지만 중국
의 의사들은 대부분 불친절하다. 특히나 산부인과 의사들은 항상 뭔가 불
만족스런 표정과 다소 엄숙한 얼굴로 산모들을 대해서 산모들로 하여금
무섭다는 인상을 준다. 중국 친구들이 말해주는 산부인과 의사들은 거의
공포 수준이었다.

"중국 산부인과 의사들 너무 무서워! 넌 중국에서 절대 애기 낳지 마!"

아이를 낳을 때도 비명을 지르면 의사들이 산모들에게 호통을 친다고
한다.

"조용히 좀 하세요! 애 혼자만 낳아요? 참으세요!"

이 거짓말 같은 얘기가 정말로 믿기지는 않지만, 친구가 직접 경험한
얘기니 사실이다. 중국 산모들의 입장에서는 참으로 안타깝다. 아이를 낳
아야 하는 산모들에게 불안감을 과중시키는 것이다. 간접적으로 듣기만
한 나도 무섭다는 생각이 든다.

아직 아이를 낳으려면 많은 시간을 인내하고 기다려야 하는데 아이를
어디서 낳을 것인지가 고민된다. 동규 때처럼 한국으로 가서 아이를 낳자

니 또 다시 남편이 있음에도 불구하고 없는 것이 되고 중국에서 아이를 낳자니 동규랑 남편이 항상 곁에 있어서 심적으로 편안하고 안정감은 주지만 중국의 의료진들과 시설은 우리나라에 비할 수가 없다. 일단 여기 정황을 세심하게 보고 판단하기로 했다.

병원에 가기 전에 평소 잘 알고 지내던 지인들에게 소개받아 가는 것이 좀 더 친절하게 진찰도 받고 미리 예약할 수 있어 시간도 많이 절약된다는 이점이 있다. 나는 아는 사람이 있기에 초음파도 금방 볼 수 있었다. 하지만 초음파를 산부인과 전문의가 아닌 초음파만 판독해서 보는 일종의 기술자 같은 사람이 본다.

아니나 다를까 아직 자궁에 아기가 보이지 않는다는 거다. 그 사람 말로는 아직 태아가 작아서 잘 보이지 않으니 며칠 뒤에 다시 한 번 소변이 꽉 찬 상태로 오라고 했다.

아버지의 직장암 수술 때문에 며칠 뒤면 한국으로 가는데 아예 믿을 수 있는 한국병원에 가서 진찰을 받는 게 좋겠다 싶어서 그냥 집에서 한국 갈 준비만 하고 있었다. 그런데 갑자기 통증이 왔다. 아랫배에 가스가 꽉 찬 느낌처럼 답답하고 숨을 쉴 때도 함께 아파왔다. 앉았다가 일어서는데 앞이 빙빙 도는 듯하더니 다시 뒤로 넘어졌다. 움직이지도 못할 정도로 아파왔다.

침대에 누웠다. 너무 아파 눈에서 눈물이 쏟아져 나왔다. 남편과 아이는 내 옆에서 발을 동동 구르며 병원에 다시 가 보자고 했다. 토요일이니 어느 병원에 가더라도 자세한 검사는 받기 힘들다는 것을 아는 난 그냥 있어 보려고 했지만, 시간이 지남에 따라 밀려드는 두려움으로 다시 병원에 갔다. 혹시나 했는데 역시나였다. 시에서 크다는 병원 세 군데를 갔는데, 두 군데는 쉬는 날이라 검사는 안 된다고 했다.

다시 며칠 전 갔던 마깡병원으로 가게 되었다. 다행히도 당직 의사가 있었다. 하지만 역시나 상세한 검사는 안 된단다. 의사에게 증상을 얘기하는 것밖에는 뾰족한 수가 없다.

"증상이 어때요?"

"네. 갑자기 배가 아파서요."

"배가 어떻게 아픈가요?"

"배가 답답하기도 하고 송곳으로 찌르는 것 같은데, 아프다가도 갑자기 괜찮아지고 또 그러다 다시 아프고……."

"증상을 봐서 임신 후 변비 같네요."

"예? 변비요?"

"네. 산모에 따라 변비 증상이 심하면 그래요. 배변은 봤나요?"

"아뇨. 요사이 며칠 동안 없었어요."

"약은 먹으면 안 되니까, 민간요법에 심한 변비가 있으면 빨래비눗물을 마시면 쾌변을 본다고 하는데……."

"빨래비눗물요?"

내 귀를 의심할 수밖에 없었다. 현대의술이 고도로 발달한 21세기에 의사에게 빨래비눗물을 마셔보라는 소리를 듣다니.

집으로 돌아와서도 계속되는 아픔에 정말로 빨래비눗물이라도 마셔버리고 싶었다. 하루만 더 있으면 한국으로 가니 제발 조금만 더 견디자고 다짐하며 그저 침대에 누워서 아픔을 억지로 참았다.

다음날 아침, 어제까지만 해도 아파서 데굴데굴 굴렀는데 일어나니 감쪽같이 통증이 사라졌다. 마음속으로 계속해서 아프지 않게 해달라고 주님께 빌었는데 그 기도의 응답일까? 하지만 배를 만지거나 움직일 때는 약간의 통증이 있었다. 이렇게 또 하루가 지나갔다.

드디어 한국 가는 날! 알람을 켜고 잔 것도 아닌데 저절로 눈이 떠졌다. 사방이 조용했다. 남편과 아이가 행여 잠에서 깰까봐 조심스럽게 일어나 방문을 열고 거실로 나왔다. 아직 한국 갈 짐을 준비하지 않아서 조바심이 났다. 옷방에 가서 짐을 하나하나 싸기 시작했다. 그런데 갑자기 아랫배에 이상한 느낌이 들었다. 화장실에 가서 보니 약간의 핏자국이 있었다.

난 불안했지만 애써 좋은 방향으로 생각을 돌리기 시작했다. 동규를 가졌을 때도 약간의 핏자국이 도는 증상이 있었는데 무사히 낳지 않았는가? 심적으로 피곤하고 긴장돼서 나오는 현상일 거라며 스스로를 위로했다.

8시쯤 남편과 동규도 일어났다. 남편은 나와 동규를 위해 아침을 준비했고 난 동규의 재롱을 보면서 불안감을 떨치려 애썼다. 남편이 정성스레 준비한 아침식사도 난 입맛이 없어 먹는 둥 마는 둥 했다. 남편은 혼자서 가는데 괜찮겠냐며 걱정했다. 내가 홀몸이 아닌 것도 그렇지만 무엇보다 요 며칠 사이에 이상 증세를 보여서 더욱 걱정하는 것 같았다.

"한국에 도착하면 몸조심하고, 절대 무리하지 마. 그리고 돈 아끼지 말고 먹고 싶은 거 먹고, 사고 싶은 거 사."

정말로 고맙고 소중한 남편이다. 아버지의 수술비 또한 남편이 준비해 주었다. 부모님이 원하지 않아도 자식 된 도리로 이럴 때는 자식들이 하는 것이 당연하다고 하면서 건네준 돈이다. 남편의 따스함과 관심이 고마울 따름이다.

사실 중국에서 6만 위엔한화 약 1천만 원은 적지 않은 돈이다. 중국인들의 평균 수입으로 따져 본다면 몇 년을 쓰지 않고 모아야 만질 수 있는 돈의 액수다. 그것도 장인을 위해서 선뜻 내어 놓는다는 것이 쉽지만은 않다. 남편의 효심이 느껴져서 수술이 아주 잘 될 것 같았다. 게다가 남편은 인민폐를 그대로 들고 나가기엔 조금 불편하다고 생각했는지 달러로 바꿔서 주는 섬세함을 보였다. 역시 우리 남편이다.

난징 루코우 공항을 향해 출발했다. 출발한 지 얼마 되지 않아 보슬비가 내리기 시작했다. 보슬비와 함께 밖으로 보이는 풍경들이 갑자기 아주 새롭게 보였다. 뭐라 말할 수 없는 고독도 보였다. 한 시간을 달린 끝에 공항 진입로로 들어섰다. 이제야 실감이 난다. 곧 비행기를 타고 한국으로 가는구나. 그동안 남편과 동규가 잘 있기를 마음으로 기도했다.

출발하고 나서는 기도의 힘을 빌려 안정적인 심리상태로 들어갔다. 배도 전혀 아프지 않았다. 기분도 처음 출발할 때와는 사뭇 달랐다. 곧 내나라에 간다는, 그리고 아버지와 엄마를 만난다는 기대와 설렘으로 바뀌었다.

한국의 날씨는 다소 더웠다. 하늘에 구름 한 점 없는 한여름의 날씨다. 한국은 장마철이라 계속 흐리고 비가 많이 왔는데 오늘부터 이렇게 화창하다며 마중을 나와 준 친구가 말했다. 모든 것이 좋은 징조였다. 내가 도착해서 계속해서 우울한 날씨라면 수술하시는 아버지 맘이 더욱 좋지 않을 터였는데 날씨도 화창하니 마음도 편했다.

친구의 핸드폰을 빌려서 남편에게 전화해 안전하게 도착했음을 알렸다. 이때까지만 해도 곧 내게 닥칠 일을 상상도 못했다. 전화를 끊고 얼마 되지 않아 갑자기 다시 아랫배가 아프기 시작했다. 운전하는 친구에게 방해되지 않으려고 그냥 억지로 참으려고 했지만 아픔은 더욱 심해져 왔다.

갑자기 왜 이러지? 두려움이 뇌리 전체를 휩쓸었다. 친구도 내가 심상치 않은지 몸이 좋지 않느냐고 물어 왔다. 임신을 한 지 얼마 되지 않았는데 며칠 전부터 이렇게 배가 아프다고 했더니 먼저 병원부터 가보자고 했다. 그래서 일산에 있는 유명한 산부인과로 갔다.

원장님이 마침 계셨기에 그분께 진찰을 받았다. 초음파를 보시던 원장님께서 뜻밖의 말씀을 하셨다.

"병원은 안 가보셨나요? 지금 자궁외임신이 되었네요."

"갔었는데……. 자궁외임신요?"

"병원에 가시면 바로 아셨을 텐데 어떻게 비행기를 타셨어요?"

"중국에서 갔는데, 아직 아기가 작아서 잘 안 보인다고만 했어요."

"중국의 의료수준이 아직 좀 그럴 거예요. 타신 비행기가 한국행이라 다행이지, 미국행 같았으면 아주 큰일 날 뻔했네요. 며칠 전부터 배가 아팠다고 하셨죠? 이미 내부출혈이 일어난 겁니다. 오늘 입원하시는 것이 좋을 것 같습니다. 내일 오전에는 수술을 해야 하니까요."

앞이 캄캄해졌다. 어떻게 내게 이런 일이 일어나는지 알 수 없었다. 수술을 해야 한다는 의사선생님의 말만이 내 귓가를 맴돌았다.

그래도 부모님을 만나서 사정을 얘기해야 하기에 9시까지 병원에 오겠다 대답하고 부모님이 계시는 원룸으로 갔다. 아버지가 내일 입원을 하시기에 엄마와 내가 쉴 공간이 필요하다는 생각에 병원 근처에 얻어 놓은 원룸에 부모님이 먼저 도착해 계셨다. 아버지와 엄마는 내가 벨을 누르자 맨발로 나와 날 안아 주셨다.

"어구, 홀몸도 아닌데 혼자서 온다고 고생했어."

내 손을 잡고 말씀하시는 엄마를 뵙자 어떻게 말해야 할지 입술이 차마 떨어지지 않았다.

"아버지, 엄마! 저 오늘 입원해야 돼요. 내일 아침에 수술을 해야 해서……."

아버진 고개를 떨구시고 엄마는 울면서 날 안아주셨다. 아버지도 당신의 몸과 수술은 생각지도 않으시고 딸자식이 바로 수술을 해야 한다는 것에 아주 마음 아파하셨다. 난 씩씩하게 말했다.

"어차피 중국에 있었어도 수술해야 했는데 오히려 한국에 와서 수술할 수 있게 되어 얼마나 다행인지 몰라요. 걱정 마세요! 이 수술은 수술도 아니에요."

부모님께는 별일 아니라는 듯 말씀드렸지만, 내 인생 처음 받는 수술인지라 떨리고 무서웠다. 무엇보다 남편에게 또 다시 아빠가 된다는 행복을 뺏어야 하기에 마음이 너무 아팠다.

남편에게 전화했다.

"여보……."

"아버님과 어머님 모두 만났지?"

"네……. 그런데 여보, 나 병원에 입원해요."

"왜? 배가 또 아파?"

"우리 아기가……."

"미정아! 다 괜찮아. 네 몸이 더 중요해. 아기는 다음에 기회가 있잖아. 울지 마! 괜찮아."

남편과 동규가 번갈아 가면서 괜찮다고 위로해주는데 왜 그렇게 눈물이 나오던지……. 가족의 힘이란 대단한 것 같다. 이 산을 던져 바다로 옮기라고 하면 그럴 수 있을 만한 힘과 믿음을 가족이란 울타리가 내게 가져다주었다.

밤 9시가 다 되어 갔다. 아버지께서 계속해서 내게 엄마와 함께 병원에 가라고 재촉하셨다. 아버지 혼자 원룸에 계시게 하려니 마음이 아팠다. 아버지께선 1층으로 내려오셔서 날 배웅하셨다. 이틀 뒤면 아버지께서도 큰 수술을 하시는데……. 아버지께 걱정을 끼쳐 심적으로 더 힘들게 하는 것 같아서 마음이 너무 아려왔다. 그리고 앞으로 엄마가 더 힘들어지실 것을 생각하니 죄송했다. 내가 탄 택시 뒤로 멀어지는 아버지의 모습이 유난히 슬퍼 보였다.

병원에 도착하자마자 난 환자복을 받아들고 간호사의 말에 따라 준비했다. 수술을 하면 실밥을 풀기 전까지는 샤워를 할 수 없기에 먼저 병실 안의 샤워실로 들어갔다. 거울에 비친 내 모습이 해쓱했다. 아버지의 수술을 옆에서 응원하고 간호하기 위해 온 한국행인데 도리어 간호를 받는 환자가 되어야 한다는 것도, 어렵게 가진 둘째가 또 다시 한여름 밤의 꿈처럼 내 곁으로 왔다 사라져야 한다는 것도 너무 서러워 참을 수 없는 눈물이 흘러 내렸다. 엄마에게 우는 것을 들키지 않으려고 물을 틀어놓고 실컷 울었다.

문을 열고 나오니 엄마는 벌써 보호자용 침대에 누워 주무시고 계셨다. 부산에서 아버지를 모시고 올라오느라 많이 피곤하셨던 모양이다. 나도 자리에 누워 눈을 감았다. 잠을 청하려고 누운 채 양을 셌다. 양 한 마리, 양 두 마리, 양 세 마리……. 정말 효과가 있는 것인지 나도 모르게 잠이 들었다.

똑똑. 누군가 문을 열고 들어오는 인기척에 잠에서 깼다. 고개를 들고 보니 간호사다. 체온과 혈압을 쟀다. 오늘이 바로 내가 수술을 받게 되는 날이다. 어제부터 계속된 금식인데 전혀 배가 고프지 않았다. 수술을 받는 것에 대한 긴장감으로 허기조차 느끼지 못했다.

9시 약속대로 간호사가 날 데리러 왔다. 4층 전문의 방으로 안내되었다.

선생님은 내 자궁의 내부 상태를 세심하게 보시더니 자궁외임신인데 흔하지 않게 오른쪽 난소에 수정이 되어 있다고 했다. 수술에 대해서도 설명을 들었다. 그런데 갑자기 통증이 밀려와 의사선생님의 질문에 대답도 하기 힘들게 되었다. 선생님은 놀라며 난소 속의 태아가 커지면서 터지기 시작했다고 했다. 바로 수술실로 옮겨 수술해야 한다는 의사의 말에 겁도 났지만 무엇보다 통증 때문에 아무것도 생각할 수 없었다. 오히려 빨리 수술을 마쳐 고통의 수렁 속에서 빠져 나올 수만 있다면……

3층 수술실로 어떻게 옮겨진지 모르겠다. 내 왼팔에 링거바늘을 꽂고 잠시만 기다리라는 말만 남기고 의사와 간호사는 수술 준비를 위해 분주했다. 난 수술 대기실 침대에 누운 채 악몽과 같은 고통으로 신음하고 있었다. 얼마나 아픈지 그 고통이란 이루 말할 수 없다. 아이를 낳아 본 경험이 있는 나로선 출산의 고통은 지금의 고통과는 비교가 안 될 만큼 아팠다. 한마디로 날카로운 칼끝으로 여기저기를 마구 찌르는 고통이라는 말 외에 어떤 말로도 표현이 안 된다.

처음 올라온 수술대! 그 느낌이 마치 도마 위의 생선 같았다. 칼자루를 들고 있는 주인에 따라 생선이 조리가 되듯이 차가운 수술대 위에 올라가 꼼짝없이 있어야 했다. "마취제 들어갑니다."라는 말과 동시에 난 눈이 스르르 감기면서 긴 잠에 들어갔다.

얼마나 잤는지 모르겠다. 옆에서 부르는 소리가 들렸다. 눈을 뜨려고 해도 마음대로 되질 않았다.

"김미정 씨, 눈 좀 떠 보세요! 수술 다 끝났습니다."

다시 크게 들리는 소리에 난 다시 안간힘을 다해 눈을 뜨려고 노력했다. 드디어 무겁기만 하던 눈꺼풀이 떠지면서 내 옆에 초록색 옷을 입고 있는 사람들이 보였다.

"이성 쇼우쑤 청공러 마? ^{의사 선생님. 수술 성공적으로 끝났나요?}"

난 온 힘을 다해서 말했다.

"김미정 씨, 지금 뭐라고 하셨나요? 정신이 드나요?"

'앗! 여긴 중국이 아니라 한국이지! 의식이 돌아오자마자 어떻게 중국 말이 먼저 나왔지?'

나의 뇌세포들은 무의식중에 이미 중국어가 더 익숙해져 있던 것이다. 환경이란 사람의 잠재의식도 변하게 하는구나! 웃으려고 해도 웃음이 나오질 않았다. 이제 살아서 웃고 싶다는 생각이 드니 참으로 감사했다. 매일 숨 쉬고 살아온 공기도 너무 색다른 맛이다. 수술하기 전 마취에서 깨어나지 못하면 어쩌나 하던 두려움들이 새로운 생명을 얻은 은혜로 감사함으로 바뀌었다.

다시 내가 누운 침대가 병실로 옮겨졌다.

"수술이 무사히 끝났구나! 다행이다. 이젠 됐다!"

엄마의 이슬 맺힌 눈을 보니 못난 딸 때문에 얼마나 가슴 졸이며 애태 웠을까 생각하니 가슴이 아팠다. 내 평생 엄마께 정성을 다해도 이 은혜를 다 갚지 못할 것 같다. 엄마는 내가 9시에 병실을 나가 검사만 받고 다시 올라온 후 수술실로 내려간다는 간호사의 말을 듣고 한 시간이나 병실에서 기다리다가 답답한 마음에 직접 간호사실로 갔더니 내가 급히 수술실로 들어갔다는 말을 들었다고 했다. 그때부터 엄마도 하나님께 기도하면서 병실을 지키셨다고 했다. 이제 보니 엄마의 기도가 날 무사히 수술실 밖으로 나오게 한 것이었다.

이제 악몽에서 깬 것처럼 기분이 좋고 정신도 맑아졌다. 그렇게 아파서 죽을 것 같던 고통이 금세 사라져 버렸다. 통쾌할 정도로 기뻤다.

간호사의 말에 의하면 자궁과 난소에 이미 출혈이 많아 피가 몸 내부에 고여 있어서 고통이 심하게 왔던 거라고 했다. 이런 몸으로 비행기를 타는 것이 얼마나 무모한 행동인지도 말해 주었다. 만에 하나 비행기를 탄 상태에서 복통이 오고 쇼크 상태가 되었다면 손도 써보지 못하고 죽을 수도 있다고 했다. 그리고 빨리 수술에 들어가 배를 가르는 수술이 아닌 복강경으로 할 수 있었다며 정말 운이 좋은 편이라고 했다. 불행 중 천만다행이라고 모두들 축복해 주었다.

이 모든 것이 주님의 은총이라! 한국까지 무사히 오게 하신 것도 한국에 도착하자마자 고통을 느끼게 해주셔서 신속히 병원으로 오게 하시고 그리고 수술까지……. 정말로 완벽하고도 놀라운 주님의 굿 타이밍!

난 감사와 은혜로 눈물이 주르륵 흘렀다. 이 얼마나 축복받은 인생인가? 내 인생에 있어 두 번째 생명을 주셨음을 확실히 느낀 난 모든 것들이 새롭게 보이고 새롭게 느껴졌다. 지금까지는 내 위주의 삶을 살았다. 하나님을 위해서 이 사회를 위해서 살아온 날이 별로 없다. 이젠 삶의 목표와 방향을 달리 잡아야 한다. 내 개인의 목표와 목적을 위해서만 산다는 것이 얼마나 어리석고 의미 없는 인생인가를 간접적으로 배우고 느낀 나로선 앞으로의 남은 인생을 달리 생각할 필요가 있었다. 지금 내가 흘리는 눈물을 결코 잊지 않으리라.

아버지를 보러가셨던 엄마가 저녁에 오셔서 아버지 수술에 대한 얘기를 전해들을 수 있었다. 내일 오후 1시쯤 수술에 들어간다고 했다. 수술을 집도하시는 의사선생님이 한국 최고의 직장암 권위자라는 것이 다소 마음이 놓였다. 하지만 힘든 수술대 위에서 홀로 그 외로움과 고통을 다 감당하셔야 하는 아버지께서 힘든 항암치료에 방사선 치료로 몸이 많이 여위셨기에 잘 견뎌주실지 참으로 걱정이 앞섰다.

사람들은 평소에 받은 평강과 행복에 감사하며 생활하는 것에 다소 소홀하다. 큰일을 맞고서야 힘들어 하고 뉘우치고 뼈저리게 후회하는 삶을 되풀이 해 살아가는 듯하다. 나 또한 그렇다! 이렇게 내 인생을 변화시킬 만한 일들이 터지고 나서야 그동안 받은 은혜와 축복에 감사하며 미리 그러지 못했음을 후회하는 참으로 어리석은 행동들을 하니 말이다.

부모님께 효를 다해 공경해야 한다는 것은 어린아이들도 다 아는 얘기지만, 정말로 평소에 우리가 부모님들을 얼마나 생각하고 걱정하였던가? 사랑은 내리사랑이라고 하듯 내 아이를 먼저 생각하지 부모님을 생각하기에는 우리의 이기적인 마음들이 그 깊고 넓은 부모님의 마음을 헤아려 드리지 못한다. 부디 아버지께서 살아서 지금처럼 내 곁에서 묵묵히 계셔 주신다면 얼마나 좋을까?

잠이 들면서도 내일 아버지 수술이 성공적으로 이뤄지길 기도했다.

드디어 아침이 밝았다. 아버지께 먼저 전화를 드렸다.

"아버지! 수술 잘 될 테니 걱정 마세요! 꼭 견뎌 내셔야 해요!"

"아직 아버지 안 죽었다! 내 걱정 말고 네 몸 회복에만 신경 써라."

"아버지! 제가 기도 많이 할게요."

"그래! 네가 좋아하는 하나님께 아버지 대신해 부탁 좀 드려라."

아버지의 무뚝뚝한 말씀 한마디 한마디가 내 가슴을 파고들었다. 마음을 드러내진 않으셨어도 수술이 주는 공포감이 얼마나 큰가를 잘 알고 있는 나였기에 마음이 따끔거렸다. 아버지의 수술 시간이 점점 다가오자 마음이 다급해졌다. 담당 의사선생님께 간청했다.

"선생님! 몇 시간만 외출이 안 될까요?"

"지금 외출하기는 무립니다. 김미정 씨 어제 수술했어요!"

"저… 사실 오늘 아버지 수술이 있으셔서요."

"하지만 김미정 씨 몸도 중요하잖아요. 지금은 서 있는 것도 힘들 겁니다."

혼자 있는 병실 안에서 일어나서 서보았다. 다리가 휘청하고 머리가 어지러워 금방이라도 쓰러질 듯했다. 의사선생님 말씀이 맞았다. 아버지 수술을 보러 간다는 것은 한낱 바람에 불과했다.

드디어 수술 시간이다. 엄마가 전화로 아버지가 수술실로 옮겨진다고 알려왔다. 수술 전 아버지와의 마지막 통화 때 큰 힘을 드리고 싶었는데 내겐 그 어떤 능력도 힘도 없다. 내가 할 수 있는 것은 위로의 말뿐……

"아버지, 하나님이 지켜주실 테니 걱정 마세요. 사랑해요."

"그래! 너도 너무 걱정 마라."

이 와중에도 딸을 걱정하시는 아버지의 마음에 가슴이 또 다시 메어 왔다. 아버지의 수술이 시작되자 엄마는 수술실 문 앞에서 난 병실에서 간절히 기도를 올렸다. 기도를 하다 잠들었다 다시 깨어 기도를 하다……

핸드폰이 요란하게 울렸다. 수술이 잘 되어 회복실로 옮겼다는 엄마의 전화를 받고서야 가슴을 쓸어 내렸다. 한껏 엉켜 있던 실타래가 매듭이 풀려 술술 감기듯 모든 일들이 한순간에 와서 또 한순간에 해결되었다.

나도 저녁부터 조금씩 음식을 삼킬 수 있었다. 저녁식사로 죽이 나왔다. 그릇에 담긴 뽀오얀 죽을 한 숟가락 떠서 입에 넣자마자 감사의 눈물과 함께 범벅이 됐다. 이 값진 경험을 어찌 감사하지 않겠는가? 난 더없이 행복한 사람이다! 난 더없이 많은 사랑과 축복을 받은 사람이다! 참으로 감사하고 감사하다!

가인

난 중국 엄마가 그리울 때마다 함께 출연한 방송녹화를 보면서 그리움을 달랜다. 안후이위성방송 〈가인家人〉은 중국 엄마와의 좋은 추억을 만들어 준 프로그램이다. 화면 속의 엄마의 표정, 말씀 그리고 기뻐하며 크게 웃는 모습이 지금도 우리와 함께 살고 있는 듯한 엄마를 잊지 못하게 한다.

관중의 열렬한 박수와 함께 프로그램이 시작된다.

MC　방청객 여러분 안녕하세요! 안후이위성방송 〈가인〉을 시청하여 주셔서 감사드립니다. 오늘은 특별 게스트로 한국 미녀 김미정 씨를 소개합니다. 여러분 뜨거운 박수로 환영합시다!

(우레와 같은 박수와 함성 속에 내가 한복을 곱게 차려입은 모습으로 무대 위로 오른다.)

MC 김미정 씨, 어서 오세요!

나   여러분, 안녕하세요! 만나서 반갑습니다.

(내가 한국어로 인사를 건넨다.)

MC 한마디는 알아듣겠네요. '안녕하세요' 라는 의미죠? 그리고 어떻게
    말했죠? 다시 한 번만 더 인사 부탁드려요.

나   만나서 반갑습니다. 런스 니먼 헌 까오씽.

(한국어로 다시 한 번 인사하고 중국어로도 인사했다.)

MC 자, 앉으시구요. 지금 입고 계신 것이 한복이죠? 마치 〈대장금〉에
    나오는 한국의 연예인처럼 예쁘네요. 〈대장금〉 아시죠?

나   당연히 알죠.

MC 대장금의 주제곡이 특히 듣기 좋아요. 반주하시는 선생님, 〈대장금〉
    주제곡 연주 가능하면 한번 부탁드립니다.

(곧 〈대장금〉의 주제곡이 연주되자 다 함께 중국어 가사로 된 노래를 부
른다.)

MC 이 노래가 중국인이 비교적 잘 아는 한국노래인데, 혹시 한국을 대
    표하는 다른 노래나 민요가 있나요?

나   있어요. 다들 많이 들어서 아시는 〈아리랑〉이 있죠.

(난 즉석에서 아리랑을 부른다. 어디서 이런 용기가 나왔는지는 잘 모르
겠지만, 화면속의 나는 아주 신이 나서 부른다.)

(노래를 부른 뒤) 죄송해요! 제가 노래를 잘 못 불러서요.

MC 아니예요. 정말로 듣기 좋았어요! 오늘 정말로 김미정 씨를 우리 프로그램 특별 게스트로 부르게 되어 영광입니다. 이미 김미정 씨는 중국의 며느리가 되었는데요, 지금 남편인 왕 청 씨를 함께 맞이하겠습니다. 큰 박수 부탁드립니다!

(남편이 들어온다.)

MC 어서 오세요! 왕 청 씨!

남편 안녕하세요!

MC 정말로 잘생기셨어요!

남편 감사합니다.

MC 두 분이 나란히 앉으니깐 선남선녀네요! 미정 씨에게 먼저 여쭤 볼게요. 왕 청 씨를 만나기 전 중국은 한번 와 보셨나요?

나 네. 여행 온 적이 있어요.

MC 그때가 언제였죠?

나 처음 중국에 온 것이 2000년인데 아주 아름다운 도시인 베이징과 칭다오에 가 봤어요.

MC 그곳은 아주 아름다운 곳이죠!

나 네. 맞아요! 그래서 남편을 만나기 전부터 중국에 대해 아주 좋은 인상을 가지고 있었어요.

MC 중국에 관심이 많았단 말씀이시네요?

나 그랬죠. 특히 중국의 문화랑 중국인들이 말하는 중국어가 너무 듣기에 예쁘고 부드럽게 들려서 더욱 중국을 좋아하게 되었죠.

MC 두 분이 어떻게 만나게 되었는지 알고 싶어요. 어디서 처음 만나게 됐죠?

남편 홍콩 여행을 가게 되었는데 해양공원에서 우연히 만나게 되었죠. 그때 와이프가 목이 말라 슈퍼가 어디 있냐고 내게 물어왔어요. 결국 먼저 대시한 것은 내가 아니라 와이프죠! 하하하.

(MC와 방청객 모두 웃는다.)

MC 왕 청 씨, 당시 외국에서 온 한국 아가씨가 말을 걸어 온 것에 어떤 느낌이 들었어요?

남편 처음에는 너무 놀랐죠. 그리고 잠시 생각을 하니 이 한국 아가씨도 겁도 없이 내게 길을 물어 왔는데, 내가 두려워 할 것이 뭐가 있지라는 마음이 들더라구요. 게다가 홍콩은 중국 땅인데 말이죠.

(남편의 농담에 모두 박수를 쳤다.)

MC 맞아요! 그런 이후 함께 홍콩을 돌아봤나요?

남편 네. 맞습니다.

MC 함께한 시간이 얼마 정도였죠?

남편 대략 2주 조금 못 되었을 거예요. 그리고 각자의 나라로 귀국을 한 거죠.

MC 그리고 얼마 뒤에 다시 두 분이 연락이 된 거죠?

나 제가 며칠을 기다려도 연락이 없는 거예요. 집으로 돌아가면 분명 먼저 남편에게 연락이 올 거라는 확신이 있었는데 없는 거예요. 답답해서 친구들에게 물어봐도 내가 여자니깐 절대로 먼저 연락하지 말고 기다리라고 하는데 곰곰이 생각하니 내게 그렇게 친절히 대하고 호감이 있는 것처럼 표현도 했으면서 연락도 없으니깐 너무 화가 나는 거예요.

MC 화가 나서 어떻게 했어요?

나 전화를 제가 먼저 걸었죠. 홍콩에서 함께 찍은 사진을 보내준다는 이유로 말이죠.

MC 먼저 전화를 걸었다구요?

(MC와 방청객들이 모두 놀란 표정이다.)

나 저 아주 대단하죠? (방청객들이 박수를 보내고, 난 다시 얘기한다.) 그리고 나서 매일 전화를 걸게 되었죠.

MC 언제부터 서로의 마음을 알게 되었나요?

나 딱히 언제라고 꼬집어서 말할 수는 없어요. 거의 매일 통화하면서 자연스레 서로 그리워한다는 것을 알게 되고 보고 싶어 했죠. 그러다 남편이 본격적으로 중국에 와서 중국어 공부를 해 보는 것이 어떻겠냐고 물어 왔어요. 그래서 중국행을 결심했죠.

MC 중국어 공부를 위해서 온다는 핑계로 자연스럽게 두 분의 관계가 더욱 정확하게 된 거군요.

나 그렇다고 봐야겠죠?

(나와 남편이 같이 웃는다. 그리고 음악과 함께 홍콩에서 함께한 사진들이 소개된다.)

MC 언제 결혼했나요?

나 2002년 12월 8일, 그러니깐 남편을 만난 그해에요.

MC 결혼식은 어디에서 올리게 되었나요?

나 한국 부산에서요.

MC 한국에서요! 그럼 한국의 결혼식은 어떤지 화면을 통해서 보시죠!

(한국에서 폐백을 올리는 장면이 나온다.)

MC 어머나! 왕 청 씨가 입은 것은 한복이죠? 정말로 멋지네요!

나 네. 맞아요!

MC 부모님께도 절을 올리나요?

나 네. 양가 부모님께 큰 절을 올리죠.

MC 왕 청 씨의 표정이 아주 재미있네요!

남편 한마디도 못 알아들었죠.

MC 그래도 아주 잘 맞춰서 진행을 잘 하시네요. 부모님들께도 술을 따라 드리네요!

나　네.

MC　김미정 씨 부모님께서 감동하셔서서 우시네요!

나　딸을 시집보내는 서운함으로 우시는 것 같았어요.

MC　부모님께서 봉투에 뭘 주시는 거죠?

나　한국에서는 절값이라고 부모님께 큰 절을 올리면 주시는 일종의 축
　　의금이죠.

MC　축의금이면 빨간 봉투에 주지 않나요?

나　한국사람들은 흰색을 좋아해서 백의 민족이라고 하죠. 그래서 축하
　　금도 흰 봉투에 넣어서 주는 것이 대부분이죠.

MC　저는 한국 드라마에서 신부가 결혼 전에 요리학원에서 요리와 집안
　　일들을 전문적으로 배우는 것을 봤는데 미정 씨도 그렇게 했나요?”

나　그렇게 배우는 사람도 있지만, 저는 집에서 전업주부로서 생활하다
　　보니 자연스레 요리도 집안일들도 익숙해진 것 같아요.

MC　한국 드라마에서 보면 남편이 직장을 갈 때나 집에 돌아올 때 부인
　　들이 문 앞까지 배웅을 하고 마중을 나오는데 정말로 그렇게 하나
　　요?

나　전 그렇게 해요! 시집 온 그 날부터 지금까지요.

MC　지금까지요? 왕 청 씨 너무 행복하신 거 아니에요?

(방청객도 함께 웃고 박수를 친다.)

남편 비교적 행복한 편이죠!

MC 와! 비교적 행복하다구요? 아주 행복한 거예요! (방청객들이 또 다시 환호와 박수를 보낸다.) 지금까지 한국 신부, 중국 신랑의 얘기를 들어 봤는데, 계속해서 중국 가족들이 말하는 한국 며느리는 어떤지 한번 들어 볼까요?

(화면에 형님이 나온다.)

형님 우리는 동서지간인데, 제가 배울 것이 많아요. 시어머니를 대하는 모습이 친부모님을 대하듯 하고 항상 공손히 받드는 모습이 정말로 대단해요. 그리고 남편이 집에 오면 항상 문 앞에 나와 맞이하면서 "힘드셨죠? 혹은 오늘 하루 즐거웠어요?" 하면서 다정하게 묻는 모습에 우리 중국 며느리들이 많이 배워야 한다는 것을 느껴요.

(화면에 시누이가 나온다.)

시누이 평소에 한 집에서 살지는 않지만, 자주 왕래가 있는데, 항상 예의 바르고 무엇보다 엄마께 너무 잘 해요.

(화면에 중국 엄마가 보인다.)

중국 엄마 친구들이 다들 그래요, 한국 며느리 봐서 복이 많다구요. 한국 아가씨들이 예의바르고 남편과 시부모를 잘 공경한다고 해서 모두들 부러워해요. 난 우리 며느리가 너무 좋아요!

MC 저렇게 시어머니가 활짝 웃으며 "우리 며느리가 너무 좋아요"하는 것을 보니 수준이 높은 시어머니 같아요! 사실 중국에서 고부간에 좋은 관계를 유지한다는 것도 쉽지 않은데요, 오늘 미정 씨의 시어머니를 모셨습니다. 여러분 뜨거운 박수 부탁드립니다!

(중국 엄마가 무대로 나오신다.)

MC 어머니, 정말로 며느리를 좋아하시는데 처음 한국 아가씨에 대한 어떤 인상을 가지고 있으셨거나 들었던 말들이 있나요?

중국 엄마 사람들에게 들었고, 드라마를 통해서도 봤어요. 한국 아가씨들은 매우 전통적인 사상을 가지고 있는 것 같고 특히 부모나 남편을 존중하고 가정에 책임감을 가지고 잘 관리해요.

MC 그럼, 미정 씨의 첫인상은 어땠어요?

중국 엄마 첫인상은 먼저 예절이 매우 바르다는 느낌을 주었고 (내가 엄마의 귀에 대고 "예쁘다고 해주세요"라고 한다.) 둘째는 매우 지혜로운 아가씨라는 느낌을 주었어요. (내가 엄마의 답변에 만족한다는 듯 손가락으로 V자를 표시한다.) 난 미정이가 너무 좋아요! 미정이는 중국으로 와서 뭐든 새로운 것에 관심을 보이고 좋아했죠. 중국말을 배우는 것도 특히 열심히 했죠.

MC 며느리와 많은 시간을 함께 해 오셨는데 현재 며느리의 중국어 실력은 어떻다고 생각하세요?

중국 엄마 좋고말고요. 지금까지 며늘아기와 제가 함께 생활하면서 장애
는 없었어요. 우리 서로 좋은 사이로 잘 지내 왔지요.

나 저희 시누이도 종종 질투할 정도예요.

중국 엄마 미정이 말이 맞아요. 내 딸도 질투를 해요.

나 (카메라를 보면서) 언니, 질투하지 마세요.

중국 엄마 우리 딸도 큰며느리도 나더러 미정이만 편애한다고 말하죠!

MC 미정 씨가 어머님께 잘 해서겠죠.

나 그게 아니라, 반대예요. 엄마가 너무 잘 해 주셔서 나도 엄마께 잘
하려고 노력하는 거예요.

(방청객들이 박수갈채를 보낸다. 다시 화면이 나온다. 우리 집에서 식구
들을 초대해서 내가 직접 만든 한국음식을 대접하고 있다.)

PD 이 모든 음식이 한국요리인가요?

나 네. 이것은 한국에서 가지고 온 고추장과 된장이에요.

내레이션 고부간의 사이만 좋은 것이 아니라 모든 시댁 식구들과 사이가
좋은 김미정 씨다. 매주 이렇게 미정 씨는 한국음식을 해서 시
댁식구들을 집으로 초대해 음식을 나눠먹고 정을 나눈다.

(내레이션이 끝나자 시댁 식구인 중국 엄마, 시누이 가족, 형님 가족들이
모두 한자리에 모여서 한국음식을 맛보며 얘기한다. 방청객들의 열렬한
박수가 터져 나온다.)

MC 정말로 보기에도 먹음직스런 한국요리가 한상 가득한데요. 부인의 음식 솜씨가 어떤지 솔직하게 말씀 좀 해주세요!

남편 와이프는 한국입맛이고, 저는 중국입맛이라 서로 조금 달라요. 한국음식은 중국음식에 비해 비교적 담백하고 기름기도 적고 싱거운 편이죠. 그래서 처음엔 와이프가 하는 음식들이 별로 맛있다는 생각을 못했어요. 제가 잘 먹지 않자 와이프가 중국음식을 배워서 지금은 중국음식을 만들어 주는데 꽤 맛있어요. 그래서 제가 와이프가 만든 음식을 직접 카메라로 찍어서 기념으로 남기죠. 제가 가장 인상에 남는 요리는 뚜오지아오 위토우^{剁椒鱼头, 큰 생선의 머리 부분만 사용해 만든 요리로 붉은 고추를 다져서 만든 다소 매운맛의 호남성 요리}인데요, 일반 가정집에서 만들어 먹기 힘든, 전문식당에서나 파는 요리인데 너무 맛있고 모양도 예쁘게 만들어서 감탄했었죠.

MC 그럼, 어머님께 여쭤볼게요. 며느리의 음식솜씨가 어때요?

중국 엄마 아주 맛있어요!

나 엄마께 여쭈면 다 맛있다고 하시는데 제 남편에게 물어 보는 것이 정답일 듯해요.

남편 맛있습니다.

(모두들 웃는다.)

MC 이제 우리가 맞을 가장 중요한 손님을 소개할 시간입니다. 왕자님,

이리로 올라와 주세요!

(동규가 한복을 입고 걸어 나온다.)

MC 자, 이리로 오세요!

동규 안녕하세요!

(동규가 한국말로 인사하자, 방청객들이 박수를 보낸다.)

MC 아들 왕동규 맞죠?

나 네. 맞아요!

MC 너무 귀여운데, 지금 몇 살이죠?

나 21개월째예요.

MC 여기 보면 동규의 태아일기와 육아일기를 썼는데, 중국어로 직접 쓰
고 사진도 붙였네요!

나 네. 처음에는 한글로 썼는데 남편이 자신도 읽고 싶다고 해서 남편
을 위해서 중국어로 남겼어요.

MC 지금 미정 씨가 중국에서 행복한 가정을 꾸리고 즐거운 생활을 하고
있는데요, 중국이란 나라에 대해서 어떤 느낌을 가지고 있나요?

나 중국은 제겐 제2의 조국이나 마찬가지예요. 전 중국과 안후이성^{安徽}
省(안휘성), Anhui 그리고 마안산시를 무척이나 사랑합니다.

(다시 한 번 열렬한 박수소리가 들리고 우리 세 식구의 행복한 화면이 보
이면서 프로그램이 끝났다.)

프로그램을 보고 또 봐도 지겹지 않다. 중국 엄마가 내 눈 앞에 계신 듯하다. 매번 녹화방송을 보고 난 후면 엄마가 더욱 그리워져 눈시울이 뜨거워진다. 그리곤, 자연스레 엄마와의 첫 대면 때를 회상하게 된다. 그 날 처음으로 남편의 집 문턱을 넘어 들어서는데 중국 엄마가 "메이찡, 니하오!"^{미정아, 안녕!} 하며 내 두 손을 잡아주시던 모습이 아직도 생생하다.

엄마가 "메이찡" 하고 불러 주면 엄마의 품속처럼 따끈따끈한 것이 전해져와 금세 마음이 훈훈해졌다. 그래서 엄마가 부르시던 내 이름 "메이찡"이 난 참 좋았다. 중국 엄마가 처음으로 내 이름을 불렀을 때, 내가 왜 그랬는지 모르겠지만, 내 입에서 나온 말이 바로 "마마^{엄마}"였다. 아마도 첫 만남에서 우리는 혈연보다 더 끈끈한 그 무엇으로 묶인 사이라는 것을 서로 알았던 것 같다.

이렇게 엄마와 난 바늘과 실이 되어서 어딜 가든 무엇을 하든 단짝이 되어서 함께 느끼고 생활하고 서로를 아꼈다. 특히 내 생일이면 엄마는 항상 내게 추억에 남는 이벤트를 만들어 주셨다. 그 중 시집와서 두 번째 맞은 생일을 잊을 수 없다.

내 생일은 12월 중순! 그때 남편은 직장도 다니면서 전통식당을 경영하고 있었다. 이른바 '투잡' 이다.

중국의 식당들은 12월에 아주 바쁘다. 각종 모임으로 거의 매일 예약

손님을 치러내느라 정신이 없다. 그래서 난 생일 일주일 전부터 남편에게 카운트다운을 해 내 생일을 잊지 않도록 주의시켰다.

"여보! 드디어 내일이 내 생일이에요! 알죠?"

"그럼, 잊지 않았다구! 뭐하고 싶은지 생각해봐."

출근을 하는 남편의 든든한 대답을 듣고서야 난 안심이 되었다.

"엄마! 내일 우리 뭐하고 놀까요?"

"메이찡, 넌 뭐하고 싶니?"

"난 엄마랑 오빠랑 함께하면 뭐든 다 좋아요!"

"새로 생긴 호텔 회전식 뷔페가 아주 맛있다고 하는데 우리 거기 가서 식사할까?"

"네! 좋아요! 전망이 좋아서 아주 멋질 거예요."

엄마와 난 아주 꿈에 부풀어 계획을 세우고 또 세웠다. 남편이 돌아오면 우리가 세운 계획을 말해주려 했는데 그날 남편은 회사를 마치자마자 바로 식당으로 가서 밤 11시가 넘어서야 돌아왔다.

"오빠! 내일 계획을 엄마랑 함께 세웠는데……."

"오늘 좀 많이 피곤해. 내일 아침에 얘기해."

조금은 실망했지만, 그래도 남편이 식당에서 얼마나 바삐 움직였을지 불 보듯 뻔하기에 내일을 기대하며 잠자리에 들었다.

드디어 D-day! 남편이 아침식사를 하는데 옆에서 지켜보며 내게 생일 축하한다는 말을 언제 하려나 마음의 준비를 하고 기다렸다. 하지만 식사를 다 마친 남편은 오늘 회사에 중요한 회의가 있어서 일찍 나가봐야 한다며 내 생일에 대해서는 일언반구도 없이 출근해버렸다.

기대가 크면 실망도 큰 법이다. 이런 나의 마음을 아신 엄마께서 날 위로해주셨다.

"메이찡! 걱정 마! 오늘 왕 청이 바빠서 그랬을 거야. 아마 회의를 마치면 바로 너에게 전화로 축하한다고 말할 거야."

"그렇겠죠? 설마 내 생일을 잊어버린 건 아니겠죠?"

"아닐 거야. 요즘 회사일과 식당일로 너무 바빠서 그러니까 네가 조금만 이해해주렴."

엄마의 말씀대로 기다렸다. 하지만 정오가 다 되어 가도록 남편의 연락은 없었다.

"메이찡! 아직 왕 청의 연락이 없었니?"

"네. 이상해요. 설마 내 생일을 까맣게 잊고 있는 건 아닌지 모르겠어요."

"글쎄……. 그럼, 메이찡 네가 먼저 전화해 봐."

엄마의 말씀이 떨어지기 무섭게 난 전화기를 들고 번호를 눌렀다. "웨이! ^{여보세요!}" 하는 남편의 목소리가 들려왔다.

"라오꽁! 저예요……."

"메이찡! 당신이 웬일이야?"

"오늘이 무슨 날인 줄 알아요?"

"오늘?"

"내가 일주일 전부터 알려줬는데……. 결국 잊어버렸네요!"

그제야 남편은 내 생일임을 알아차리고 미안해했다.

"정말로 미안해. 어제까지 생각하고 있었는데……. 오늘 아침 그만 깜빡해버렸어. 뭐 먹고 싶어? 우리 근사한 데 가서 맛있는 거 먹자!"

"당신 정말 너무해요! 중국에 와서 겨우 두 번째 맞는 생일인데 이렇게 쉽게 잊어버리다니……. 사랑이 변한 거예요?"

"아니야! 정말로 미안해! 내가 입이 열 개라도 할 말이 없어. 아직 오늘 하루가 다 끝이 난 것이 아니니까, 지금부터 멋지게 생일파티 하자!"

"됐어요! 이미 내 생일을 잊었는데 파티가 다 뭐예요!"

내 말이 끝나자 남편은 화가 난 듯, 반박했다.

"실수로 생일 한 번 잊은 것 가지고 뭘 그렇게 화를 내! 이번 생일은 큰 생일도 아니고 작은 생일인데."

중국에서 생일은 큰 생일과 작은 생일로 나눈다. 큰 생일은 매년마다 지내는 것이 아니고 돌, 열 살, 스무 살… 이렇게 십 년마다 기념하는 생일이다. 물론, 매년 돌아오는 작은 생일은 집집마다 다르지만, 대부분의 사람들은 대수롭지 않게 지나간다. 하지만 큰 생일, 즉 십 년마다 오는 생일은 아주 크게 식당을 빌려서 많은 일가친척과 친구들을 모두 초대해서 큰 잔치를 벌인다.

'와, 적반하장도 유분수지……'

정말로 화가 났다. 날 어르고 달래도 시원찮을 판에 도리어 내게 화를 낸다. 눈물이 줄줄 흘렀다. 믿는 도끼에 발등이 찍혀버린 듯한 아픔에 가슴이 아렸다.

"메이찡. 울지 마. 네가 잘못한 거 하나도 없어. 다 왕 칭이 잘못한 거야. 어떻게 일 년에 단 한 번 있는 와이프 생일을 잊니? 엄마랑 같이 나가자! 우리 둘이서 파티하자! 가서 맛있는 거 먹고 재미있게 보내자꾸나."

그래서 엄마랑 단 둘이서 생일을 지내게 되었다. 엄마랑 열심히 세운 계획대로 레스토랑에 가서 스테이크도 먹고 남편 흉도 실컷 봤다. 생각해보면 그땐 내가 철이 없었다. 며느리가 시어머니 앞에서 남편 흉을 실컷 보다니 말이다. 중국 엄마의 넓은 보살핌에 남편 없이도 너무 행복한 생일파티를 했다.

기분이 우울할 땐 꼭 물건을 사지 않더라도 물건을 구경하는 기쁨이 우울한 마음을 싹 가시게 한다. 그래서 엄마랑 같이 백화점에 가서 쇼핑을 했다. 마네킹에는 아주 멋진 롱코트들이 걸려 있었다. 그 중 하나가 내 눈에 쏙 들어왔다. 색깔도 디자인도 어디 하나 흠잡을 데가 없는 롱코트였다. 살짝 가격표를 보니 보통 회사원의 한 달 월급이다. 아쉽지만 그냥 나오려는데 점원이 마음에 들면 입어 보라고 권유했다. 입으면 더욱 마음에 들 것 같아서 입지 않으려고 했다. 그때 엄마가 내 손을 잡았다.

"메이찡! 이거 너한테 참 잘 어울릴 것 같아. 한번 입어봐!"

"아니에요, 엄마!"

"아냐! 내가 너한테 생일선물로 주고 싶어서 그래."

"벌써 근사한 곳에서 점심도 사 주셨는데요."

계속되는 점원과 엄마의 권유로 입어 보았더니 나한테 정말 잘 어울렸다.

"아가씨! 정말로 잘 어울리네요!"

점원의 찬사가 연신 이어져 나온다. 엄마도 예쁘다며 계속해서 사준다고 하셨다. 당시 엄마의 퇴직연금은 매월 800위엔^{한화 약 14만 원}이 조금 넘었는데, 이 코트를 사려면 3개월 동안 연금을 쓰지 않고 모아야 했다. 그래서 난 끝까지 사지 않았다. 하지만 엄마와 난 아주 유쾌한 하루를 보냈다.

집에 도착하니 남편이 평소보다 일찍 퇴근을 하여 돌아와 있었다. 깜짝 놀랐다. 생일케이크와 함께 내가 제일 좋아하는 붉은 슈퍼장미 아흔아홉 송이를 들고 와 있었다.

"미정 씨! 생일 축하합니다!"

남편은 내게 꽃다발을 주었다.

"왜 하필 아흔아홉 송이예요? 백 송이면 백 송이지……"

"내겐 당신이 한 송이 붉은 장미야. 그러니 백 송이 맞잖아."

갑자기 눈물이 핑 돌았다. 낮에 남편에게 화냈던 일이 미안해졌다.

"9는 숫자 중에서 가장 큰 숫자야. 앞으로 우리 인생이 이 숫자 9처럼 행복 중에 가장 큰 행복으로 함께 할 거야!"

남편이 덧붙인 말에 더욱 감동받았다.

케이크 위에 꽂은 '34'라는 숫자 모양 초에 불을 켜고 남편과 엄마의 축하 속에서 소원을 빌면서 촛불을 껐다. 남편은 계속해서 무슨 소원을 빌었는지 물었지만, 난 알려주지 않았다.

'우리 세 식구 항상 건강하고 행복하게 매일 웃으면서 살게 해주세요!'

다음날 아침, 남편은 출근을 하고, 평상시처럼 나와 엄마 둘만 집에 남게 되었다. 그런데 엄마의 행동이 조금 이상했다. 혼자서 외출을 하신다는 것이다. 어디를 가시냐고 물어도 그냥 잠깐이면 된다고 하시곤 내게 누가 초인종을 울려도 문을 열어 주지 말라는 당부만 하시고 홀연히 나가셨다. 평소 어딜 가시면 항상 나를 데리고 함께 가셨던 엄마인데 이상해도 너무 이상했다. 그리고 정확하게 외출의 목적을 말씀해 주시지 않고 나가시는 것은 처음이기에 더욱 이상했다.

한 시간쯤 지나서 초인종이 울렸다. 엄마가 돌아오셨다. 엄마의 손에 큰 쇼핑백이 하나 들려 있었다.

"메이찡, 이거 받아. 생일선물이야! 선물이 하루 늦었지만 그래도 괜찮지?"

쇼핑백 속에는 어제 내가 입어 본 롱코트가 들어 있었다. 감동과 감사가 가슴 가득 차올라 뭐라고 표현해야 될지 몰랐다. 난 엄마를 와락 안았다.

"메이찡, 넌 내 딸이야. 귀중한 딸의 생일날 엄마가 선물을 하지 않는다는 것은 말이 안 되잖니. 참, 언니들에게는 비밀이다! 알았지?"

이렇게 중국 엄마의 한국딸 사랑은 정말로 지극했다. 지금까지도 엄마가 생일선물로 주신 그 롱코트가 옷장 가운데에 걸려 있다. 비록 세월이 흘러 유행은 지나갔지만, 엄마의 사랑을 느끼게 해 주는 옷이라 내게는 그 어떤 명품보다 더 귀중하고 세상에서 가장 예쁜 옷이다!

중국 엄마가 돌아가신 지 벌써 3년이 지났다. 하지만 엄마랑 함께한 추억들이 많은 만큼 그리움 또한 갈수록 짙어져 가는 것 같다.

며칠 전, 꿈에 엄마가 나왔다. 3년 동안 한 번도 꿈에서조차 뵐 수 없었던 엄마는 예전 느낌 그대로였다. 하지만 더 젊고 아름다운 모습으로 날 보고 환히 웃고 계셨다. 마치 천국에서 내 생활을 다 보시고 대견하다고 하시는 듯했다. 아쉽게도 꿈속 엄마와 한마디의 대화도 나누지 못했지만 분명히 느낄 수 있었던 것은 엄마는 하늘나라에서 아주 편히 계신다는 것이었다. 꿈에서 깬 난, 마음으로 엄마께 다짐했다.

'엄마 걱정 마세요! 저 항상 엄마의 기대에 어긋나지 않게 즐겁고 행복하게 잘 살아갈게요!'

엄마의 자상한 미소가 자꾸 떠오른다. 그리움에 난 옷장을 열고 세상에서 가장 예쁜 옷을 꺼내 입어본다. 세상에서 가장 예쁜 여인으로 변해 거울에 비친다.

"메이찡! 정말로 예쁘구나!"

엄마의 음성이 들리는 듯하다.

'난 엄마 딸이니까요!'

소시지의 맹장 수술

2009년 5월 25일 월요일 오후 5시30분 발 동방항공 비행기로 난징으로 돌아왔다. 거의 한 달여 가까이 보지 못한 나의 사랑하는 소시지 동규를 드디어 만난다. 소시지는 아들 동규의 별명 중 하나이다. 원래 동규가 먹는 음식량에 비해 살이 찌지 않아서 'Mr.갈비'라고 불리는데, 이 별명이 싫다고 하면서 스스로 지은 별명이다. 아이의 생각엔 소시지가 너무 뚱뚱하지도 않고 쭉 기다랗게 잘 빠진 형태가 마음에 들었던 모양이다.

인천공항에서 대기하는 동안 동규 또래 아이들의 모습만 봐도 금방 눈시울이 뜨거워졌다. 너무 그립다! 나의 양손엔 소시지가 특별히 주문한 변신가면 라이더와 소시지가 좋아하는 한국 비스킷을 담은 종이가방이 들려 있다. 벌써부터 동규의 예쁜 얼굴에 떠오를 미소를 생각하니 마음 한가득 행복감으로 꽉 차올랐다.

1시간 50분의 비행시간을 무사히 마치고 난징 루코우공항에 도착했다. 보슬비가 내리고 하늘도 잔뜩 찌푸린 채 어둑어둑했다. 남편과 아들이 공항 저편에서 목이 빠져라 날 기다리고 있겠구나 생각하니 마음이 조급해졌다. 그런데 전 세계적으로 H1N1^{신종 인플루엔자 A} 유행 탓인지 통관절차가 아주 느리고 까다로웠다. 짐을 찾고 나서 다시 한 번 X선을 통과해야 했다. 겨우 절차를 마치고 나오자 바로 소시지가 부르는 소리가 들렸다.

"엄마! 엄마!"

남편과 동규가 달려와 날 안아줬다. 안 본 동안 동규가 훌쩍 커버린 듯해서 그동안 챙겨주지 못한 것이 미안해졌다.

택시에 짐을 싣고 우리의 보금자리인 마안산으로 향했다. 그런데 아이의 눈이 피곤해 보였다.

"동규야! 어디 아파?"

동규는 기다렸다는 듯이 고개를 끄덕였다. 나의 마음은 더욱 아려왔다. 엄마인 내가 옆에 있어주지 못해 아픈 것 같아서 더욱 그랬다.

"엄마, 배 아파요!"

유치원에서 낮잠을 자고 일어난 후부터 아팠다고 했다. 난 동규의 배를 쓰다듬었다.

"엄마 손이 약손이다. 우리 아가 빨리 나아라……."

집에 도착했다. 겨우 한 달 남짓 만에 보는 집인데 새삼스러웠다. 이 집도 여주인인 내가 없어서 그동안 날 무척이나 그리워했을 거라는 느낌이 들었다. 반가웠다. 비록 감정이 없는 건물이지만 그래도 내게 돌아와서 기쁘다고 속삭이는 듯했다. 역시 내 새끼, 내 남편이 기다리는 둥지가 최고다.

동규는 내가 가지고 온 장난감에 금세 정신이 팔려 배가 아프다는 사실을 까맣게 잊어버린 듯했다. TV 속 가면라이더처럼 포즈를 취하고 큰 소리로 "난 가면라이더! 하하하!" 하며 웃는 동규의 얼굴에서 행복을 느꼈다.

"미정! 혼자서 수술 받고 아버지 간호에…… 고생 많았어!"

남편은 날 꼭 안아주었다. 그동안의 고통도 외로움도 모두 잊혀졌다.

다음날 아침에도 동규는 배가 아프다고 했다. 그래서 유치원은 하루 쉬고 가까운 병원에 가기로 했다. 그다지 큰 병원은 아니고 진료소 수준의 새로 개업한 병원이었다. 소아과 의사는 나이가 지긋해 보이는 사람이었다. 청진기로 여기저기 소리를 들어보고 배를 몇 번 만지던 의사는 대수롭지 않게 얘기했다.

"걱정 마세요! 요즘 일교차 때문에 몸이 차서 그러니 집에 가서 따뜻한 물을 많이 먹이세요."

약도 먹을 필요가 없다며 그냥 가라고 하면서 진료비도 받지 않았다.

나는 감사하다고 하고 동규를 등에 업고 집으로 돌아왔다. 돌아와서도 계속해서 배가 아프다고 해서 한국에서 가지고 온 장염이나 위가 좋지 않을 때 먹는 약을 한 포 먹였다. 그리곤 계속해서 "엄마 손이 약손" 하면서 배를 문지르며 노래를 불러 주었더니 녀석은 금방 잠이 들었다. 한숨 푹 자고 나면 괜찮아질 거라는 생각에 크게 걱정하지 않았다.

하지만 이날 밤 아이의 머리가 불덩어리처럼 달아올랐다. 낮에 전문의를 찾지 않은 나의 미련함에 아이만 고생을 시키는 것 같아 속이 타고 눈물이 났다. 해열제를 두 번이나 먹고서야 열은 다소 떨어졌다. 밤새 30분 간격으로 열을 재고 이마에 찬 물수건을 얹어주며 아픈 동규를 간호했다.

다음날 아침 일찍 일어나 동규를 데리고 종합병원으로 향했다. 택시 안에서 평소 친분이 두터운 소아과 주임에게 전화를 걸어서 곧 방문하겠다고 알렸다. 중국에서 병원에 친분이 있는 사람이 있으면 마음이 다소 편해진다. 딩 주임은 친절하고 아이들을 대할 때도 성의를 다하는 따뜻한 의사로 중국에서 찾아보기 힘든 의사다. 특히 나에겐 큰 언니처럼 항상 관심을 주는 아주 고마우신 분이다.

딩 주임은 청진기로 아이의 숨소리도 들어보고 아프다는 부위를 보더니 바로 내과 전문의에게 연결해주었다. 딩 주임이 보기엔 급성맹장염일 가능성이 아주 높다고 했다. 속히 담당과 의사를 만나 보니 역시 딩 주임의 걱정이 맞았다. 급성맹장염이라서 당장 입원해 수술해야 한다고 했다. 한국에서 아버지의 암 수술과 나의 수술로 이미 놀랄 만큼 놀란 나지만 이제 어린 동규마저 수술을 해야 한다는 이 날벼락 같은 소리에 또 다시 가슴이 철렁 내려앉았다. 비록 작은 수술이라고는 하지만 동규가 아직 다섯 살밖에 안 된 어린아이라 내겐 어떤 대수술 못지않게 크게 다가왔다.

12시가 넘어서도 동규는 점심을 먹을 수 없었다. 먼저 입원 수속부터 하고 병실로 옮겨졌다.

"엄마! 나 오늘 정말로 맹장수술 받아요?"

"응. 너무 겁먹지 마! 아빠도 엄마도 그리고 하나님도 동규와 함께 하니까!"

"나 하나도 안 무서워요! 진짜예요!"

녀석의 얼굴에선 두려움도 걱정도 느낄 수 없었다. 스스로 어린아이가 아니라는 듯 아주 담대하게 현실을 받아들이고 있었다.

드디어 오후 2시가 되어서 아이를 수술실로 옮겨야 했다. 그런데 황당한 일이 벌어졌다. 한국에서는 간호사들이 환자를 바퀴가 달린 이동 침대에 눕혀서 옮겨주는데, 여기 중국은 그렇지가 않았다. 스스로 걷지 못하는 환자들은 이동 침대에 눕혀서 가족들이 수술실까지 이동시켜줘야 한다. 그리고 수술을 하는 의사에게 개인적으로 수술 전에 미리 감사의 표시를 하는 것이 관례다. 나도 하는 수 없이 수술비의 절반이 조금 안 되는 1,000위엔^{한화 약 17만 원}을 미리 봉투에 넣어서 의사에게 동규를 잘 부탁한다는 인사를 해야만 했다. 생각하면 정말로 웃긴 일이다. 공짜로 수술을 하는 것도 아닌데, 의사에게 또 현금을 줘야 한다니. 하지만 동규의 수술에 좀 더 신경을 써 달라는 뜻이고 무엇보다 중국에서는 어떤 일을 하든 부탁하는 사람이 인사하는 것은 오랜 관례이다 보니 이 관례를 따르지 않아서 받는 불이익은 개인의 몫으로 남게 된다.

남편인 아빠가 동규를 안고서 수술실까지 이동했다. 정말로 대한민국의 의료시설과 서비스가 얼마나 최고인가를 다시 한 번 느끼게 했다.

"수술하면 배 안 아픈 거죠?"

"그럼, 수술만 하면 다 낫는 거야!"

"야! 신난다!"

동규의 웃는 얼굴을 보고 눈물을 흘리지 않으려고 이를 악물었다. 아직 동규는 수술이 뭔지도 잘 모르는 어린아이였다. 대신 받을 수 있다면 수술대엔 내가 올라가고 싶었다.

수술실 앞은 이미 환자들의 가족들로 앉을 자리도 없었다. 40대 중반의 간호사가 아이를 안고 안으로 들어갔다.

"동규야! 무서워하지 마! 엄마 밖에서 동규 나올 때까지 기다릴게! 파이팅!"

"네, 엄마! 빨리 수술 받고 나올게요!"

동규는 씩씩하게 손을 흔들어 보였다. 수술실 문이 닫혔다. 가슴에 큰 돌덩이를 얹어 놓은 듯 답답하고 아파왔다. 이런 나를 본 딩 주임은 마깡 종합병원의 수술실은 안후이성에서 가장 우수한 시설을 갖추고 있으니 안심해도 된다며, 무엇보다 오늘 수술을 담당하는 의사는 자신의 대학동창으로 실력 있는 의사라고 했다. 평소 맹장염 같은 작은 수술은 직접 하지 않고 옆에서 지시하거나 보기만 하는 것이 대부분인데, 오늘은 직접 집도하니 걱정하지 말라고 위로해주었다.

50분쯤 지나서 동규의 수술을 집도한 류 주임이 나왔다. 동규가 아주 용감하게 울지도 않고 잘 협조해줬다면서 동규처럼 씩씩한 어린이는 처음이라고 칭찬이 멈추지 않았다. 동규는 마취 때문인지 아직 깨어나지 못하고 곤히 자고 있었다. 우린 동규를 병실로 옮겼다.

시간이 훌쩍 지났는데도 동규는 일어나지 않았다. 간호사는 이름을 불러 깨워 보라고 했다.

"동규야! 동규야!"

"왕통퀘이! 왕통퀘이!"

남편과 난 동규의 한국 이름과 중국 이름을 동시에 합창하듯 불렀다. 동규가 천천히 눈을 떴다. 링거를 꽂고 있는 손도 조금씩 미동을 보이기 시작했다. 이젠 되었구나 안도하며 또 한 번 하나님께 감사를 드렸다.

"아야! 아야! 엄마, 아파……."

마취에서 깨어 수술 부위가 아팠나 보다. 생살을 찢어서 기워 놓았는데 당연히 아플 터였다. 태어나서 처음으로 혼자서 수술대에 올라가 엄마, 아빠도 없이 대견하게 힘든 수술을 이겨냈다. 난 동규의 손을 꼭 잡았다. 여태껏 참아온 눈물이 줄줄 흘렀다.

다행히도 동규는 당일 소변도 나오고 회복속도가 빨랐다. 하지만 방귀가 나와야 밥을 먹을 수 있어서 아픔이 아닌 배고픔과의 전쟁이 시작되었다. 동규는 아직 한 번도 금식을 해보지 않았다. 그런 녀석에게 하루하고도 반나절을 아무것도 먹어서는 안 된다는 것이 얼마나 큰 고통일까?

"엄마! 나 배고파요!"

아직 물도 못 먹는 녀석이 벌써부터 밥 타령이었다. 입술은 이미 가뭄에 땅바닥이 쩍쩍 갈라진 것처럼 되어 보기에 너무 안쓰러웠다. 난 면봉에 물을 묻혀서 동규의 입술 주위를 닦아줬다.

"엄마, 목말라 죽겠어요! 물 주세요!"

동규를 어르고 달래본다.

"내일이면 물도 마시고 동규가 좋아하는 두유도 마실 수 있어. 조금만 더 참자!"

다음날부터 약간의 물과 미음이 허락되었다. 친구인 꾸칭이 수술 후 먹으면 회복에 좋다면서 가물치탕을 해서 보온병에 담아 왔다.

"동규는 좀 어때?"

"응, 수술도 성공적이고 빠르게 회복되는 중이야."

'먼 친척보다 이웃사촌이 더 좋다'고 했다. 옛말에 하나도 틀린 말이 없는 듯하다. 아직 아이의 고모와 큰아버지도 한번 와 보지 않았는데 친구가 먼저 나와 동규를 챙긴다. 고마운 친구다! 꾸칭은 다행이라며 동규에게 먹일 탕을 조금 따라 담았다. 동규는 수술한 아이라고는 믿기지 않을 정도의 밝은 표정으로 환호성을 질렀다. 하루 반을 굶어서인지 연신 맛있다면서 제비새끼마냥 잘도 받아먹었다.

늦은 밤까지 남편은 잠도 자지 않고 동규를 간호했다. 링거액이 다 되어 가는지 체크도 하고 무엇보다 수술 후 며칠간 동규가 정상적인 회복을 하고 있는지 직접 세세히 점검해야 한다며 밤을 꼬박 샜다. 동규는 낮잠을 많이 자게 되다 보니 밤에는 눈을 초롱초롱하게 뜨고 있다. 남편은 이런 동규에게 옛날 얘기를 들려주기도 하고 책을 읽어줬다. 남편의 자상함과 든든함이 감사하고 또 마음이 놓였다.

수술 사흘째. 의사 선생님의 회진시간이 돌아왔다. 수술부위도 잘 아물고 정상적인 회복상태로 돌아가고 있으니 걱정할 필요 없다고 했다. 녀석도 좋은지 바로 인사했다.

"이성슈슈! 시에시에! 의사 아저씨! 감사합니다! "

의사와 간호사들은 예의바른 동규에 칭찬을 아끼지 않았다.

난 동규의 수술을 통해서 다시 한 번 평소 감사하는 은혜의 삶을 살아야 한다는 것을 깨닫게 되었다. 평상시 건강함에 감사하고 무탈함에 감사해야 하는데도 특별히 감사하면서 사는 것에 인색했었다.

나의 수술과 아버지의 수술, 그리고 동규의 수술까지! 내게 원망이 아닌 감사함과 축복으로 다가왔다. 비록 수술을 하게 되었지만, 생명을 거둬 가신 것이 아니라 더욱 건강함으로 새롭게 태어나게 하신 하나님의 축복을 알게 되었다. 수술을 받은 지 이미 2년의 시간이 흐른 지금, 정말로 그 전보다 더 건강해진 우리 가족을 보면 감사하고 또 감사하다. 나의 가장 큰 변화이자 치유는 작은 일에도 행복해 하며 모든 일에 감사하는 마음을 가지게 되었다는 것이다.

'하나님을 사랑하는 자, 곧 그 뜻대로 부르심을 입은 자들에게는 모든 것이 합력하여 선을 이루느니라.'

나의 모든 고통과 어려움을 합력하여 선을 이루신 하나님을 기억하며 앞으로도 작은 일에도 감사하고 행복해하는 모습을 잃어버리지 않는 메이찡이 되어 살아가련다!

PART 03

중국 이야기

China Story

도 전

  단 한 사람의 한국인도 거주하지 않았던 이곳 마안산시에서 살아야 하는 것은 마치 칼 한 자루를 지니고 밀림을 뚫고 헤쳐 나가는 탐험가와도 같았다. 그리고 매일 혼자서 중국어를 공부해야 하는 고독감도 타향살이의 서글픔을 더해왔다. 만일 끝까지 포기하지 않았던 불굴의 의지가 없었다면 지금의 내 중국어 실력 또한 없었을 것이다. 그래서 매일 자신과의 싸움에서 필승을 외치며 스스로를 갈고 닦아야 했다.

  나의 중국어 실력 향상을 위해서 난징에 있는 대학에 가서 공부해 보는 것도 좋겠다는 남편의 의견도 있었으나, 갓 결혼한 나와 남편이 떨어져서 살 수는 없어 그냥 혼자 공부하는 것을 택했다. 하지만 중국어는 그리 호락호락한 언어가 아니었다. 한글과는 달리 모르는 한자는 읽기조차 힘들고 무엇보다 4성의 성조가 있어 발음은 같아도 성조가 틀리면 아예 다른 말이 되거나 상대편에서 알아들을 수가 없게 된다. 게다가 지도를 해 주시는 선생님도 없고, 함께 의지하면서 공부할 학우도 없는 상황에서 그저 나 자신의 의지만을 믿고 해나가야 하는 것이 너무 답답하고 고독했다.

처음 중국어를 공부할 때는 의욕이 넘쳤고 재미도 있었다. 하지만 시간이 흐르자 단조로움과 의기소침이 합쳐져 괴로움으로 바뀌기 시작했다. 하루 24시간 중 밥 먹고 자는 시간 외엔 앉아서 사전을 찾으면서 전전긍긍하는 생활이 너무 힘들었다.

나는 중국에 여행을 온 것이 아니라 아예 살기 위해 온 것이기 때문에 필히 중국어를 마스터해서 남편과 시댁식구들과의 의사소통에 문제가 없어야 내 자신이 중국에서 더 행복하게 살 수 있기에 언어에 대한 나의 갈망은 간절했다.

하루는 산책을 하고 싶어서 혼자 집을 나섰다가 그만 길을 잃어버렸다. 건물들이 모두 비슷하게 생긴 데다 길도 이 길이 저 길 같고 저 길이 이 길 같아서 걸으면 걸을수록 미로가 되어 마음이 불안해져 왔다. 정말로 난감했다. 혼자서 걸은 것이 벌써 두 시간을 훌쩍 넘었다. 난 하는 수 없이 남편에게 전화했다.

"오빠! 길을 잃어 버렸어요!"

"주위에 큰 건물이나 광고 간판의 문구를 읽어봐!"

그런데 당시 내가 배운 짧은 실력으로 주위의 간판을 읽는 것은 무리였다. 상점의 간판들은 내겐 그저 그림으로만 보였다.

"몰라요. 다 어려운 한자뿐이야. 내가 배운 글자는 하나도 없어요."

"그러면 글자를 완전히 읽지 못해도 한자 부수와 같이 있는 한자를 따로 분리해서 읽어봐. 내가 대충 짐작해볼 테니……."

하지만 그런 식으로 읽어도 남편이 알아듣지 못했다.

"미정아, 혹시 주위에 사람들은 다니니?"

"다녀요!"

"그러면 네 전화를 지나가는 사람에게 좀 받아 보라고 해봐!"

"알겠어요. 잠시만요……."

난 주위에 지나가는 사람을 향해 용기 내어 말했다.

"뚜에 뿌 치. 지에 디엔화! 미안합니다. 전화 받아요!"

하지만 어떤 이는 나를 미친 사람으로 보고 놀라 달아나고, 또 어떤 이는 대꾸도 하지 않고 가던 길만 갔다. 벌써 다섯 사람에게 말을 걸어 부탁해봤지만, 누구 하나 관심을 주는 사람은 없었다.

나중에 알았지만, 중국인들은 자신과 관련된 일을 제외하고는 어떤 일에도 도움을 주거나 간섭을 하지 않는 것이 일반적인 일이었다.

걱정과 두려움에 울고 싶어도 울음조차 나오지 않았다. 나도 남편도 답답한 마음에 발만 동동 구를 뿐이었다. 나는 다시 침착하게 건물의 특징

같은 것을 내가 알고 있는 모든 중국어를 사용해 남편에게 묘사했다. 다행히 주위에 작은 공원이 있어서 남편은 내가 말한 공원과 비슷한 공원 여섯 곳을 돌고서야 내가 있는 곳으로 찾아 올 수 있었다.

"메이찡!"

"왕 청 오빠!"

남편은 날 보자마자 안도의 한숨을 내쉬고서 갑자기 내게 버럭 화를 냈다.

"앞으로 어디든 혼자서 나가지 마!"

난 울음이 터져 나왔다. 사지 멀쩡한 내가 혼자서 바깥 외출조차 힘드니 몸이 아픈 중증장애인이나 다를 바가 없었다.

'내가 미쳤지. 내 고국, 내 집 놔두고 여기서 뭐하는 짓이람?'

당장이라도 짐을 싸서 한국으로 날아가고 싶은 마음이 굴뚝같았다. 그 순간 결혼식 때 부모님의 당부가 생각났다.

"결혼이란 배를 타고 넓고 넓은 바다를 건너는 거나 똑같다. 인생이란 항해를 하다 보면 비바람에 태풍의 위험을 피할 수 없지만 노를 꽉 잡고 놓지 않으면 결국엔 목적지에 무사히 도착하는 거란다. 그러니 어떠한 난관이 닥쳐도 절대로 포기하지 말고……."

그렇다! 이미 중국으로 시집 와 살고 있는데, 적응하지 못하고 부모님 품으로 달려간다면 부모님의 가슴에 대못을 박는 결과가 될 것이다. 지금

부터 나약한 생각들은 일절 하지 말자! '죽기 아니면 까무러치기'로 해보
자며 다시 이를 악물고 굳게 맹세했다.

그때부터 모든 것을 중국어 공부에 초점을 맞춰 살았다. 흔히 공부할
때가 제일 편하고 좋을 때라고 한다. 당시에는 누가 이런 말을 했는지 따
지고 싶었다.

중국인들도 모르는 한자가 너무나 많은데 외국인인 난 오죽하랴! 매일
거의 백 개의 단어를 외웠다. 하지만 다음날 반은 까먹고 다시 그 다음날
반복해서 외우고 다시 까먹고 다시 외우고……. 이렇게 반복해서 공부하
니 어느 정도 시간이 지나자 자신이 생길 정도로 기초가 잡혔다.

그런데 성조声调가 문제였다. 머릿속으로는 성조를 정확하게 기억하는
데 입으로 소리가 되어서 나오는 것은 기억한 성조와는 딴판이었다. 애간
장이 다 타들어가고 탄식의 한숨만이 나왔다.

중국어에서 성조는 특히 중요하다. 아무리 열심히 중국어로 얘기해도
상대방이 오해하거나 알아듣지 못하기 때문에 바른 성조 훈련이 필요했
다. 지금 내가 중국어로 직접 책을 쓸 정도의 실력을 위해서 그동안 쏟아
낸 땀방울들이 얼마나 많은지 모른다.

언어의 장벽만이 넘어야 할 산이 아니라, 내게 있어 또 다른 도전은 바
로 이곳 음식과 기후에 적응을 하는 것이었다. 한식은 비교적 담백하고

구수한 맛으로 건강식이 많다. 한식에 길들여진 나는 기름기 많으며 짜고 향신료가 많이 들어간 중국음식을 소화해 내기에는 많은 시간을 요했다.

중국요리의 대부분은 볶고 튀기는 것이 주를 이룬다. 그러다 보니 한두 끼 정도 먹고 나면 더 이상 먹고 싶은 생각이 없어지고, 구수한 된장찌개와 시큼칼칼한 맛의 김치가 더없이 그리워지는데, 당시 마안산시의 어느 곳에서도 한국식당은 찾을 수 없었다.

중국인들은 거의 매일 고기반찬을 먹는다. 특히 돼지고기를 좋아해서 거의 모든 가정에서 하루에 한 끼는 돼지고기를 먹는다고 해도 과언이 아닐 정도다. 하지만 부산이 고향인 난 고기보다 신선한 해산물을 더 좋아해서 한 끼 이상 계속해서 고기를 먹기엔 부담스러웠다. 하지만 한국인 며느리를 위해 정성스레 만들어주신 중국 엄마의 정성을 모른 체할 수 없어 먹고 또 먹고……. 그때 난 먹는 것이 곤욕스럽다는 것을 처음 알게 되었다.

그리고 나의 불굴의 의지도 두 손 두 발을 다 들게 만드는 게 있었으니 바로 이곳의 기후였다.

난 부산이 고향이다. 항상 바닷바람을 쐬며 자랐고 사계절이 뚜렷하고 무엇보다 여름이라도 저녁만 되면 해양성 기후로 인해 낮의 열기를 식힐 수 있는 최상의 기후조건 속에서 성장한 나에게 바다와 몇백 킬로미터 떨어진 이곳에서 생활하기란 쉽지 않았다.

사실 마안산시는 북위 31.6852도, 동경 118.491도로 남방지역은 아니다. 하지만 중국 4대 후오루火炉 도시— '충칭重庆, 우한武汉, 난징南京, 지난济南— 중 하나인 난징과 차량으로 한 시간 정도의 거리로 인접해 있다 보니 여름에는 그냥 덥다는 말보다는 살인적인 더위라고 말해야 합당할 듯하다. 여름 평균 온도가 36~38도이고, 최고 40도까지 올라간다. 게다가 습도까지 높아서 후덥지근한 것이 에어컨 없이 여름을 나기란 고달프다.

겨울은 또 어떠한가? 북방이 아닌 창장长江 이남에 속해 있는 장난江南 지역으로 집 안에 따로 난방시설이 설치되어 있지 않아서 실내 온도와 바깥 온도가 별 차이 나지 않는다. 그러다 보니 체감온도는 오히려 북방지역보다 더 추운 기운이 든다.

예전에 남편에게 왜 장난 지역에는 우리나라처럼 뜨끈뜨끈한 온돌 시설을 갖추지 않았냐고 묻자, 공산화되고 에너지 절약 측면에서 겨울의 평균 기온이 영하 몇 도 이상 떨어지지 않는 지역은 난방시설을 설치하지 못하도록 지침이 내려왔다고 했다.

난 평소에도 몸이 차서 특히나 추위에 쥐약인 사람이다. 그래서 10월 초부터 침대에 전기요를 깔고 잔다. 지금은 적응이 되어 전기요 없이 간접 난방만으로 잘 지내고 있다.

아! 생각하면 이런 기후에도 지금까지 잘 버티고 살아왔던 내가 참 신통방통하다. 살아보니 주위의 열악한 환경도 스스로 하고자 하는 의지 앞에서는 절대 못 당하는 법! 적응하기 힘들다고 처해진 환경에 불평하기보단 조금 담대하게 그 힘든 환경을 안고 과정을 즐기다 보니 조금 지나지 않아 그곳에서 행복해 하는 나 자신을 발견하게 되었고 더 나아가 애착을 느끼게 됐으며 지금은 그 애착이 사랑으로 변화되어 살아가고 있다. '이가 없으면 잇몸으로 산다'는 옛말처럼 말이다.

이제 8년이 지난 지금, 혼자서 바깥출입조차 힘들어 하며, 저녁노을이 져 하늘이 붉어지면 고국이 그리워 울던 시절은 이제 없다. 중국인보다 더 중국인처럼 살고 있는 나에게 더 뜨거운 열정과 의지로 중국어로 책을 써 내려가는 새로운 도전이 시작되었다. 나의 도전이 성공적으로 열매 맺기를 바라며 굳게 외친다.

"김미정! 아자! 아자! 파이팅!"

재미있는 문화 차이

한국과 중국은 같은 아시아 국가이며 지리적 위치도 가까운 이웃나라다. 이젠 나에게 있어서 중국은 제2의 조국이나 마찬가지이다. 전통문화와 민속도 비슷한 점들이 많고 사람들의 생김새도 비슷하다. 말을 하지 않고 가만히 있으면 한국사람인지 중국사람인지 구분이 가지 않을 정도로 우리나라 사람과 닮은 사람도 많이 보았다.

지금은 나 역시 여기 중국사람들과 말하는 것이 비슷해서 어떤 이들은 내가 한국사람이라는 것을 알면 화교나 조선족이 아니냐고 의아해 하는 분들이 많다.

이처럼 생김새나 문화가 서로 많이 닮았음에도 가끔 생각의 차이가 크다는 것을 느낀다.

첫 번째 이야기 – 남녀관계

남편과 결혼을 앞두고 있을 때였다. 하루는 심심하게 혼자 집에 있는데 문득 남편의 메일을 훔쳐보고 싶은 충동이 일어났다.

'오빠는 어떤 사람들과 연락을 하지?'

평소 남편은 내 앞에서도 비밀번호를 거리낌 없이 누르며 메일을 확인 했던 지라 남편의 비밀번호를 안 지는 오래되었지만, 서로의 사생활은 지 켜주자는 생각에 꾹꾹 참고 있었던 나였다.

하지만 그날은 나의 이성이 유혹을 뿌리치지 못하고 판단력을 흐리게 해 하지 말아야 할 행동을 하고야 말았다. 생각과는 달리 별다른 재미도 없고 오히려 내 양심에 가책만 더한다 싶어서 그만 보고 나오려는 순간! 수상한 메일을 발견했다.

'워샹니. 당신이 보고 싶어요.'

제목부터가 나로 하여금 바짝 긴장하게 하면서 기분을 상하게 만들었 다. 그리고 첨부 사진도 있었다.

목구멍으로 침이 꼴깍 넘어 갔다. 그리고 심호흡을 크게 한 번 하고는 조심스레 그 수상한 메일을 클릭했다. 메일 내용은 간단했다.

'요즘 당신 소식이 없어서 궁금해요. 어떻게 지내요? 어때요, 내 모습 이 예쁜가요?'

하지만 내용을 보아서는 두 사람의 관계가 일반적인 관계가 아니라 연애를 하는 수준이었다. 게다가 첨부된 사진은 날 더욱 파르르 떨게 만들었다. 어떤 젊은 여자가 슬립 같은 원피스를 입고서는 소파에 비스듬히 누워 웃고 있는 사진이었다. 어떻게 이런 일이!

둘이 얼마나 친한 관계이기에 이런 메일과 사진을 스스럼없이 주고받는단 말인가! 도대체 이 여자는 누구일까? 왜 이런 사진을 오빠에게 보낸 걸까? 혼자서 속단한 결과, 이 여자는 나 모르게 숨겨 놓은 또 다른 연인이라는 생각이 들었다. 순간 참을 수 없는 분노가 끓어올라 가슴은 마구 뛰고 손까지 사시나무 떨듯이 떨려왔다.

'왕 청 씨! 당신 날 너무 얕잡아본 거야! 당신 오늘 죽었어!'

침착하게 문제를 생각할 여유도 없이 바로 남편에게 연락했다.

"이 여자 누구예요?"

난 다짜고짜 물었다. 영문을 몰라 의아해 하던 남편에게 여자가 보낸 메일을 봤다고 얘기했다.

"당신이 오해한 거야! 그 여자는 왕요우网友, 중국의 인터넷 친구라구. 정말이야!"

"그래요? 그 여자와 전화한 적 있어요?"

"어, 없어! 연락처도 몰라."

남편의 대답에 직감적으로 거짓말을 한다는 것을 느낄 수 있었다.

"오빠, 당장 집으로 와요! 나 이대로 결혼할 수 없어요!"

이미 결혼 날짜도 다 잡혀 있었고 청첩장도 인쇄에 들어간 상태였다.

전화를 끊고 생각하니 이러는 내 자신도 싫지만, 더욱 슬픈 것은 내가 믿었던 사랑이 물거품이 되어버릴 수 있다는 것이 못 견디게 괴로웠다.

'당신 하나만 보고 낯선 땅에 와서 적응하느라고 힘들게 노력하는데……. 어떻게 내게 이런 모욕감과 배신감을 주는 거지?'

도무지 어디서부터 잘못됐는지 알 수 없어 하염없이 눈물만 나왔다.

'끝낼 때 끝내더라도 확실히 뿌리를 뽑고 보자.'

흐르는 눈물을 닦고 남편의 메일을 꼼꼼히 찾아보았다. 과연, 내 짐작이 맞았다! 연락처를 모른다는 남편의 말과는 달리 메일함 안에 그 여자의 연락처가 적혀 있었다. 지역번호가 0431이었다. 재빠르게 검색하니, 지린성吉林省의 창춘長春시였다.

'참 멀리도 숨겨났구나!'

수화기를 들고 그녀의 번호를 차근차근 정확하게 눌렀다. 가슴이 더욱 콩닥 방아를 찧어댔다. 그녀가 전화 받기를 기다리는 찰나에도 마음이 복잡했다. 빨리 그녀의 목소리라도 들어보고 싶어 하는 나와 받지 않았으면 하는 나, 이렇게 두 모습의 내가 갈등을 하는 동안 결국 의문의 그녀는 전화를 받았다.

"웨이! 여보세요!"

"저…… 왕 청 씨라고 아시죠?"

"네. 그런데…… 누구세요?"

여자의 목소리에 작은 떨림이 느껴졌다.

"전 선전深圳에 사는 왕 청 오빠의 사촌동생인데 이번에 놀러왔다가 오빠한테 말씀도 듣고 사진도 봤어요. 음…… 우리 오빠 좋아해요?"

침착하게 묻자, 그 여자는 철석같이 믿는 눈치였다. 내가 선전에 산다고 한 이유는 광동사람들은 표준 중국어를 해도 외국인이 말하는 것 같은 어색한 어감이 들어 있기에 센스를 발휘해 나에 대한 경계심을 없애버린 것이었다.

"네! 제가 왕 청 씨를 많이 좋아해요!"

너무 당당한 그녀의 말에 내 뇌리에서 격렬한 사이렌 소리와 동시에 가슴은 활활 타듯 뜨거워졌다. 난 다시 한 번 더 침착하게 그녀에게 물었다.

"우리 오빠랑 자주 통화를 하나요?"

"그럼요! 우린……."

'우리'라는 말에 더 이상 잠자코 그녀의 말을 끝까지 들어줄 수 없었다. 머리꼭지가 확 돌아버리는 듯했다.

"이봐요, 아가씨! 난 그 남자의 아내예요."

내 말을 들은 그녀는 아무 말도 하지 못하고 침묵만이 흐르는데 그때 남편이 들어와 내 손에 들린 수화기를 빼앗아 그대로 끊어버렸다. 그러면서 오히려 화를 내며 우리의 결혼을 다시 생각해보자고 했다.

"나도 오빠와 결혼 못하겠어요! 다시 생각할 것도 없어요. 우린 이제 끝이야, 끝!"

그리고 옷가지와 물건들을 주섬주섬 챙겨서 가방 안으로 구겨 넣었다. 항상 내 편이던 중국 엄마가 외출을 했다가 마침 돌아와서는 날 보고 눈이 휘둥그레져 말렸다.

"미정아! 이게 무슨 일이니? 좀 진정하고 엄마에게 말해봐!"

그제야 난 통곡을 하면서 엄마의 품에 안겨 엉엉 소리 내어 울기 시작했다. 사건 경위를 들으신 엄마는 남편을 불러 앉혔다.

"왕 청, 네가 백번 잘못한 거다! 무슨 일이든 미정이 눈에서 눈물 쏟게 한 것은 네가 잘못한 거야!"

엄마의 위엄 있는 말씀에 내 속이 시원해졌다. 남편의 변명 아닌 변명인즉, 전화번호도 모르고 통화한 적이 없다고 한 것은 괜한 일로 내가 오해할까봐 그랬다고 했다.

"여자문제는 투명한 것이 좋은 거다! 뭐 하러 거짓말을 해서 이렇게 문제를 크게 만드니?"

"그게……."

남편은 독 안에 든 쥐처럼 난처해했다. 그때 남편의 형, 현재의 아주버님이 방으로 들어오면서 남편을 대변했다.

"이건 한마디로 중한 문화 차이야!"

뭐? 문화 차이? 중국은 참으로 편한 나라다. 결혼할 약혼녀를 놔두고 다른 여자와 연락을 하고 있는데 이게 문화의 차이라고?

아주버님은 내게 열심히 중국 남녀관계의 일반적 사고를 설명했다. 중국에서는 결혼해도 서로 이성친구를 둔다는 것이었다. 그리고 결혼 전 사귀던 연인이 헤어지면 보통의 편한 친구사이가 되어서 연락도 하고 지낸다고 했다.

내 관념으론 도저히 인정할 수 없는 일이었다. 어제의 연인이 내일이면 좋은 친구 사이? 만일 옛 연인들이 친구가 되어서 각자 결혼을 하고도 연락하고 지내다가 혹시 예전의 감정이 싹터서 부적절한 관계가 될 수 있다는 위험한 생각은 하지 않는 것일까? 정말로 이상한 사고의 사람들이라고밖엔 생각되지 않았다. 남녀관계에 영원한 친구란 없다는 것이 내 솔직한 생각이기 때문이다.

계속해서 옆에서 지켜보기만 하던 남편은 보따리를 싸고 있는 내게 다가와 손을 잡고 조용히 사과했다.

"미정아! 정말로 미안해. 다시는 어떠한 이유이든 너에게 거짓말을 하지 않을 거야! 네 마음을 다치게 했다면 용서해줘. 그리고 내가 사랑하고 결혼하고 싶은 사람은 너 하나뿐이야!"

남편이 사과도 하지 않고 아주버님의 말씀만 듣고 골똘히 생각에 잠긴 듯 내 행동만 쳐다보고 있는 것이 맘에 들지 않았는데 이제야 내 마음을 풀어주려는 것이 야속하기도 했지만, 모든 문제가 그릇된 내 행동에서 시작되었다고 생각하니 부끄러워졌다.

이렇게 '인터넷 사건'은 일단락을 지었다. 이 사건으로 남편은 모르는 네티즌들과 연락을 하는 습관도 사라졌고 무엇보다 내가 그리 만만한 상대가 아님을 깊이 인식시키는 계기도 되었다.

현대사회의 빠른 변화의 물결 속에서 살고 있지만, 적어도 남녀관계는 전통적인 관념을 고수하고 싶다는 것이 내 생각이다. 하나님이 태초에 사람을 만드실 때 남자와 여자라는 다른 성을 만드신 순간부터 이성은 서로 끌리고 사랑하게 만들어진 것 같다. 그러니 남녀 사이에 친구란 있을 수 없다. 친구라는 가면을 어느 순간 어떤 상황에서 벗어던질지 모르기 때문이다. 문화 차이라고밖에 설명하지 못하는 많은 중국인들에게 말하고 싶다. 정확하게 맺어진 남녀관계만이 행복한 가정을 만들 수 있다고……

두 번째 이야기 – 색깔

내가 중국에 와서 몇 개월 지나지 않아서였다. 항상 친구도 없이 혼자인 내가 남편은 좀 안쓰러웠는지 내게 중국인 친구 한 사람을 소개했다. 나의 첫 중국인 친구가 된 그 친구의 이름은 꾸웨이顾微다. 아담한 키에 동그란 얼굴을 가진 아주 귀여운 외모로 한국의 전통적 미인을 생각나게 하는 친구였다.

우리는 만난 당일부터 금세 친해졌다. 성격도 나랑 비슷하게 쾌활하고 밝아서 마음이 잘 통했다.

당시 우리의 아지트인 난후 호텔 커피숍은 낮에 손님이 거의 없어서 둘만의 대화 장소로는 안성맞춤이었다. 이때부터 꾸웨이는 나의 피파 선생님이 아닌 중국어 프리 토킹 선생님이 되었다.

꾸웨이는 인내심이 많은 친구였다. 내가 성조를 틀리게 말하거나 중국어 단어를 몰라서 말을 버벅거리고 한참을 생각하고 말해도, 항상 내가 정확하게 구사할 때까지 침착하게 기다려 주는 친절한 친구였다.

하루는 같이 쇼핑을 하다가 내 마음에 쏙 드는 녹색 야구모자를 발견하고 사려고 했다. 그런데 꾸웨이가 믿을 수 없는 말을 했다.

"미정아! 중국에서는 녹색 모자는 절대 쓰면 안 돼!"

"왜? 이렇게 예쁜 녹색 모자를 왜 안 된다고 하는 거니?"

"하여튼 안 돼!"

그 이유를 묻는 나에게 대답 대신 웃기만 하고 알려주지 않았다.

"너, 집에 가서 남편에게 '여보! 녹색 모자 써도 돼요?'라고 물어봐."

거참 이상했다. 아무리 어르며 물어봐도 계속해서 똑같은 대답이다. 궁금증을 안고 집으로 와 남편의 퇴근 시간을 기다렸다.

딩동. 초인종이 울리자 난 쏜살같이 달려가 문을 열면서 물었다.

"여보! 녹색 모자 써도 돼요?"

남편은 웃으며 이건 또 어디서 배워왔냐고 했다. 그래서 낮에 있었던 일을 얘기했더니 중국에선 초록색 모자를 쓴다는 것은 부부가 상대에게 배신을 해서 외부에 다른 사람이 있다는, 한마디로 바람을 피웠다는 뜻으로 해석된다고 했다.

정말로 이해되지 않는 얘기였다. 색에 무슨 편견이 있담? 만일 있다면 다른 색 모자여야 하지 않나? 녹색은 예쁘기도 하지만 우리에게 심리적 안정감을 주는 효과와 눈의 피로를 풀어주는 아주 유익한 색깔이다. 왜 하필이면 싱그럽고 생명력 있는 대자연의 색인 녹색인지 녹색을 사랑하는 나로선 지금까지도 이해가 잘 안 되는 점이다.

어쨌든 한중 문화에서 색상에서도 관점의 차이가 있다는 것이 정말로 재미있는 부분인 것 같다.

세 번째 이야기 – 숫자

한 중국인 친구가 내게 안부 문자메시지를 보내왔다.

미정아! 요즘 어떻게 지내? 181818!

문자메시지를 확인하고 기분이 좀 이상했다. 우리나라에서 '18'이란 숫자는 욕설을 표현한 것이기 때문에 조금은 마음이 편하지 않았다.

하지만 중국에서는 좀 다른 표현으로 쓰인다고 한다. '워 야오 파차이 我要发财, 나는 돈을 많이 벌고 싶다는 뜻으로 야오(要)는 숫자 1과 동음이고 파(发)는 숫자 8과 동음이다' 라는 말을 숫자로 표현한 일종의 암호다.

중국에서 숫자 8은 황제 대접을 받는다고 한다. 일종의 모든 중국인들의 소망을 나타낸 숫자이기도 하다. 그래서 이사 가는 날, 결혼하는 날, 개업하는 날 등에는 8이 들어가는 8일, 18일, 28일 등의 날짜를 택하여 행하는 경우가 대부분이다. 심지어 세계인의 대축제인 올림픽조차 2008년 8월 8일 8시 8분에 거행되었으니 말이다.

이뿐만이 아니다. 숫자 8은 생활에서도 아주 가까이 접하는 숫자임을 중국인들의 생활습관에서도 볼 수 있다. 중국인들은 손님을 대접하거나 모임을 가질 때 빠오시앙包厢이라고 불리는 방을 예약한다. 그런데 많은 빠오시앙, 즉 예약 방 중에서도 가장 많이 예약되는 방이 있는데 '888' 혹은 '8888' 번호의 방이다. 대부분의 레스토랑에서 '888' 혹은 '8888' 번호의 빠오시앙은 실내 인테리어도 최고로 호화롭게 장식되어 있고, 또 가장 비싸게 예약되는 방이기도 하다.

하지만 중국인들이 좋아하는 '18' 이라는 숫자가 기피될 때도 있다.

요즘 중국에도 고층 아파트들이 많이 들어서 빌딩숲을 이룬 지역들을 많이 볼 수 있다. 더구나 빠른 경제성장으로 물가도 무섭게 오르다 보니 너도나도 부동산에 투자하는 중국인들이 많아지고 있다. 그래서 모델하

우스에 가면 아파트를 사고자 하는 사람들이 많이 눈에 띈다. 그런데 재미있는 현상은 아파트 18층은 유독 잘 팔리지 않고 가격도 다른 층보다 많이 싸다는 것이다. 이유인즉, 옛 중국인들은 사람이 나쁜 짓을 많이 하고 죽으면 지옥으로 가는데, 이 지옥이 18등급으로 나눠 있다고 믿었다고 한다. 스파청 띠위^{十八层地狱}, 18층 지옥! 그래서 상대방에게 욕을 할 때도 '18층 지옥으로 떨어져라'고 한다고 해서 아파트 구입시 유독 18층을 기피한다고 했다.

중국인들이 '8' 다음으로 좋아하는 숫자가 하나 더 있다. 숫자 '6' 이 그 주인공이다. '리우리우순^{流流顺, 리우(流)와 숫자 6은 동음이다},' 즉 모든 일이 순조롭게 잘 진행된다는 뜻으로 차량번호 외에도 핸드폰에도 많이 사용되는 숫자다.

중국 도로에서 고급 수입차들의 차량 번호판을 보면 가장 선호하는 번호판이 '8888' 혹은 '6666' 이다. 이런 번호판을 단 차량이 신호위반을 하여 교통 경찰관의 눈에 띄었다고 해도 대부분의 교통 경찰관들은 잡으려 하지 않고 살짝 눈감아 버린다. 왜냐면 이런 차량 번호판은 아주 부유층 사람이나 고위 관리자들의 상징처럼 여겨지는 번호이기 때문이다. 그래서 아예 모르는 척 해버리는 경우가 많다.

중국인들이 가장 싫어하는 숫자는 당연 '4' 다. 죽을 사^死와 발음이 같아서 여기 중국에서도 죽음을 나타내는 숫자로 한국과 별 차이가 없다.

중국친구에게 한국 핸드폰 번호를 가르쳐 주었는데, 그 친구의 반응이
너무나 재미있었다.

"내 한국 핸드폰 번호는 xxx-x667-1888이야!"

내 말이 끝나자마자 그 친구는 감탄하면서 물었다.

"핸드폰 번호 얼마 주고 샀니? 한국도 많이 비싸니?"

중국에서 이런 번호를 얻으려면 거금의 웃돈을 주고 사야 하는데 대부
분 큰 사업을 하는 사람들이 앞다퉈 이런 번호를 얻으려고 한다.

그 친구는 핸드폰 번호를 이렇게 해석했다. '66'은 모든 일이 순리적
으로 잘 풀린다는 뜻, '7'은 행운의 럭키 세븐, '888'은 '저 돈 벌고 싶어
요'의 숫자 암호! 순리적으로 행운과 재물운이 함께 하기를 바라는 마음!
그러니 중국 친구의 입에서 감탄이 절로 나올 만하다.

숫자에 모두가 바라는 의미를 넣어 말을 창조해 쓰는 언어 창조의 달
인, 그 중국인들의 감각이 대단하게 느껴진다.

네 번째 이야기 – 음주문화

중국 생활에 점점 더 익숙해져갈 때쯤 음주문화에서도 한중 양국이 서
로 다른 독특함을 가지고 있다는 것을 알게 되었다.

예를 들면 한국에선 대낮에 술을 마신다는 것은 '나 인생이 힘드오'라
는 소리로 사업에 실패했거나 실연을 해 크게 상심한 경우 등 인생에 있어

큰 전환점이 될 만큼 충격적이고 힘든 상태에 놓인 사람들이 주로 낮술을 마시는데 중국은 낮이든 밤이든 시간대를 구분하여 마시지 않는다. 우리나라 사람들은 먼저 식사를 끝내고 자리를 옮겨서 술을 마시는 경우가 많은데 중국인들은 식사자리와 술자리를 따로 가지지 않는다. 그래서 일반적으로 식사가 최소 두 시간에서 세 시간 정도의 긴 시간 동안 계속된다.

중국 술을 '바이조^{白酒}' 라고 하는데 육안으로 보기에는 우리나라의 소주와 별 차이가 나지 않는 술이다. 그런데 도수에서 확실하게, 아니 정신이 번쩍 들 정도로 큰 차이가 난다. 바이조는 평균 40도를 웃도는 아주 높은 도수의 술이다.

난 소주조차 제대로 입에 대지 못하는 사람이다. 이런 내게 바이조는 거의 공포 수준이다. 하지만 친구들의 권유로 어쩔 수 없이 마셔야 되는 경우도 간혹 있다. 그래서 몇 번 마셔본 바이조! 한 모금 입으로 삼키면 식도가 타 버릴 것 같은 뜨거움과 동시에 바이조의 짙은 꽃향이 입안 전체로 확 퍼진다. 맛이 정말로 뜨겁다. 이런 술을 마시는 중국인들의 위와 간은 용광로로 만들어졌나 싶어 대단해 보였다.

여기에 오신 많은 한국 손님들도 바이조의 맛을 보고는 이구동성으로 중국의 바이조가 소주보다 오히려 맛이 깨끗하고 뒤끝 없는 화끈함이 좋다고 했다. 애주가들은 바이조의 매력에 금방 빠져드는 것 같다.

난 중국 친구들에게도 우리의 소주를 소개해주고 싶었다. 그래서 집으로 초대해 갖가지 한국음식을 정성껏 만들고 준비한 소주를 친구들의 잔에 따라 주었다. 친구들은 각자의 잔에 담긴 소주를 호기심 가득한 표정으로 보더니 이내 잔을 비웠다.

"미정아! 소주 정말 맛있어. 약간의 단맛이 부드럽게 넘어가서 정말로 끝내줘!"

친구들은 하나같이 소주가 달다고 표현했다. 내 입에는 쓰디쓴 소주가 중국 친구들의 입에는 달다니 참 아이러니했다.

한 친구가 소주를 사람에 비유해서 말했다.

"소주는 꼭 상하이남자 같아!"

소주가 상하이남자 같다고? 중국에서 상하이남자는 여자들에게 부드럽고 자상함이 도가 넘쳐 아예 여자를 공경하는 성향이 있다고들 한다. 그래서 중국 전 지역에서 상하이남자들은 공처가로 불린다. 그러니 마치 소주처럼 마실 때 달콤하여 술술 잘 넘어가는 것이 상하이남자가 여자들에게 달콤한 말을 잘한다는 뜻이었다.

그렇다면 바이조는 어떤 지역의 남자들로 비유할 수 있나 생각해봤다. 순간 머릿속으로 떠오른 사람들이 있었다. 내 고향 부산남자들!

"바이조는 한국의 부산남자들 같아!"

친구들이 그 이유를 물었다.

"음…… 바이조가 비록 도수가 높아서 마실 땐 좀 독하고 거칠지만, 뒤

끝 없는 화끈함과 마시고 나서도 오래도록 은은하게 입 전체에 남아있는 향이 꼭 부산남자 같아! 그리고 부산남자들은 밖으로 표현을 잘 못하지만 열정을 행동으로 보여주는 사나이 중에 사나이야!"

내 말이 끝나자, 모두들 고개를 끄덕이면서 아직 남자친구가 없는 중국 친구들은 서로 부산남자를 소개시켜 달라고 했다.

술을 마실 때도 중국인들만의 독특한 방법이 있다.

중국에서는 각 사람마다 잔 두 개가 놓인다. 큰 잔과 작은 잔으로, 모임의 주체인 사람이 손님들이 가지고 있는 큰 잔에 술을 따른다. 그러면 각자가 큰 잔에 담긴 술을 작은 잔에 스스로 따라서 마신다.

마실 때 즐거움을 나누며 건배하는 것은 한중 모두 같다. 단지 한국은 '당신이 따라주신 술 하나도 남기지 않고 다 비웠소이다' 하는 뜻으로 빈 잔을 머리 위로 거꾸로 들어 올려서 표시하지만 중국은 마시고 난 뒤 일어나 건배를 함께한 사람을 향해 두 손으로 빈 잔을 들고 10도 정도 기울여 빈 잔임을 상대에게 알린다.

술자리에서 빠지지 않는 것이 담배다. 서로 담배를 권하는 모습이 아주 재미있다. 한국에선 서로 두 손으로 담배를 주고 담배 불도 붙여주는 섬세함도 잊지 않는 반면 중국은 둥그런 원탁에서 담배가 공중곡예를 한다.

담배를 권하는 사람이 담배 한 개비를 꺼내서 상대방 쪽으로 휙 던진다. 그러면 담배를 받은 사람은 검지와 중지 두 손가락을 모아 마치 무릎을 꿇어서 앉은 듯한 모양으로 탁자 위를 두 번 두드리는데 이것은 말 대신 행동으로 하는 감사 표현이다. 재미있고 간편하게 감사함을 표현하는 것이라 내겐 아주 신선하게 와 닿았다. 그래서 식당에 갔을 때 종업원이 음료수를 따라주면 바로 두 손가락을 모아서 탁자를 두드렸다. 그랬더니 종업원이 "부커치!^{괜찮아요!}"라고 대답했다.

만일 중국으로 여행을 가는 독자들이 있다면 중국 현지 식당에서 한번 이 방법으로 감사를 표현해 보면 더욱 재미있지 않을까 한다.

잡종? NO! 혼혈아? YES!

중국은 다민족 국가이다. 한족^{汉族}이 주를 이루고 그 외 56개의 소수민족들이 서로 이해하고 화합해 살아가고 있는 나라여서일까? 중국인들의 혼혈아에 대한 관심과 배려, 그리고 호의적인 태도는 정말로 놀라웠다.

아들 동규는 한국인 엄마인 나와 중국인 아빠인 남편 사이에서 태어난 말 그대로 한중 혼혈아이다. 유치원에서 동규는 이름난 스타나 다름이 없었다. 유치원의 모든 선생님을 비롯해 원생들이 동규를 알게 되었고 동규로 인해 덩달아 나까지 관심을 받게 되었다. 이 관심은 원생들의 부모에게까지 알려져 같은 반이 아닌 원생의 부모님들도 내게 인사를 해 왔다.

"역시 혼혈아라 똑똑하고 잘 생겼네요!"

모두들 동규에게 찬사를 아끼지 않았다. 심지어 유치원에서 동규를 '바이 마 왕즈^{백마 탄 왕자}' 라고 부르는 등 과분할 정도의 관심을 받았다.

그래서 난 중국에 살면서 항상 두 가지 마음을 가지고 살게 되었다. 하나는 항상 우리에게 관심을 주고 좋아해 주시는 분들이 있어 기쁜 마음이고, 또 하나는 감사한 마음이었었다.

어린 시절 나는 방학만 되면 항상 대구 대명동 외삼촌댁으로 놀러 가곤 했었다. 당시 대명동에는 많은 미군 장병들이 살았는데 적지 않은 군인들이 한국인 여성과 결혼하여 혼혈아들도 쉽사리 볼 수 있었다. 어린 내가 처음 보는 혼혈아는 정말 신기했다. 그리고 때로는 부러웠다.

'나도 저 아이처럼 혼혈아라면 얼마나 좋을까? 우윳빛처럼 하얀 피부에 찬란한 태양처럼 눈부신 저 황금빛 머릿결. 정말로 동화책 속의 공주 같아! 부러워…….'

어릴 적 발상이라 아주 유치했지만 조용히 마음속으로 혼혈아를 동경한 적이 있었다. 그런데 어느 날 주위 어른들의 속닥이는 입방아로 부러움의 대상이었던 혼혈아를 나도 모르게 천대하는 마음을 가지게 했다.

"아무개 엄마! 저 혼혈아 정말로 인형같이 정말 예쁘지 않수?"

"에그! 예쁘기만 하면 뭘 해! 한국사람도 아닌 것이 잡종인데……. 쯔쯧."

"그건 그러네요. 어머! 쟤 좀 봐요! 아휴, 까매도 너무 까마네. 연탄이 울고 가겠어요! 호호호……."

동네 아줌마들의 말이 어린 내겐 큰 충격으로 다가왔다. 내가 그렇게도 부러워하고 예쁘게만 봤던 아이가 잡종이자 연탄? 동물도 아니고 어떻게 사람을 순종과 잡종으로 나눈담? 어렸던 내겐 이런 혼혈아들이 우리와 다른 존재로 여겨짐을 알게 되었다. 그날 이후 나의 동경심은 옹졸한 어른들의 말에 의해 부정적이고 합당하지 못한 시선으로 바뀌었다.

혼혈아에 대한 반응들도 다양했다. 피부색이 하얀 혼혈아는 그나마 다행이지만, 피부색이 까만 혼혈아들은 더욱 곱지 않은 시선으로 보는 것에 아마도 상처를 많이 받았을 것이다.

사랑은 국경도 초월한다는 말도 있듯이 사람이 사람을 만나 사랑을 하게 되고 그래서 함께 하고자 하는 마음이 생겨 결혼을 하는 것은 다 똑같다. 그것이 같은 민족, 같은 나라든 타 국가, 타 민족이든 간에 모두 사랑이라는 순수한 감정에서 시작되고 맺은 결과인 것이다. 국제결혼을 하는 사람들을 좀 더 관대하고 평등한 시선으로 봐준다면 다문화 가정들도 더욱 행복하게 아름다운 대한민국의 땅 아래에서 터전을 이뤄갈 거라고 생각한다.

그런데 한국으로 시집온 많은 외국인 며느리들은 그렇지 않은 듯했다. 요즘 농촌 총각들이 시집올 아가씨들이 없어서 외국에서 찾아오는 경우를 많이 본다. 어떤 지역은 한 마을에 외국인 며느리들이 여덟 명이나 되었다. 그러니 요즘 우리나라에 혼혈아가 많아질 수밖에 없다. 그런데 왜 한국과 중국에서 혼혈아들이 받는 대접이 다른 걸까? 우리의 단일민족만이 최고라는 고정관념 속에서 탈피해 다민족을 넓게 포용하고 존중하는 사회가 되어야 되지 않을까 생각하게 된다.

현재 우리나라도 다문화 가정에 더욱 관심을 가지고 사회 속에서 함께 융화하려고 노력하는 모습들이 보인다. 동규가 엄마의 나라인 한국에서도 지금 중국에서 받는 사랑과 관심만큼이나 따뜻한 사람들의 배려로 한국의 문화와 민족성을 배울 수 있는 기회가 있다면 엄마로서 한국인으로서 더 이상 바랄 것이 없을 것 같다.

암호랑이

남녀평등! 중국에서 아주 흔하게 그리고 많이 들을 수 있는 말이다. 하지만 내가 볼 때는 오히려 여성들의 위치가 월등히 높다고 느껴질 때가 많다. 물론 우리나라와 같이 정치나 경제적인 측면에서 본다면 아직 이곳 중국도 남성들에게 우세한 점들이 많은 것은 사실이지만 말이다.

난 결혼한 후, 소위 장난^{강남} 지역인 마안산시에서 쭉 살고 있다. 그래서 항상 보아온 것이 바로 남성들의 가사 분담이다. 남편이 거의 모든 집안일을 함께 하는 것이 일반적인 가정의 모습이다.

주위 이웃들을 봐도 그렇다. 장을 봐야 할 시간이면 어김없이 남편들이 장바구니에 한 아름 채소며 고기 등 맛있는 반찬거리를 사오고 아는 사람이라도 만나면 오늘 무슨 요리를 할 거라는 등 한국에서 주부들이 하는 대화들이 오고가는 것을 심심치 않게 보고 들을 수 있다. 게다가 주말이면 일주일 동안 낀 먼지를 털거나 닦는다고 베란다 이쪽저쪽에서 아주 분주히 움직이는 남편들!

또 어떤 가정은 아예 가사 분담이 아니라 전담이라고 할 정도로 남편이 주부의 모든 역할을 도맡아 척척 해낸다. 가사노동은 물론, 아이의 육아 및 교육도 전적으로 아빠 몫인 가정들도 적지 않다.

내 눈에 비친 이런 남편들의 모습이 얼마나 아내를 아끼고 사랑하면 저렇게들 헌신할까 그저 부러웠다. 곰곰이 생각하니 정말로 불공평한 것 같아, 절로 신세한탄이 나왔다.

"내가 속아도 아주 속았어요!"

그러자 남편은 내 속을 모르겠다는 듯 의아한 표정을 지으며 되물었다.

"오늘 뭐 잘못 먹었어? 왜 그래?"

"당신한테 시집오기 전, 한국에서 영화를 봐도 그래요, 남편들이 앞치마를 두르고 요리하는 장면들도 많았구요, 시집와 직접 이곳에서 살아봐도 남편들이 가사 일을 많이 하는데……. 다른 집 남편들이 얼마나 아내를 사랑하는지 잘 좀 보라구요! 난 이게 뭐예요?"

그래도 생각해 보면 예전보단 남편이 많이 변했다. 갓 결혼했을 땐 "나 목말라"라고 하면 바로 물을 따라 대령해야 했었는데, 요즘은 스스로 알아서 잘 마시고 기분이 좋은 날에는 손수 요리까지 하는 등 자상함을 보여주는 남편이기에 난 아무 소리 않고 다시 한국여인의 미덕인 현모양처의

자리로 돌아간다.

그러다 내가 부러워하던 가사 전담 남편들의 내막을 알게 되었는데 정말 가여웠다. 대부분의 가정에서는 마오쩌둥 주석이 제창한 '남녀평등'이 형평성에 잘 맞게 가사 분담이 되지만, 유독 가사 전담을 하는 남편들의 뒤에는 무서운 '무라우후母老虎', 즉 암호랑이 마누라들이 떡 하니 버티고 있었던 것이다.

처음 무라우후라는 말을 들었을 때, 사회적으로 성공하고 많은 업적을 남긴 멋진 여성을 칭송하는 말로 이해해 나도 무라우후 같은 여성이 되고 싶다고 생각하게 되었다. 그래서 친구들과의 모임에서 내 생각을 말했다.

"요즘 무라우후가 대세인데, 나도 열심히 해서 무라우후가 될 거야!"

내 말이 끝나자, 친구들이 배꼽이 빠져라 웃어댔다. 난 영문도 모른 채 친구들의 얼굴만 빤히 쳐다보았다. 실컷 웃고 나서야 한 친구가 무라우후가 뜻하는 바를 설명해줬다.

"무라우후는 남편 위에서 폭군처럼 군림해서 집안의 모든 일을 자신이 좌지우지하는 아주 몰상식한 여자를 말하는 거야."

"정말로 그런 여자들이 있어?"

"그럼, 그렇지 않고서 어떻게 무라우후라는 말이 생겼겠니? 무라우후들에게 남편은 남편이 아니라 하인이나 다름없어. 집안에서도 모든 일을 무라우후들이 결정하고 행하다 보니 가장인 아빠의 자리가 없는 거야. 그리고 자연적으로 아이들까지 아빠의 말을 무시하는 경우가 많다는 거야. 완전 현대판 모계사회야!"

중국은 유교사상의 근원지로, 많은 아시아 국가에까지 영향을 미쳤는데, 어떻게 이런 중국에 무라우후가 나타나게 된 것일까?

우리 한국의 보통 가정에서만 봐도 아무리 시대가 변해 현대화되었다고 하지만, 그래도 전통적 가정관을 가지고 살아오고 있지 않은가? 집안의 가장인 아버지가 책임과 의무를 가지고 모든 일들을 결정하고 가정을 더욱 화목하게 이끌어 가기 위해 무척이나 노력하는 것이 한국의 아버지인데 말이다. 만일 중국의 무라우후 여성들이 한국의 가정을 본다면 어떻게 생각하고 받아들일까?

무라우후들에게는 남편을 존중하지 않는 것 외에도 남편을 욕하고 때리는 못된 습성을 가지고 있는 특징이 있는 것 같다. 무라우후라는 단어를 배운 지 얼마 되지 않아 그것을 직접 목격하게 되었다. 내가 목격한 여성은 무라우후 중에서 왕중왕이라고 말해도 전혀 손색이 없을 듯했다.

하루는 차를 즐기는 한 친구에게서 연락이 와서 자신의 집에서 새로 사온 차를 함께 마시자고 했다. 그래서 친구집으로 향하던 중 친구집 엘리베이터 입구에서 부부로 보이는 남녀를 봤다. 남자는 뭘 잘못했는지 여자에게 갖은 원망과 욕설을 듣고 있었다. 좁은 공간에서 그러니 보지 않고 듣지 않으려고 해도 어쩔 수 없이 듣게 되고 보게 되었다.

그 여자는 정말 대단했다. 집 대문을 나서기 전 이 여자가 남자에게 잊지 말라는 물건이 있었는데 남자가 그만 깜빡하고 놓고 나온 모양이었다. 살다보면 깜빡하는 경우도 많지 않나? 그런데 이 여자는 남편을 욕하는 것만으로는 성에 차지 않았는지 빨리 가지고 나오라고 말하며 남편을 발로 찼다. 난 너무 놀라 하마터면 헉 소리가 나올 뻔 했다. 그런데 남자는 너무 아파하면서도 여자에게 찍소리 못하고 빨리 가지고 오겠다며 가다가 나와 눈이 마주치자 얼굴이 빨개져 오히려 내가 본 것이 더욱 미안했다. 친구집이 7층인데도 난 엘리베이터 타는 것을 포기하고 계단으로 올라갔다.

도착해서 내가 목격한 장면을 낱낱이 친구에게 알렸다. 그런데 이 친구 눈 하나 깜짝 않고 많이 보아온 것 같은 덤덤한 반응이었다.

"그 여자 우리 아파트에서도 유명한 무라우후야! 오늘 네가 본 것은 새발의 피야! 그 여자 정말로 화나면 물불을 가리지 않고 남편을 때리고 욕해!"

"그럼 차라리 이혼을 하지, 왜 그렇게 살아?"

"여자가 무서워 이혼의 '이' 자도 못 꺼낸다고 하더라고. 그리고 보면 우리 남편들은 정말로 행운이야! 저런 무시무시한 여자 안 만났으니……."

남의 일이지만 참 안타까운 일이었다.

그 날 처음 내 눈으로 똑똑히 무라우후를 봤지만, 실은 생활 속에서 무라우후는 아니지만 남편을 존중하지 않는 여성들을 자주 봐 왔다. 보통 내가 본 여성들은 남편보다 사회적으로 지위가 더 높아서 남편의 기를 죽이는 억세고 드센 여자들인데 전화 받는 소리만 들어도 상대가 남편인지 아닌지를 확실히 알 수 있다. 만일 업무적이거나 친구에게 걸려온 전화면 "웨이! 여보세요!" 하는 목소리의 톤이 나긋나긋하고 친절한 반면 그 상대가 남편이면 바로 "깐마? 왜요?"라며 퉁명스럽게 전화를 받기 일쑤다.

예전에 탈무드에서 유대인들이 시집가는 딸에게 반드시 읽어준다는 구절이 있었는데 잠시 생각이 나서 다시 한 번 읊어본다.

사랑하는 딸아! 네가 남편을 왕처럼 존경한다면 너는 여왕이 될 것이다. 그러나 남편을 돈이나 벌어오는 머슴처럼 여긴다면 너는 하녀가 될 것이다.

네가 자존심을 내세워 남편을 무시하면 남편은 폭력을 휘두르는 폭군이 될 것이다. 남편의 말에 정성을 다해 공손히 대답하면 남편은 너를 소중히 여길 것이다.

남편 친구가 놀러오면 남편을 말끔하게 단장시켜라. 남편 소지품을 귀하게 여기고 가정에 마음을 두어라. 그러면 남편이 네 머리에 영광의 관을 씌워 줄 것이다.

이 구절을 처음 읽었을 때는 결혼을 하지 않았을 때라 가슴속으로 깊이 와 닿지 않았었다. 하지만 지금에 와서 다시 읽어보니 정말로 명언 중에 명언이란 생각이 들었다.

부부 사이에 내가 먼저 상대를 배려하고 존중한다면 그것이 곧 나에 대한 존경과 배려로 돌아오는 법칙을 무라우후 여성들은 잊고 사는 듯하다.

무라우후 여성들! 오늘부터라도 퇴근하고 돌아오는 남편에게 "여보, 수고했어요. 사랑해요!"라고 말해보자! 이 속에 당신이 모르는 행복의 놀라운 비밀이 들어있을 테니까……

신선함

처음 중국에 온 지 얼마 되지 않았을 때 내겐 모든 것이 새롭고 신선했다. 중국인이 보기엔 일상적이고도 지극히 평범한 것들이지만 내겐 아주 신기하고도 재미있는 것들이었다.

그 첫 번째는 콩민등孔明灯, 공명등이다. 내가 처음으로 콩민등을 봤을 때는 중국인들의 가장 큰 명절인 춘절春节을 바로 코앞에 두고 있던 어느 날, 저녁을 먹고 남편과 함께 산책을 할 때였다. 저녁 공기가 차가우면서도 시원한 느낌을 주고 하늘에 별도 총총 떠 있어 아주 운치 있는 날이었다. 난 손으로 하늘을 가리키며 남편에게 물었다.

"여보! 저 하늘의 별은 무슨 별이에요? 크고 밝게 빛나는 것이 너무 고와요. 길게 손을 뻗으면 막 잡힐 듯 가깝게 느껴져요. 당신이 저 별 따주면 안 돼요?"

남편은 내 말이 농담이라는 것을 알면서도 발걸음을 멈추고 높이 뛰어서 별을 따려는 행동을 했다. 비록 별을 따 주지는 못했지만, 내게 행복을 따서 안겨준 것이다. 만일 별을 딸 수 있는 방법이 있다면 어떤 고통이 따를지라도 남편은 하늘의 별을 따서 내게 줄 거라는 사실을 확신한다.

남편과 산책하면서 여러 가지 얘기도 하고 좋은 시간을 보내고 있는데 갑자기 내 눈에 하늘에 별이 아닌 또 다른 밝은 물체가 이동하는 것이 보였다. 순간 UFO라는 단어가 떠올랐다. 갑자기 흥분의 도가니에 빠져버린 난, 남편에게 하늘에 떠 있는 물체를 보라고 외쳤다.

"여보! 빨리 하늘 봐요! UFO예요!"

남편도 나의 말에 재빨리 고개를 들고 하늘을 뚫어져라 쳐다봤다.

"저거 UFO 아니야."

난 이미 핸드폰으로 하늘에 떠 있는 물체를 찍고 있었다.

"미정아! 저건 UFO가 아니라, 중국의 콩민등이야."

난 부인했다.

"등이 어떻게 저렇게 높게 날고 또 이동도 빨라요? 분명 내가 본 것은 UFO라구요. 중국에서 자주 UFO가 보인다고 하던데……. 정말로 신나요! 내가 UFO를 발견하다니……."

내 말이 끝나자 언제 하늘에 떠 있었냐는 듯 UFO는 사라져 버렸다. 아주 한순간에 말이다.

"봐요! UFO 안에 타고 있던 외계인이 벌써 내가 자기 얘기하고 있다는 것을 감지했나봐요. 눈 깜짝 할 사이도 없이 사라져 버렸잖아요! 진짜 외계인의 과학기술은 대단한 것 같아요. 그죠?"

내가 계속해서 감탄하자, 남편이 참았던 웃음을 터트렸다.

"정말로 콩민등이라니까……."

"직접 내 눈으로 한순간 사라져 버리는 것도 확인했는데 콩민등이라니요? 등이 저렇게 높게 떠 다녀요? 말도 안 돼, 믿을 수 없어요!"

난 계속해서 고집을 부렸고 산책을 마치고 집으로 돌아온 후 남편은 컴퓨터를 켜 콩민등에 관한 자료와 사진과 동영상을 보여주었다.

콩민등은 중국 촉한^{蜀汉}시대의 정치가인 제갈량^{诸葛亮}에 의해 발명된 것인데 이 제갈량은 아주 총명한 사람으로 기계 제작 및 수리 방면으로도 뛰어나 당시 사람들이 생각지도 못한 발명품들을 많이 만들어 냈는데 콩민등 역시 그가 만든 발명품 중 하나이다. 처음 만들었을 당시에는 군사용 통신수단이었다. 세월이 흘러 오늘날 콩민등은 현재 중국인들의 소망과 염원을 하늘로 띄워 보내는 일종의 복을 기리는 수단으로 사용되고 있다. 콩민등이라고 불리는 이유는 제갈량의 자^字가 공명^{孔明}이기도 하고 콩민등의 모양이 제갈량이 평소 쓰고 다녔던 모자의 모양과 비슷하게 생겼다고 해서 콩민등^{孔明灯}이라는 이름이 붙여졌다고 했다.

콩민등의 비밀을 알고 나서야 내가 억지를 부린 것이 명백히 밝혀졌다. 남편에게 억지 부린 것이 미안하기도 하고 쑥스럽기도 했지만, 참 재미있는 UFO 에피소드다.

두 번째는 중국말로 뭐라고 부르는지 정확히 몰라 내가 바마오지拔毛机라고 이름 붙인 것으로, 평소 중국인들의 가정에서 직접적으로 볼 수 있는 물건은 아니다. 시장에 가서 닭, 오리 혹은 비둘기를 살 때 볼 수 있는 물건이다.

처음으로 혼자서 중국의 재래시장에 가게 되었다. 가족들을 위해서 무슨 반찬거리를 살까 생각하면서 시장을 기웃거리고 있는데 어디선가 투투투 하면서 뭔가 돌아가는 소리가 들렸다. 자연히 그 소리를 찾아서 발길을 옮기게 되었다.

내 발걸음이 멈춰 선 곳은 닭과 오리, 비둘기를 파는 가게였는데, 한국으로 치면 생닭을 파는 가게였다. 닭장마다 칸을 쳐서 암탉과 수탉을 나눠 놓았고 그 닭들도 농민들이 기른 촌닭과 사육된 닭을 분리하여 놓아 손님들의 요구에 따라 그 자리에서 닭을 잡아서 주는데, 내가 들었던 투투투 하는 소리는 자동으로 닭털을 뽑는 기계에서 나는 소리였다.

예전의 세탁과 탈수가 분리된 세탁기의 탈수통 모양으로 생긴 기계로 닭을 뜨거운 물에 한 번 담근 후 바로 기계에 넣어서 작동 스위치를 누르면 투투투 하고 소리를 내면서 닭털만 미끄럼틀처럼 생긴 곳으로 나온다. 사람의 손으로 닭 한 마리의 털을 깨끗하게 제거하려면 꽤 많은 노력과 시간이 걸리는데 이 기계를 사용하면 40초 정도면 닭 한 마리의 털이 다 뽑혀 하얀 피부를 그대로 드러낸 매끈한 닭이 나오는 것이 신기하기 짝이 없었다.

넋을 잃고 보고 있는데 닭장수가 물어왔다.

"샤오지에! 니 쉬야오 썬머? 아가씨! 뭐 필요한 거 있어요?"

"워 야오 이즈 번지. 촌닭 한 마리 주세요."

"꽁더? 무더? 수탉이요? 암탉이요?"

"워 야오 홍샤오더. 홍샤오(간장이나 설탕을 넣어 빛깔이 나도록 끓이는 조리법) 용으로 주세요."

"하오레이! 그러죠?"

닭장수는 내 말이 떨어지기 무섭게 수탉 한 마리를 꺼내 저울에 달고서 바로 잡았다. 그리고 끓는 물에 잠시 닭을 넣었다가 다시 기계에 넣어서 스위치를 누르자 다시 투투투투 소리와 함께 금방 누드 닭이 되어 나왔다. 내가 산 닭의 털이 아까 본 닭보다 털이 적은 것인지 기계가 작동된 지 겨우 30초 남짓 만에 끝났다. 좀 더 길게 투투투 소리를 듣고 싶었는데……

"라오반, 워 하이야오 이즈 무지! 사장님, 암탉으로 한 마리 더요!"

닭장수가 다시 빠른 손놀림으로 닭을 잡아서 그 신비스런 통에 넣자,

어김없이 투투투 소리와 함께 닭털들이 뽑혀 통 아래의 광주리로 나왔다. 뭐든 넣기만 하면 다른 것이 되어 나오는 마술사의 모자 같았다.

세 번째는 아주 신기한 물건으로 중국 엄마가 양저우 말로 웡웡^{嗡嗡}이라고 한다며 가르쳐줬던 물건, 바로 콩주^{空竹}다.

동규가 태어난 지 몇 개월이 되지 않았던 어느 봄날, 가족 모두 위산후^{雨山湖} 공원으로 산책을 갔다. 공원은 이미 봄의 싱그러움으로 파릇파릇해, 보는 이로 하여금 마음속까지도 새싹이 트는 활기로 가득 차게 했다.

유모차에 동규를 태우고 걷고 있는데, 어디선가 윙어엉 워웡엉 하는 소리가 메아리치듯 들렸다. 이게 무슨 소리일까? 소리가 나는 곳을 보니 나이가 지긋하게 드신 분들이 팽이처럼 보이는 것을 바닥이 아닌 공중에서 가지고 노는 모습이 보였다.

"엄마! 저게 뭐예요?"

"저건 웡웡이라고 하는데 중국 전통 장난감이야."

옆에서 듣던 남편도 한마디 거들었다.

"엄마가 말한 것은 사투리고, 진짜 이름은 콩주야."

"콩주요?"

"응! 콩주는 실의 양 끝에 작대기를 달아 양손으로 작대기 하나씩 들고 팽이처럼 생긴 것을 아래위로 요요를 놀리듯 하면 윙윙 하고 소리를 내면서 돌아가는 거야. 손놀림이 좋은 사람은 콩주를 공중으로 던져 올리고 받아서 돌리는 묘기도 부릴 수 있어!"

내 눈 앞에서 콩주가 널뛰기를 하듯 공중으로 뛰어 올랐다가 다시 실 사이에서 윙윙 소리를 내면서 열심히 달리다 다시 한 번 멋지게 공중 묘기를 부리는 것이 너무나 신기했다. 난 얼른 한번 해보고 싶어졌다.

콩주를 가지고 계신 분께 가서 한번 해 봐도 되냐고 했더니 아주 흔쾌히 콩주를 내주셨다. 그리고 아저씨의 설명을 들으며 몇 번의 실패를 거듭하다가 결국 내 손에서도 콩주가 윙윙 소리를 내면서 돌아가기 시작했다.

중국의 역사만큼 콩주의 역사도 아주 유구했다. 중국인들이 처음으로 콩주를 가지고 놀았던 것은 삼국시기부터라고 했다. 그러니 최소한 1,700여 년의 역사를 가지고 있는 것이다. 1,700여 년 전 사람들이 가지고 놀던 콩주가 내 손에 있는 것에 기분이 묘해졌다.

지금도 난 이 콩주를 문화재 다루듯 고이 다룬다. 앞으로도 이 콩주가 더 많은 사람들에게 전통 놀이문화로 사랑을 받았으면 하는 바람과 함께 말이다.

네 번째는 뼁뼁黼黼이다. 삼륜 오토바이 뒷자리에 사각으로 된 나무틀에 알루미늄을 입혀서 손님이 앉은 자리에는 바람도 비도 들지 않게 만들어 영업하는 것인데 기본료는 3위엔으로, 당시 택시 기본요금의 절반이라

가까운 거리를 가는 중국인들에게 아주 인기가 있었다. 뻥뻥의 큰 장점은 좁은 골목길도, 복잡한 번화가도 못 가는 길이 없이 미꾸라지처럼 요리조리 잘 빠져 나가며 도로의 신호를 기다리지 않아도 되는 것으로 그야말로 전천후 울트라짱이다!

혼자서는 도무지 탈 엄두조차 못 내던 뻥뻥을 친구 꾸웨이의 추천으로 타게 되었다. 한번은 친구 꾸웨이랑 같이 쇼핑을 하고 커피를 마시러 우리들의 아지트인 난후호텔 커피숍에 가려고 하는데 택시를 타자니 거리가 짧아 타자마자 내려야 할 판이고 걸어가자니 힘들고 그래서 잠시 고민하고 있을 때 꾸웨이가 말했다.

"미정아, 우리 뻥뻥 타자! 아직 안 타봤지?"

"응. 그런데 위험하지 않아?"

"괜찮아. 하나도 위험하지 않아."

친구의 말을 믿고 한번 타보자 싶어서 타게 되었다. 그런데 뻥뻥을 타자마자 후회가 막심했다. 뻥뻥이 좁은 길을 갈 때는 그럭저럭 견딜 만했지만, 큰 길로 나서자 가슴은 두근두근, 두 손은 주먹을 꼭 쥐게 했다. 뻥뻥의 사방으로 차가 달리는 데다 조금의 틈만 있으면 서커스단이 곡예를 하듯 아슬아슬하게 빠져나가는데 간담이 서늘해지면서 입으론 쉴 새 없이 "샹디, 바오요우! 하나님, 지켜주세요!"를 외쳤다. 옆에서 겁에 질린 날 지켜보던 꾸웨이가 겁쟁이라고 놀려대며 웃던 모습들이 지금은 추억 속의 장면이 되어 오히려 그리워지지만, 당시 그 순간만큼은 아주 아찔했다. 뻥뻥을 타본 느낌은 마치 자전거를 타고 고속도로를 달리는 기분이랄까? 놀이기구를 즐기는 사람이라면 그보다 더한 아찔한 스릴을 만끽할 수 있을 것이다.

타고 보니 왜 뻥뻥이라 부르는지 내 나름대로 해석이 되었다. 원래는 운전을 할 때 소리가 뻥뻥 하고 나면서 조금만 길이 평탄하지 않으면 마구 뛴다고 해서 한자로 달릴 붕鵬을 써 붕붕, 즉 중국 발음으로 하면 뻥뻥이 된 것인데, 난 타면 무서워 가슴이 뻥뻥 뛴다고 하여 뻥뻥이라 명하고 싶었다.

다섯 번째는 파피아오發票, 즉 영수증이다. 중국에 와서 난 영수증을 보관하는 습관이 생겼다. 물건을 사서 바꾸거나 사후 서비스를 받기 위해서는 꼭 이 영수증 파피아오가 필요하며, 영수증 없이 사후 서비스를 받기란 정말로 힘들고 무료 서비스의 혜택도 받지 못하는 것이 대부분이기도 하기 때문이다.

하지만 내가 이 파피아오를 좋아하는 더 큰 이유가 있다. 그것은 5위엔 혹은 10위엔의 당첨금이 파피아오에 숨어 있기 때문이다.

한국에서는 현금 영수증 제도가 있어서 직장을 다니는 사람에게는 아주 유용하게 사용되어 나중에 많이 사용된 부분에서는 환급도 되지만, 중국은 남녀노소 모두 다 물건을 사고 받은 영수증에 꽈지앙^{刮奖, 상금 긁는 부분}이라고 쓰인 은회색 부분을 긁으면 되는 것인데, 만약 당첨이 되면 그 가게에서 바로 상금을 받아가는 것이다.

내가 이 파피아오를 좋아하게 된 계기가 있다. 하루는 친구와 같이 식사를 하고 나오다가 친구가 파피아오를 요구해 동전으로 긁는 모습을 보았다. 그런데 친구가 파피아오를 긁은 후 신난 표정으로 말했다.

"미정아! 너 모르지? 파피아오를 긁었을 때 상금 받는 거 말이야. 봐, 여기에 5위엔이라고 적혀 있지?"

난 고개를 끄덕였다.

"이 파피아오를 종업원에게 주면 지금 바로 5위엔을 줘. 잘 봐!"

친구가 종업원에게 파피아오를 내밀자 정말로 계산대에서 5위엔을 주었다. 그 날 이후로 난 파피아오 열성 팬이 되어서 어딜 가더라도 "야오 파피아오!^{영수증 주세요!}"를 외치게 되었다.

이렇게 시작된 나의 파피아오 사랑은 계속됐는데 어느 날 대박이 났다. 상금은 보통 5위엔, 10위엔이 가장 많은데 내가 그날 긁어서 나온 것은 5위엔도 10위엔도 아닌 나쉐이꽝롱^{纳税光荣}, 즉 '납세는 영광' 상으로 상금은 소비자가 당시 소비한 금액을 모두 돌려주는 것이었다. 그래서 그날 친구와 함께 먹었던 햄버거와 치킨 값 120위엔을 고스란히 되돌려 받았다.

이후 나의 파피아오 사랑은 더욱 열성적으로 이어졌다. 그런데 이상하게도 다섯 번 중 세 번은 꼭 5위엔 혹은 10위엔에 당첨되는 것이었다.

"좋은 운들이 미정이만 따라 다니네! 이러다 당신 부자 되겠어!"

남편의 농담 섞인 말이지만, 참 듣기 좋은 말이고 계속 듣고 싶은 말이기도 했다.

비록 적은 상금이지만, 소비자의 권리도 누리고 좋은 운도 자주 경험하게 하는 유쾌한 영수증이다.

마지막은 정말로 날 황당하게 만든 것인데, 좋게 표현하면 중국 전통 화장실이지만 왠지 화장실이란 이름이 걸맞지 않는 곳이다. 중국어로 하면 처수오^{厠所}, 우리말로 하면 변소라는 말이 딱 맞는다.

한번은 마안산시에서 상하이로 가게 되었다. 지금은 이미 현대식 휴게소가 생겨서 화장실도 깨끗하고 편의점도 있어서 운전자나 여행자들이 편하게 쉴 수 있는 공간이 많이 생겼지만, 처음 내가 중국으로 온 2002년은 모든 곳이 그렇지는 못했다.

시외버스를 타고 다섯 시간 정도를 달리는데, 중간에 딱 한번 승객들을 위해 화장실이라고 내려 준 곳이 벽돌로 쌓은 공중 화장실만 덩그러니 놓인 한적한 곳이었다. 벌써 세 시간을 쉬지 않고 달려온 탓인지 승객들 모두 너나 할 것 없이 화장실에 가게 되었다. 나도 친구와 함께 화장실에 들어갔는데 놀라서 눈이 튀어 나오는 줄 알았다.

말로만 들어왔던 중국의 전통 화장실! 문도 없이 앞은 확 트였고 변기는 긴 고랑처럼 하나로 통일이 되어서 위에서 누면 아래에 있는 사람에게 다 내려오는 식이고 옆을 나눈 칸막이도 사람의 딱 절반인 앉은키만 한 높이로 볼 일을 다 보고 일어나면 옆 사람이 다 내려다보였다.

처음으로 경험한 문 없는 화장실이었지만, 문 없는 화장실보다 진정으로 날 놀라게 만든 것은 중국여성들이다. 모르는 사람들끼리 마주 보면서 볼 일을 보는데 아무런 거리낌도 없는 너무나 자연스러운 모습들! 결국 모든 사람들이 다 나간 후 화장실 입구에 친구를 보초로 세우고서야 나도 일을 볼 수 있었다.

이 쇼킹한 문 없는 처수오를 경험한 후, 난 장거리를 떠날 때는 꼭 양산을 챙기게 되었다. 혹시 처수오를 만나게 되면 양산을 펴 문 대용으로 사용하기 위해서였지만, 두 번 다시 처수오를 경험해보지 못했다.

지금 생각해 보면 아주 황당하고 재미있었던 경험으로 추억의 한 자락으로 남아 있다.

미 신

처음 중국에 왔을 때 중국에도 미신이 존재한다는 사실을 알고 조금은 놀라웠다. 공산주의 나라라 종교도 허용치 않고 현실과 뒤떨어진 미신 따위는 아예 믿지 않을 거라는 것이 내 개인적 생각이었는데 그렇지 않다는 것을 알게 되자 중국의 미신에 관해서 꽤 흥미가 생겼다.

한국에서도 미신을 믿는 사람들이 적지 않게 볼 수 있는데, 예를 들어 이사를 갈 때는 손이 없는 날로 골라서 간다든가 머리를 북으로 두고 자는 것이 아니라는 둥 별의별 근거 없는 말들이다.

나는 미신을 믿지 않지만 듣고 있으면 재미있는 미신들이 많은 것 같다. 중국 엄마가 우리와 함께 살 때 꼭 하던 말이 있는데 음식에 관한 일종의 미신이다.

"미정아! 음식을 먹을 때는 홀수로 먹지 말고 꼭 짝수로 먹으렴."

"왜요, 엄마?"

"옛날부터 짝수로 먹어야 무슨 일이든 좋은 운이 따른다고 했어!"

그래서 중국 엄마는 지아오즈^{饺子, 교자}를 끓이실 때도 항상 숫자를 세면서 만들었고, 그릇에 담아 주실 때도 꼭 짝수로 주셨다. 그렇게 귀에 못이 박히듯 하신 말씀이라서인지 요즘 지아오즈 혹은 탕위엔^{汤圓, 팥죽에 넣는 새알처럼 생긴 것 안에 팥, 깨 등을 넣어서 만든 것}을 끓일 때 나도 모르게 짝수로 끓이게 되었다.

하지만 이곳 마안산시만의 독특한 미신이 있는데 달걀만큼은 짝수인 두 개는 먹지 않는다는 것이다. 한번은 친구들과 호텔 뷔페에서 모임을 가졌다. 그런데 친구 핑핑이 면 위에 계란을 두 개가 아닌 세 개나 얹었다.

"핑핑! 계란을 너무 많이 먹는 거 아니야? 두 개만 먹지, 왜 세 개씩이나 먹니? 소화 안 돼!"

그러자 핑핑이 뜻밖의 소리를 했다.

"나도 그러고 싶은데, 마안산 풍습에 따르면 계란은 절대 두 개 먹으면 안 된대."

"왜?"

"원래 음식을 먹을 때 길조가 따르게 하려면 짝수로 먹어야 하지만, 죽은 사람을 위해 제사 지낼 때 계란을 두 개 올리거든. 그래서 산 사람들은 절대 계란을 두 개 먹으면 안 된대."

"난 항상 계란 한 개 아니면 두 개 먹는데……."

"누가 그렇게 먹으라고 했니?"

"응…… 중국 엄마와 남편이 뭐든 짝수로 먹어야 한다고 해서."

"그래?"

"오늘 집에 가서 남편에게 따져 물어야겠어! 호호호."

친구들과 함께 웃으며 얘기를 하던 중 또 다른 친구가 남자친구 생일이라 선물로 신발을 샀다면서 우리들에게 보여줬다. 한국에서는 연인들끼리 서로 신발은 주고받지 않는데 중국은 다른 것 같아 친구들에게 물었더니 오히려 친구들은 내가 이상한 질문을 하는 것처럼 물었다.

"한국에서는 연인들끼리 신발 선물을 주지 않니?"

"응. 한국에서는 신발을 선물하면 그 신발을 신고 다른 사람에게 간다는 미신이 있어서 신발 선물은 잘 하지 않아!"

내 말을 들은 친구들은 한국의 미신이 재미있다며 서로 미신에 대해서 얘기하게 되었다.

"미정아! 너 혹시 번밍니엔本命年이란 말을 들어봤니?"

"아니, 그게 뭔데?"

"한국에도 띠가 있니?"

"그럼, 난 72년 쥐띠인걸."

"그렇다면 네가 이해하기가 좀 쉽겠다. 번밍니엔이란 음력으로 12년마다 돌아오는 자신이 태어난 해의 띠를 말하는 거야. 그 띠에 따라 악운이 있어서 그것을 막기 위해 여러 가지 방법을 쓰는데 붉은 속옷을 입거나 허리에 붉은 실 혹은 노란 실을 묶어서 나쁜 액을 예방하지!"

그 밖에도 많은 미신들이 있다. 아이들이 이가 흔들려 빼고 나면 그 이를 우리나라에서는 아랫니든 윗니든 모두 지붕 위로 높게 던지는데, 중국에서는 아랫니는 지붕 위로 던지고 윗니는 바닥으로 던진다고 한다. 윗니는 아래를 향해 자라고 아랫니는 위로 자라기 때문으로, 만일 이 미신을 따르지 않으면 아이의 이가 예쁘게 자라지 않고 덧니가 많이 생긴다고 전해져 온다고 했다.

그 외에도 일상생활에 관한 재미있는 미신들이 많다. 고양이 세수를 하면서 귀까지 함께 씻게 되면 그날은 비가 온다, 침을 뱉다가 잘못하여 다른 사람의 몸에 침을 뱉게 되면 그 침을 뱉은 사람의 얼굴에 곰보가 생긴다, 식사를 하면서 젓가락을 밥에 꽂으면 귀신이 찾아온다, 아이들이 방에서 우산을 펴면 키가 자라지 않는다, 고기를 먹고 고기의 뼈를 식탁 위에 놓을 때 평형을 이뤄서 놓게 되면 그날은 좋은 운이 따른다, 밥그릇을 손으로 감쌀 때 왼손으로 감싸야지 그렇지 않으면 직장을 구하지 못한다는 것 등등…….

중국에서도 연초가 되면 사주팔자 혹은 새해의 운을 점치는 사람들이 있다. 하지만 한국처럼 점집들이 밖으로 드러나 있지는 않다. 대부분 사람들의 입소문으로 점이나 사주를 본다는 사람과 연락하여 커피숍 같은 곳에서 만나서 점을 치는 것이 한국과는 조금 다른 모습이다.

하지만 난 중국에 건너와서 한 번도 운세나 점을 본 적이 없다. 한국에서 몇 번 호기심에 친구들과 함께 사주카페에서 가본 적이 있었는데, 괜히 보고 나서 좋은 운이면 나도 모르게 으스대며 뭐든 잘 되는 운이니 노력을 게을리 하게 되고 점괘가 나쁘면 불안하고 무슨 일이든 잘 안 풀리면 내 운세가 나빠서 그렇다며 낙심하고 포기하기 일쑤였다.

그래서 중국에 와서는 내가 한국에서 알고 무심결에 따라 지켜왔던 모든 미신들을 마음속에서 모조리 타파시켜 버렸다. 무엇보다 내 삶에서 미신과 같은 얘기를 믿고 걱정하면서 일을 하나 추진하더라도 될지 안 될지 물어봐야 마음의 안정을 찾는 미련한 짓을 하고 싶지 않기 때문이다. 항상 나의 등 뒤에서 주님이 든든하게 지켜주시니 나로서는 애써 나의 에너지를 미신을 믿고 따르는 데 소비할 필요가 없기에 오늘도 이런저런 많은 미신이 있지만 그냥 옛날이야기처럼 생활의 재미로 여기며 살아간다.

조금만 더 생각해보면 많은 미신들도 옛사람들의 행운을 바라는 갈망에서 나왔던 것이라는 것을 알게 된다. 만일 좋은 운을 바라는 마음을 미신에 의지하지 않고 좀 더 적극적으로 자신의 말과 행동에 자신감을 가지고 노력하며 살아간다면 각자가 지닌 모든 꿈과 바람이 현실로 나타나게 될 것이다.

이제부터 자신의 두 손을 더 믿어보자!

파출소 사건

머리털 나고 처음으로 파출소로 이송되는 사건이 발생했다. 그것도 내 나라, 내 고향이 아닌 중국 마안산에서 말이다. 내 평생 딱 한 번 가본 파출소 사건은 국제전화카드 한 장으로 인해 시작됐다.

당시 중국에서 일반전화를 이용해 한국에 전화하면 아주 비싼 요금을 지불해야 했었다. 그래서 생각해낸 것이 국제전화카드를 사서 전화를 거는 방법이었다. 카드 속 정량의 시간을 다 쓰고 나면, 다시 시내에 나가 사야 한다는 불편함이 있기는 하지만 아주 경제적이라는 장점에 매번 남편에게 발품을 팔게 했었다.

그러던 어느 날, 때마침 국제전화카드를 파는 노점상을 지나게 되었다. 그냥 지나치려다 항상 남편에게 일부러 여기까지 카드를 사러 오게 하기 미안해서 걸음을 멈추고 어느 노점상에서 사야 하나 생각하고 있는데 어떤 중년쯤 되어 보이는 노점상 주인이 내게 말을 걸어왔다.

"샤오지에! 니 야오마이 창투 디엔화카마? 아가씨! 시외전화카드 살 거유?"

"워 시앙마이 궈지디엔화카. 국제전화카드를 사고 싶어요."

아줌마는 허리에 차고 있던 커다란 지갑에서 몇 장의 카드를 내보이며 말했다.

"100위엔짜리가 있고 50위엔짜리가 있다우."

평소 남편은 전화카드를 액면가 50위엔이라고 쓰여 있지만, 실제로는 반값인 25위엔에 사 왔었다. 하지만 50위엔짜리는 시간이 너무 짧아서 카드를 자주 사야만 했는데, 이 아줌마는 100위엔짜리도 파니 이번에는 100위엔짜리를 사보자 생각하고 가격을 물었다.

그런데 아줌마는 45위엔이라고 했다. 뭐? 45위엔이라고? 정말 싸다는 생각을 했다. 남편이 사던 방식대로 할인해도 100위엔이면 50위엔을 줘야 살 수 있는데, 남편보다 더 싸게 살 수 있다고 생각하니 기뻤다.

당시 나 혼자 나가서 택시를 타거나 물건을 살 때는 항상 나의 중국어 발음으로 인해 외국인임을 알게 해서 바가지를 쓰는 경우가 다반사였다. 그래서 금액을 떠나서 같은 물건을 중국 본토 사람들보다 더 싸게 산다는 것이 꼭 내 능력 같았다.

남편보다 더 싸게 물건을 사는 나의 능력을 빨리 자랑하고 싶은 마음에 집으로 가는 발걸음이 무척이나 가볍고 즐거웠다.

거리는 이미 땅거미가 짙어져 어둑어둑했다. 내가 집에 도착했을 때, 남편도 퇴근해서 막 집으로 돌아온 상태였다. 난 가방에서 카드를 꺼내 들고 남편의 앞에 내보이며 의기양양하게 말했다.

"오빠! 봐요, 이 100위엔짜리 카드 얼마에 샀게요? 오빠도, 아니, 어떤 중국사람들도 이 가격에 못 살 걸요! 단돈 45위엔!"

남편이 내 손에 들린 카드를 받아 살펴봤다.

"뭘 그렇게 봐요, 100위엔짜리 카드 맞아요!"

"미정! 이 카드 어디에서 샀어? 정말로 살 때 100위엔짜리라고 알고 산 거야? 액면가가 50위엔이라고 적혀 있는데……."

"오빠, 눈이 언제부터 그렇게 나빠졌어요. 여기 보면 100위엔이라고 쓰여…… 아니네? 50위엔이잖아!"

아무리 봐도 100위엔이 아닌 50위엔이었다.

'어떻게 된 거지?'

생각하고 또 생각해봐도 분명 내가 산 것은 100위엔짜리 카드였는데……. 모두 내 불찰이다. 아줌마가 카드를 줄 때 제대로 확인했어야 했는데……. 결국 혼자서 속단을 내렸다.

'이번에는 내가 속은 것이 절대 아니야! 카드를 살 때 주위가 어두웠고 가로등도 없어서 아줌마가 잘못 보고 50위엔짜리 카드로 준 것이 분명해!

내일 가서 아줌마한테 말하면 바꿔 줄 거야!'

다음 날 오전, 어제 그 자리로 갔다. 여전히 많은 노점상들이 바닥에 얇은 비닐 같은 것을 깔고 그 위에 각종 카드를 진열해 놓고 팔고 있었다. 어제 그 아줌마도 여전히 그 자리에서 장사를 하고 있었다.

"아줌마, 어제 산 카드 잘못 주셨어요. 바꿔 주세요."

그런데 어제 상냥하고 친절하던 그 아줌마는 어디로 가고 언제 그랬냐는 식으로 태도가 돌변했다. 정말로 환장할 노릇이었다. 돈을 떠나 내 자존심이 허락하지 않았다. 외국인이라고 깔본다는 생각을 하니 참을 수가 없었다. 외국인이라고 속여 먹는 이 아줌마를 그냥 놔뒀다가는 나처럼 중국 물정을 잘 모르는 외국인이 오면 또 이렇게 거짓으로 대하고 속일 것이 뻔했다. 아줌마는 계속해서 내가 잘못 들었다며 100위엔짜리가 아니고 50위엔짜리였다고 하면서 딱 잡아뗐다.

'어? 이 아줌마 사람 잘못 봤어! 사람을 바보 취급하네!'

난 계속해서 바꿔 달라고 하면서 그 자리를 지키고 섰다. 그러자 아줌마가 장사 방해 되니까 비키라며 욕설을 퍼붓는 것이 아닌가! 내가 아줌마한테 욕먹을 행동은 한 적이 없는데……. 순간 너무 서럽고 화가 나서 미칠 것 같았다. 핸드폰을 꺼내 들고 바로 남편에게 전화를 걸었다.

"오빠! 빨리 와 줘요. 나 속상해 미치겠어요!"

"미정아! 침착하게 기다려. 금방 갈게!"

남편이 오자 이 아줌마의 억지는 더욱 거세졌다. 오히려 내가 거짓말을 한다며 자신은 억울하다는 식이었다. 이미 우리는 주위의 쭉 둘러싸인 구경꾼들 속에서 마치 동물원 원숭이가 된 기분이었다. 지금 상황이 부끄럽기도 했지만 한편으론 이 괘씸한 아줌마를 혼내줘야겠다는 생각이 들었다.

난 구경꾼 틈을 빠져 나와 주위를 두리번거렸다. 시내 한복판이라, 적어도 교통 경찰차나 공안국 차들이 있을 거라고 생각했다. 마침 그때 내 앞으로 순찰차가 지나갔다. 난 달려가 경찰차를 세웠다. 그리곤 가방에서 여권을 꺼내서 다짜고짜 경찰들에게 보였다. 말이 필요 없이 도움을 청할 수 있는 가장 빠른 길이었다. 경찰은 차에서 내려 내게 물었다.

"무슨 도움이 필요합니까?"

"네! 제가 물건을 사는데 속았어요!"

경찰 한 명이 나와 같이 아줌마가 있는 노점상으로 갔다.

"무슨 일입니까?"

경찰이 아줌마에게 물었다.

"글쎄…… 난 잘못 없어요. 이 이상한 외국 여자가 억지를 피워요! 남의 장사까지 방해해가면서요!"

"여기서 옥신각신하지 말고, 파출소로 가서 얘기합시다!"

이렇게 나와 남편 그리고 몰상식한 아줌마, 세 사람이 나란히 파출소로 가게 되었다. 경찰차 뒷자리에 아줌마, 남편 그리고 내가 나란히 앉아서 파출소로 갔다. 처음으로 경찰차 뒷자리에 앉아 보았다. 밖에서 보면 영락없이 경찰에게 잡혀가는 범인의 꼴일 것이다. 그 상황에서도 난 재미있다고 느껴 남편의 귀에 작은 소리로 말했다.

"오빠, 우리 꼭 범인 같아요, 그죠?"

남편은 날 보고 웃으며 말했다.

"이 상황에 웃음이 나오니? 미정아! 우리 제발 조용히 살자! 응?"

"어떠한 불의에도 난 타협하지 않을 거예요! 난 자랑스러운 한국여성이니까!"

남편은 어쩔 수 없다는 듯 고개를 가로저었다.

파출소에 도착하니 먼저 온 사람들을 조사하고 있는 경찰들의 모습이 보였다. 우리를 데려온 경찰은 시간이 조금 걸리니 앉아서 기다리라고 했다. 한 시간 정도 흐른 뒤 드디어 기다리고 기다렸던 '국제전화카드 사건'을 해결할 차례가 되었다. 그런데 아줌마는 아까의 그 기세는 다 어디로 갔는지 찾아볼 수 없고 아주 불쌍하고 가련한 표정과 자세로 경찰관의 질문에 답했다.

"아줌마, 평소 액면가 50위엔 하는 카드 다른 사람에게 얼마에 팔아요?"

"25위엔이요."

"이 한국 아가씨한테 전화카드 팔았어요, 안 팔았어요?"

"팔았어요."

"얼마에 팔았어요?"

"45위엔에 팔았어요."

"그런데 왜 거짓말했어요? 이 아줌마 안 되겠네! 당신 같은 사람 때문에 항상 중국사람 전체가 욕을 먹잖아요. 당신 노상 행위가 불법인 거 알고 있어요?"

경찰 아저씨의 불호령이 왠지 과하다는 생각이 들었다. 난 단지 이 아줌마의 비양심을 고쳐주고 싶었을 뿐이지 노점상으로 어렵게 살아가는 사람들에게 벌금을 주거나 힘들게 하고 싶은 것이 아니었다.

"제가 잘못했어요! 다시는 외국인들을 속이지 않을 테니 한 번만 용서해주세요!"

두려움에 목소리가 떨렸다. 내가 나서서 마무리를 지어야겠다는 생각이 들었다.

"경찰 아저씨, 이제 됐어요. 제가 바라는 것은 이 아줌마의 사과예요. 그리고 이 전화카드 다시 돌려드리고 환불 받고 싶어요."

아줌마는 경찰관 앞에서 허리춤에 찬 주머니에서 돈을 꺼내 내게 내밀었다. 나도 전화카드를 꺼내, 아줌마에게 넘겼다.

"샤오지에! 쩐 뚜에뿌치! 아가씨 정말 미안합니다!"

아줌마에게 사과를 받아 이겼다는 우쭐함과 함께 뭔지 모를 통쾌함도 들었다. 경찰관은 우리 부부를 집까지 데려다 주는 친절을 베풀었다. 분명 남편은 집에 돌아가 내게 훈계할 것이 불 보듯 뻔했다. 아니나 다를까 남편은 집으로 돌아온 후 조용히 타이르듯 말했다.

"미정아! 정말, 정말로 부탁하는데 작은 일을 크게 만들지 말자! 오늘 한나절을 파출소에서 보냈잖아! 시간낭비, 기력낭비! 알았지?"

"예썰!"

사실 시원하게 대답은 했지만, 속으로는 조금 불편했다. 당시의 나는 중국사회를 너무 몰랐고 혈기 왕성한 젊은 나이에 틀린 것은 뭐든 바로잡아야 한다는 생각에 스스로를 피곤하게 만들었다. 하지만 시간이 흐른 뒤, 조금 손해를 보거나 양보하는 것이 겉으로 보기엔 지는 것 같지만, 사실은 행동하지도 말하지도 않고 이긴 것이라는 생활의 지혜를 알게 되었다.

이 사건 이후 파출소에 간 일은 지금까지 없다. 물론 앞으로도 절대 없을 거다!

부끄러운 한국인

한번은 상하이 푸동^{浦东}공항을 통해 중국으로 들어 온 적이 있었다. 그 넓은 푸동공항에 세계 각 나라 사람들이 다 모였다고 해도 좋을 만큼 붐비는 날이었다.

그런데 아주 눈살을 찌푸리게 하는 사람을 만나게 되었다. 한 남자가 큰 소리로 중국인들을 욕하며 항의하는 소동을 벌이고 있었다. 그 남자가 하는 말은 중국어도 영어도 아닌 한국말이었다. 아마도 입국 심사가 지연되는 데 불편함을 느끼고 소란을 일으킨 듯했다. 말리는 공항 직원에게 계속해서 입에 담지도 못할 욕설과 함께 큰소리로 고함을 질렀다.

"쩌거런 쓰 한구어런! ^{저 사람 한국사람이야!}"

공항직원들이 수군거렸다. 옆에서 듣던 난 순간 얼굴이 확 달아오르듯 뜨거워지면서 쥐구멍이라도 있으면 숨고 싶어졌다. 같은 조국, 같은 피의 동포라는 것이 부끄러웠다. 난 공항직원에게 대신 사과했다.

"미안해요. 한국사람이 다 저 사람 같진 않아요."

난 공항직원과 함께 그 남자의 곁으로 갔다.

"선생님! 무슨 일로 이렇게 공항에서 화를 내세요?"

내가 그 남자에게 묻자, 남자는 다소 화를 누그러뜨리고 말했다.

"중국놈들은 안 돼! 만만디야! 지금 내가 큰 비즈니스 때문에 상하이에 왔는데 말이야, 무슨 입국심사 절차가 한나절이나 걸리냐 말이야! 미팅시간에 차질이 생기면 중국놈들이 책임질 거냐고!"

이 남자, 처음 보는 내게도 반말로 지껄였다. 심정 같아선 따귀라도 한 대 갈겨주고 싶은 마음이 굴뚝같았지만, 마음을 진정시키고 남자를 일단 조용히 시키기 위해 옆에 있는 공항 직원에게 말했다.

"죄송하지만, 이 분이 아주 급한 일로 그러는데 먼저 입국 심사를 보게 하면 안 될까요?"

사실 이 남자가 정말로 바빠서 소동을 피우는 것이 아니라는 것을 느낌으로 알 수 있었다. 하지만 빨리 조치를 취하지 않으면 한국인에 대해 더 안 좋은 인상을 남길 것 같아서 대충 이유를 찾아서 공항을 떠나게 하고 싶었다.

공항 직원도 소동을 부리는 이 남자가 귀찮은 것인지, 아님 아무런 관련도 없는 내가 직접 나서서 통역하며 문제를 해결하려고 노력하는 모습에 그랬는지 잘 모르겠지만 이 부끄러운 남자는 다른 사람들보다 먼저 입국심사를 마치고 공항을 빠져나갔다.

이티아오 위, 농더만꾸오씽一条鱼,弄得满锅腥. 물고기 한 마리가 온 솥을 비린내로 가득하게 만든다는 말로, 미꾸라지 한 마리가 물을 흐린다는 말과 같은 중국 속담이다. 정말로 미꾸라지 같은 부끄럽기 짝이 없는 한국인의 모습이라 지금까지도 잊혀지지 않는 최악의 한국인이다.

상하이에 사는 한 중국인 친구는 한국사람들은 허풍을 잘 떨며 특히 남자들은 늙은 늑대 같다고 표현했었다. 한국인들을 이렇게 생각하게 된 이유가 궁금했다.

이유인즉, 자신의 아파트 단지에 한국사람들이 많이 사는데 50대가 훨씬 넘어 보이는 한국남자들이 딸뻘로 보이는 20대의 중국인 여성을 현지처로 옆에 끼고 다니는 모습이 아주 보기 역겹다고 했다. 이 점에 대해 나도 뭐라고 할 말이 없었다. 사실 내가 본 한국남자들 중에서도 이런 사람들이 있었기 때문이다.

모 단체에서 내가 지부회장으로 활동할 때, 강소성 연운강시 단체의 부회장이라는 사람이 자신도 나처럼 국제결혼을 해서 젊은 중국 부인과 함께 살고 있다고 소개했었다. 그 이후에도 내게 자주 안부 전화도 걸어오고 해서 좋은 사람이라고 생각하고 있었다.

그런데, 하루는 그 사람이 내게 전화를 걸어왔다.

"미정 부회장님! 오늘 뭐 하세요?"

"네, 제가 합비시에 갈 일이 생겨서 지금 준비 중이에요."

"아, 그래요? 그럼, 제 차로 함께 가시는 것이 어때요? 나도 합비로 한 번 가야 하는데……."

"연운강에서 바로 가시면 되는데 번거롭게 그러지 마세요. 괜찮아요!"

"아니에요! 난징을 거쳐서 가야 하니까 함께 가요. 난징에서 마안산까지 한 시간이면 가죠?"

"네. 넉넉잡아 한 시간이면 족해요."

"그럼, 미정 부회장님! 제 전화 기다리세요. 늦어도 두 시까지 도착할 수 있을 거예요."

"네. 그럼 조심해서 오세요."

오후 네 시가 넘어서야 부회장에게 전화가 왔다. 갑자기 일이 생겨서 늦게 출발하게 되었다고 했다. 그러면서 나더러 난징까지 나오라고 했다. 하는 수 없이 여직원 따이윈과 난징으로 향했다.

만나는 장소는 난징 웨이징 호텔 커피숍이었다. 도착했을 때는 거의 여섯 시가 다 되었다. 그런데 부회장이 날 보자마자 조금 이상한 투로 얘기했다.

"어? 혼자가 아니시네요? 난 미정 부회장님 혼자 오는 줄 알았는데……."

"네? 혼자면 되고 둘은 안 되나요?"

"그게 아니라……."

순간 기분이 확 나빠지면서 할 말을 잃었다. 부회장의 얼굴은 많이 당황한 눈치였다.

이 일이 있은 후, 나는 회의나 행사에 참석하지 않게 되었다. 같은 한국인인 나에게도 추잡한 짓을 하려고 했는데 중국여성들에게는 오죽하겠냐는 생각을 하게 되었다.

그리고 허풍쟁이 한국인이라는 표현에 공감되는 일도 겪었다.

안후이성 육안시청과 좀 남다른 관계가 있었던 나는 당시 육안시 탕린시앙^{汤林祥} 서기장님과 천펑^{陈鹏} 상무 부시장님의 부탁으로 한국에서 투자하러 온 한국기업 대표와의 통역을 맡아 달라는 부탁을 받고 그 자리에 가게 되었다.

CSS 복합 신재료 육안시 공장 착공식을 하는 자리였는데 한국기업 대표라는 사람이 겉보기에는 투자자로 보이지만 내 눈에는 아주 이상한 사람으로 보였다. 왜냐면 그 회장이라는 사람이 육안시 정부에 내놓은 투자계획서를 읽어 보았는데 너무 터무니없다는 생각이 들었기 때문이다.

먼저 CSS 신재료라는 것이 전투기를 만들 때 재료로 사용되는 카본과

티타늄 그리고 두랄루민을 하나로 만든 것으로, 미국에서 유명한 모 박사 팀과 함께 자신의 회사에서 개발한 것이라고 하는데, 이 재료를 건설쪽 자재로 사용하는 것으로 총 3차로 나눠 매 차마다 6천만 위엔을 들여 투자하겠다는 내용이었다.

이해되지 않는 것은 이런 프로젝트라면 개인이 개발하고 소유하는 것이 아니라 국가차원에서 보호하고 개발해야 하는 아주 국보급 기술일 텐데 하는 생각과 함께 만일 이 투자가 정말이라고 해도 당시 육안시는 낙후된 농산물 위주의 경제 구조가 갖춰진 곳이라 신기술을 만들 인력과 노동력을 어떻게 충당한다는 것인지 신기하기만 했다.

하지만 사람을 한번 보고 판단하는 것은 경솔하다는 생각이 들어서 시정부 사람들에게 의문을 제기하지 않고 평소 나와 관계가 매우 친숙한 상무국 부국장인 왕핑王萍 언니에게 그 회장에 대해서 좀 더 알아보라고 살짝 귀띔해줬다.

2006년 3월 17일과 18일 이틀간 행사가 진행되었는데 이 날도 회장이라는 사람의 생일에 맞춘 날짜였고, 사용되는 모든 비용들은 모두 육안시 정부와 개발구에서 부담을 한다고 했다.

3월 17일 아침 일찍 육안시와 가까이 있는 합비 공항으로 마중을 갔는데 놀랍게도 행사에 참석할 사람들이 서른 명이나 되었다. 이 중에는 당시 인기 있었던 드라마에 나오는 연예인들도 몇 명 포함되어 있었다. 그리고 한국에서 사업을 한다는 사람부터 은행 지점장 등 다양한 사람들이 있었다. 생일잔치를 아주 거하게 하는데 여기 중국 육안시 정부 사람들은 큰 외자를 유입한다는 생각으로 손님들을 아주 극진히 모셨다.

생일파티도 착공식도 아주 성황리에 잘 마쳤다. 그런데 문제는 그 후였다. 육안시 초상국招商局, 투자유치 담당기관 떵쩨 국장에게서 전화가 왔다.

"미정 씨! 그 회사에 대해 좀 알아봐줄 수 있겠어요?"

"네? 왜요, 무슨 일이 있어요?"

"아무래도 그 회장이라는 사람 사기꾼 같아요! 아직 약속한 투자금액도 오지 않았고 미국의 기술팀도 전화 연결이 안 되는데……."

"네? 어쩜……."

"말도 말아요! 그 회장이라는 사람 때문에 우리가 쓴 접대비만 지금까지 50만 위엔이라구요. 지난주에는 육안시 나이트클럽에서 술 마시고 시비가 붙었는데 우리에게 연락이 와서 문제를 겨우 해결했어요! 처음에는 그 회장 말 다 믿었는데 점점 허풍이 심해져서 이젠 믿을 수 없어요!"

같은 한국인으로서 너무 수치스러웠다. 어떻게 중국 시정부를 상대로 사기를 치는지 정말로 간이 배 밖에 나온 사람 같았다.

아니나 다를까 당시 떵 국장님이 준 회사 인터넷 주소도 가짜였고 한국의 사무실 전화번호로 전화해도 다른 회사라고 하고 거짓말투성이였다.

결국 육안시 개발구가 크게 사기를 당한 것이었다. 그 회장은 시정부에서 공장 건물을 모두 짓고 다 지은 공장을 자신이 대여 받아 제품 생산에 들어간다는 조건을 내걸었다고 했다. 신기술로 만들어지는 제품이라 생산라인에 관계된 모든 기계 설비를 한국과 미국에서 가져와야 하므로 육안시 정부는 요구대로 공장을 지어 주기로 했다고 했다.

육안시 정부가 이렇게 해서라도 외자를 받고자 했던 것도 많은 일자리 창출로 인한 효과를 보겠다는 것이었다. 지금은 백지화되어서 다 지어진 공장은 다시 허물어 다른 투자자에 의해 투자가 된 상태다.

이 일로 인해 육안시민들의 한국인에 대한 불신이 아주 커졌다. 그 사람이 지금 한국에서 생활을 하는지 아님 다시 다른 나라에 가서 투자를 한답시고 사기를 치고 있는지는 모르겠지만 외국에서 선행과 올바른 기업을 이끌어 성공하여 추앙받는 많은 한국인들의 얼굴에 먹칠을 하는 일이었다. 중국인들이 한국과 한국인을 싫어하게 되면 그 치명적인 결과는 바로 우리 교포들의 몫이 된다는 것을 알았으면 한다.

외국에 나와 생활하면서 애국하는 것이 뭐 별다른 거창한 것이 있겠는가? 아주 간단하다. 개인만을 생각하지 말고 개인을 넘어서 나라와 민족을 조금만 더 생각하고 행동하면 된다.

2012년은 한중 수교 20주년이다. 앞으로 우리 모두 대한민국을 더욱 바르게 중국에 알리고 한중 양 국가를 넘어 양 국민이 화합하고 발전하는 우호적 관계가 되기를 바라며 나부터 먼저 뉘우치고 개선해 나아가야겠다는 다짐을 한다.

짜요 한궈! 짜요 쭝궈! 파이팅 한국! 파이팅 중국!

내가 본 중국인

내가 보아 온 중국인들은 첫째로 우리나라 사람들처럼 아주 정이 많으며 자신의 집으로 찾아 온 손님들을 아주 극진히 대접하고 모신다. 넘쳐흐르는 환대와 정이 어쩔 땐 소화해 내기 힘들 정도로 중국인들의 손님 접대는 대단하다. 이런 중국인들의 모습들이 우리들과 닮은 곳이 참 많다고 느껴져 친근감을 주었다.

많은 중국 친구의 초대를 받아봤지만, 나이카오^{賴考}의 집을 방문했던 것은 정말로 잊을 수 없다. 식탁 다리가 언제 부러질지 모르겠다는 생각을 할 만큼 많은 음식과 술을 보는 순간 그만 입이 쩍 벌어져 다물어지지 않았다. 한 상 가득 특색 있는 쓰촨성 요리의 향연이었다.

친구의 부모님 외에 시부모님 그리고 이모들까지 가까운 친척들을 다

불러 한국인인 날 위해 조금도 소홀함이 없이 준비해줬다. 일반적으로 이렇게 식사 대접을 받으면 즐겁고 행복해야 하는데 난 오히려 반대였다. 모든 식구들의 지나친 관심과 정이 내겐 너무 부담스럽고 힘들었다.

"메이찡, 쩌쓰워먼 쓰추안성더 터써차이, 니창이창아! 미정 씨, 이건 우리 쓰촨성만의 특별 요리예요. 한번 맛보세요!"

친구의 어머님이 직접 내 밥그릇에 반찬을 집어서 놔주셨다. 그러자 다른 가족들도 차례로 이 요리 저 요리 집어서 주기 시작했다. 얼마 지나지 않아 내 앞에 놓인 밥그릇은 이미 작은 언덕이 되어 있었다.

매운 음식들은 그냥 먹을 만했다. 그렇지만 쓰촨성 특유의 매운 맛과 더불어 향신료 냄새에 마치 마취 주사를 맞은 듯 얼얼한 느낌의 맛은 나로선 아주 먹기 힘든 맛이었다. 이 얼얼하고 이상한 맛은 한국요리에서는 찾아 볼 수 없다. 중국에서도 쓰촨성에만 있는 맛으로 중국어로 '마라麻辣'라고 표현한다.

예의상 먹지 않을 수도 없고 난감했다. 친구의 식구들 모두 내 입에서 나올 맛의 평가를 기다리듯 눈동자가 내 입을 지켜보고 있었다. 친구의 아버님은 참지 못하고 물었다.

"메이찡! 웨이다오 전머양? 미정 씨 맛이 어때요?"

난 얼른 미소를 지으며 선의의 거짓말을 해야 했다.

"쩐하오츠아! 정말 맛있어요!"

"쓰바? 하오츠 뚜오 츠이디엔! 그렇죠? 맛있으면 많이 드세요!"

"시에시에! 감사합니다!"

정말 연기나 다름없었다. 하지만 친구 집안 식구들의 뜨거운 호의를 저 버릴 수 없기에 난 이 맵고 야릇한 맛의 음식들과 전쟁을 하듯 먹어 치웠 다. 친구의 가족들 모두 내가 열심히 먹는 모습을 보자 아주 흐뭇해하면 서 바이조를 작은 술잔에 따라주었다. 친구가 얼른 내 잔을 자신의 빈 잔 과 바꾸며 말했다.

"아버지! 미정인 술 못 해요. 술은 권하지 마세요!"

친구 아버님께서 내게 말씀하셨다.

"술도 음식이죠? 이 술은 쓰촨성에서 제일 유명한 술이에요. 만일 쓰 촨요리만 맛보고 쓰촨술을 맛보지 않는다면 너무 아쉽죠! 딱 한 잔만 맛 보세요!"

그러자 부녀간에 티격태격 실랑이가 벌어졌다. 옆에서 보는 내가 미안 해졌다.

"나이카오, 괜찮아. 아버님 말씀이 맞아. 딱 한 잔만 맛보지 뭐!"

난 50도나 되는 바이조를 눈 딱 감고 단숨에 입으로 털어 넣었다. 식도 가 모두 다 타버릴 것 같았다. 그리고 목과 얼굴에서 열이 나는 것이 느껴 졌다.

"메이찡쓰 수앙콰이더 런아! 하오! 미정 씨는 아주 시원시원한 사람이군요! 좋아요!"

그런데 뱃속에서 힘들게 먹어 치운 음식과 독한 바이조가 섞여 온 위를 뒤흔들기 시작하면서 토하고 싶었다. 하지만 초대받은 친구 집에서 먹은 것들을 다 토한다는 것은 실례가 되기에 참고 견뎠다. 하지만 이런 내 속 사정을 모르는 친구의 어머니께서 다시 반찬들을 올려주셨다. 결국 더 이상 먹지 못할 것 같아 정중하게 말씀을 드렸다.

"시에시에! 워 이징츠더 헌빠오 ! 감사합니다! 너무 많이 먹어서 무척 배가 불러요! "

이런 내 말은 씨알도 먹히지 않았다. 이번에는 친구의 이모가 내 밥그릇에 음식을 올려주면서 한 말씀 하셨다.

"메이찡 샤오지에! 게이니 창이창, 쯔쓰 워쯔지 쭈오더! 미정 씨! 이거 맛 좀 보세요. 제가 직접 만든 거예요! "

'오 마이 갓! 이제 더 이상 안 돼! 사양해야 해!'

마음속으로는 이렇게 외쳤지만 손수 만들어 대접한 음식인데 내가 먹지 않으면 이모님이 얼마나 실망하실까 하는 생각에 다시 음식을 먹기 시작했다. 음식이 도로 튀어 나올 지경이지만 코로 크게 숨을 들이쉬고 꿀꺽 삼켰다. 금방이라도 눈물이 나올 듯 괴로웠다. 즐거운 식사시간이 공포의 시간이 되었다.

택시를 타고 집으로 돌아오는 내내 손으로 입을 틀어막고 왔다. 초인종을 누르고 남편이 문을 열어 주자마자 난 신발도 벗지 않고 화장실로 달려가 변기통에 얼굴을 박고 먹은 것을 전부 토했다. 친구 가족의 환대와 정을 같이 토하는 듯해서 미안했지만, 속은 시원하고 편해졌다.

남편이 등을 두들겨 주고 따뜻한 물을 가져다주었다. 친구 집에서의 뜨거운 환영에 대해 말할 힘도 없었다. 하지만 남편은 다 안다는 듯 내게 말했다.

"중국인의 환대가 많이 힘들었지? 안 봐도 뻔해! 다음에는 만일 먹기 싫거나, 배가 부르면 배부르다고 말하지 말고 배 터져 죽겠다고 말해. 그래야 상대편에서 더 이상 음식을 권하지 않아."

"츠더 헌빠오^{배가 불러요}"라고 말해야 하는 것이 아니라 "츠더 청슬러^{배불러 죽겠어요}"라고 말해야 그만 권한다는 것이다. 만일 "배가 불러요"라고 말하면 중국인들은 그저 많이 먹기 미안해서 하는 말이라고 생각하고 계속해서 음식을 권한다고 한다.

그래도 이런 중국인들의 뜨거운 환대와 손님을 중시하는 마음이 이미 이곳에서 8년째 살게 하는 이유가 되는 것 같고, 또 하루하루 즐거운 나날이 되게 하는 것 같다.

둘째로 중국인들은 비교적 에워싸고 구경하는 것을 좋아하는 것 같다. 구경거리가 재미가 있든 없든 그것이 아주 심각한 교통사고든 사람들끼리 흔히 있는 말싸움이 과격해져 몸싸움으로 서로 치고 박고 피 터지며 싸우는 일이든 가던 길도 마다하고 서서 쭉 모든 일들을 관망한다.

작년 겨울 우리 아파트 단지에서 큰 울음소리와 고통이 묻어나는 비명 소리가 뒤섞여서 들렸다. 베란다로 나와서 내다봤더니 덩치가 큰 남자가 중학생 정도로 보이는 남자아이의 머리며 몸 곳곳을 나무 몽둥이로 사정없이 내리치고 있는 것이 아닌가. 그러고도 분에 차지 않았는지 아이가 땅바닥에 누워 아파 뒹구는데도 계속해서 발로 차는 것이었다. 아이는 더욱 큰 비명을 지르고 울며 잘못을 빌었다. 그러자 주위에서 에워싸고 보던 사람들도 참다못해 그 남자를 말리기 시작했다. 남자는 말리는 사람들을 향해 큰 소리로 경고하듯 말했다.

"당신들, 남의 가정사에 관여하지 마! 누구든 다시 한마디만 해봐! 가만히 있지 않아!"

남자의 목소리는 온통 분노로 가득차서 누구라도 말리면 정말로 주먹으로 칠 기세였다. 그런데 바닥에 엎어져 우는 아이의 머리에서 피가 흐르고 있었다. 난 2층 베란다에서 크게 소리쳤다.

"아이의 머리에서 피가 나요! 빨리 아이를 병원으로 데리고 가야 할 것 같아요!"

아이 주위에 있던 아주머니들이 아이를 일으켰다. 그 남자는 그제야 자신의 행동이 심했다는 것을 느꼈는지 큰 소리로 푸념을 늘어놓았다.

"내 아들이지만 너무 짓궂어! 매일 학교에서 말썽이야! 하루라도 조용할 날이 없어!"

그리곤 오토바이를 타고 홀연히 사라져 버렸다. 아이는 그새 엄마로 보이는 사람이 와서 데리고 갔다.

이처럼 중국사람들은 밖에서 일어나는 모든 일을 보기만 하는 것은 좋아하지만, 말리거나 관여하는 것은 싫어한다. 남의 일에 관여하다 괜히 여러 가지 불편한 일이나 좋지 못한 일을 당할까 두려워 자신의 일 외에는 수수방관하는 것이 생활의 방식이 되어버린 듯했다. 내가 본 중국인들은 정 많고 사람 냄새가 물씬 풍기는 사람들이었는데⋯⋯. 참으로 안타까운 현실이다.

셋째로 중국인들은 사교춤을 즐기는 낭만적인 성격으로 마음의 여유가 비교적 많은 사람들이다.

내가 중국에 갓 도착하여 느낀 것도 중국인들은 무슨 일을 하든 일상생활 패턴 자체가 한국에서 익히 들어 왔던 '만만디'였다. 처음에는 너무 답답해 숨이 막힐 것 같았다. 그러나 차츰 생활에 적응하고 시간이 지나자 만만디가 주는 매력도 있었다.

어릴 때부터 듣고 따라왔던 '빨리 빨리' 방식으로 살았던 나도 어쩔 수 없는 한국 엄마였다. 아이에게도 습관적으로 '빨리 빨리'를 외치며 뭐든 다그치는 버릇이 있었다. 사실 '빨리 빨리' 해야 할 일이 아님에도 내 입에서는 마치 오토매틱처럼 '빨리 빨리'가 나왔던 것이다.

자세히 지난날들을 생각해 보니 '빨리 빨리'가 무조건 좋은 결과만을 가져다주지 않았다는 것을 깨닫게 되었다. 어쩌면 살면서 어떤 일을 함에 있어 다소 느리지만 정확하게 추진하여 완성한다면 '빨리 빨리'보다 떨어지지 않는 효과를 볼 수 있다는 것을 중국인들의 방식 속에서 배우게 되었다. 비록 조금 더디 가지만, 결과에 정확하게 도달하는 중국인들을 보면 '만만디'에서 주는 느긋한 여유가 어떤 때는 오히려 효율적이라는 생각이 든다.

삶 속에서의 여유는 중국인을 따라가기 힘들다. 어떤 장소라도 음악이 함께 하면 사교댄스를 즐기는 낭만적인 중국인들의 인품이 묻어 나온다.

한국에서 사교댄스라고 하면 일반적으론 아주 불건전한 것으로 인식되어 있다. 요즘엔 워낙 스포츠 댄스라고 해서 부부끼리 혹은 친구끼리 많이들 배우지만 일반적인 사람들의 인식 속에 사교댄스는 불륜을 만들어 내는 장소에서 추는 춤이라는 편견을 저버리기 힘들다.

중국은 사교댄스가 대중화되어 춤이라기보다는 운동이라고 하는 것이 맞을 것 같다. 중국은 각 시마다 큰 광장이 있는데 밤이 되면 그곳이 시민들의 사교댄스 무대가 된다. 가족끼리 혹은 친구, 연인끼리 광장에서 산책하다 음악소리가 들리면 거리낌 없이 손에 손을 잡고 춤을 추는 모습은 참 황홀한 광경이다. 하루 일과를 마치고 건전하게 춤으로 스트레스를 풀고 또 내일을 준비하는 이들의 여유로운 생활 방식에서 한국에서는 상상하기 힘든 그런 부러움을 갖게 한다.

가끔 나도 배워보고 싶다. 그래서 사랑하는 남편과 아이와 같이 음악에 몸을 맡기고 넓고 탁 트인 광장을 배경으로 춤을 춰보고 싶다. 이런 삶의 여유로움을 가진 중국인들과 생활하는 것이 얼마나 즐겁고 내게 지속적으로 중국에서 생활하게 하는 큰 원동력이 된다는 것을 중국인들은 알까 모르겠다.

넷째, 중국인들은 병적으로 마작하는 것을 좋아하는데 내 눈에는 가끔 중국인들이 마작에 미쳐있는 듯 보인다. 마작을 하는 중국인들에게는 사계절이 모두 마작하기 좋은 계절이겠지만, 특히 여름만 되면 더 극성이다.

어느 날 저녁 아이를 데리고 산책을 나갔다. 거리마다 공간이 있는 곳은 모두 사람들이 모여서 마작을 한다고 시끌시끌하다. 평소 아이에게 마작을 하는 것은 나쁜 버릇이라고 교육을 시켰었다. 동규는 마작하는 사람들을 보고 큰 소리로 "마마, 따마장 뿌하오! 엄마, 마작하는 거 나쁜 거예요!"라고 말했다. 아이의 말이 마작 삼매경에 빠진 사람들의 귀에도 들렸다. 비록 마작을 하는 것은 교육상 좋지 않지만, 그래도 사람들 면전에 대고 아이가 말한 것이 미안해서 난 사람들에게 사과했다.

"그 녀석 참 귀엽구나! 네 말이 맞다, 이 아저씨가 잘못한 거야."

다행히도 아이의 말을 농담 삼아 잘 넘겨주었지만, 그 중 한 사람은 불편한 심기를 그대로 얼굴에 드러냈다.

중국은 그야말로 전 국민의 마작의 생활화이다. 가정에서 가족이나 친구들이 하는 친목도모를 위한 오락의 일종으로는 나도 뭐라 하고 싶지 않다. 우리나라에서도 설이나 추석 같은 명절에 가족들이 모두 모이면 재미와 오락의 목적으로 화투를 치니 말이다.

그런데 중국인들의 마작은 좀 도가 지나치다. 가정집에서는 물론이고, 각 거리마다 '마지앙관麻將馆'이라고 따로 마작을 할 수 있는 장소를 제공하고 자릿세를 받는 곳이 성행한다. 아파트 근처 상가에는 200미터 안에 마작관 13개 정도가 영업을 하는데 각 마작관마다 사람들로 미어터진다. 나는 이 거리를 마지앙지에麻將街, 마작거리라고 불렀다.

이렇게 하는 것도 모자라서 이젠 버젓이 아파트 단지 안에 세를 얻어서 아파트 주민들을 유혹하는 불법 영업장도 있지만, 단속을 하기란 힘들다. 만일 단속이 있다고 하면 하루 문을 닫고 또 외관상으로는 일반 아파트이므로 경찰들의 눈에 띄지도 않는다. 그리고 이곳을 출입하는 사람들도 거의 아파트 주민들이라 누구 하나 경찰에 신고하지 않는다.

밤늦게까지 마작을 하는 소리와 사람들의 시비 소리로 한시도 조용할 날이 없다. 이런 마작관에서는 서로 모르는 사람들이 대부분으로 네 명씩

짝을 맞춰 돈을 걸고 하므로 사람들끼리 서로 부딪치기 일쑤다.

어떤 곳은 마작관이라고 써 붙이지 않고 '치파이스棋牌室'라고 바둑이나 장기를 두는 곳이라고 써놓기도 하고 또 다른 표현으로 '후어동스活动室'라고 하여 활동을 하는 모임 장소라고 써놓기도 하지만, 이 모두 마작을 하는 마작관이다.

어떤 무지한 사람들은 아이를 안고 마작관에 간다. 아이는 봐야 하는데 마작은 하고 싶어서 그 환경이 아이에게 얼마나 큰 영향을 주는가는 아랑곳하지 않고 마작에 빠져서 사는 것이다. 나도 모르게 이런 사람들을 보면 저절로 혀를 차게 된다.

오래전 얘기지만 나도 마작을 어떻게 하는지 잠깐 배운 적이 있다. 패를 섞어서 하는 놀이인데 화투처럼 그림이 그려져 있었다. 하지만 좀 더 복잡하고 한자와 그림이 그려져 있어 처음 배우는 난 그림을 외우는 것만으로도 머리가 어지러웠다. 가만히 보면 마작은 나처럼 머리 나쁜 사람들은 배우지도 하지도 못할 놀이 같았다.

나이가 많은 어르신들의 경우 마작이 소일거리로 시간을 보내기에도 좋고 무엇보다 치매 예방에도 효과가 탁월할 듯 보였다. 허나 일반인들에게 마작은 생활의 리듬을 깨고 그 선을 넘어가는 경우 가정을 깨는 위험한 행위 같다. 가끔 가족들이나 친구들이 모여서 재미로 하는 것을 누가 뭐라고 하겠냐마는 그 재미가 스스로 컨트롤되지 않기에 조심해야 한다.

중국인들의 때와 장소를 가리지 않는 마작! 외국 며느리인 내 눈에는 고질병으로밖에는 보이지 않는다.

김미정 한국 문화

2009년 6월 1일, '찐메이찡 한궈 원화^{金美净韩国文化} 라는 간판을 건물 외벽에 걸고 사무실을 정식으로 오픈했다. 얼마나 바라고 바라던 일이던가? 약 2년간의 노력 끝에 결국 마안산시 화산구^{花山区} 양용의^{杨勇义} 구청장님의 지지하에 한국문화와 한글을 가르칠 수 있는 공간이 생겼다. 감회가 새롭다. 이제 중국인들에게 한국에 대해 바르게 알릴 수 있는 기회가 생겨서 가슴 벅차도록 감격스럽다.

한국 문화관 사무실을 열고 얼마 지나지 않아서 황당하고 조금은 무서운 일을 겪었다.

사무실과 무료 한글 교실을 나란히 두고 짧은 복도가 있다. 그리고 복도에는 한국을 자랑하고 상징적으로 나타내는 대형 포스터도 붙여놓고 사무실 문 위쪽으로 태극기와 오성기를 나란히 붙여 놓았다. 그래서 누구라도 한국에 관해 궁금한 점이 있거나 한글을 배우고 싶으면 언제든 와서 문의할 수 있게 했다.

그런데 힘들여 꾸며 놓은 것들을 누가 매번 훼손시켰다. 대형 포스터 옆에 크게 왕빠단王八蛋이라는 아주 심한 욕설과 함께 신발 자국이 선명하게 찍혀 있었고 태극기는 떨어져 바닥에 뒹굴고 있었다. 보는 순간 살이 떨리는 충격을 받았다. 왕빠단은 중국인들이 가장 싫어하는 욕으로 아주 심한 욕이다. 이 욕은 말을 듣는 당사자만 욕하는 것이 아니라 그 부모까지 함께 싸잡아 욕을 하는 것이기 때문이다.

왕빠단은 거북이 알이라는 뜻으로 고대 중국인은 거북이는 단독으로 알을 낳지 못해 다른 동물인 뱀과 교배하여 알을 낳는 것으로 알았다고 한다. 즉 자신의 씨가 아닌 다른 씨를 받아서 나온 자식이란 뜻으로 아주 지독한 욕이다. 한국말로 굳이 풀이하자면 '개자식' 혹은 '개새끼'가 적당할 것이다.

도대체 누가 이런 짓을 했을까? 생각하고 고민해 봐도 내 주위의 아무도 이런 못된 짓을 할 사람이 없었다. 결국 난 사무실 아가씨와 벽에 찍힌 발자국을 닦고 포스터를 다시 붙이고 새로운 태극기를 만들어 오성기와 나란히 붙여 놓았다.

그런데 며칠 지나지 않아 다시 똑같은 일이 일어났다.

"선생님! 이번에는 경찰에 신고해야 할 듯해요."

사무실 아가씨가 걱정스럽게 말했다. 나도 그렇게 하는 것이 좋겠다고 생각하고 평소 사무실에 자주 와서 나의 동태를 살피는 경찰관에게 연락했다. 내 동태를 살핀다는 것은 다른 뜻이 아니라, 아무래도 내가 외국인이다 보니 무엇을 가르치고 홍보하는지 자주 와서 물어보곤 한 것이다. 외국인이 적은 이곳에서 나의 행동은 경찰이나 안전국 요원들에게 관심의 대상이 되곤 했다.

경찰관이 오자 상황을 상세히 설명했다. 복도 벽에 찍힌 신발 자국을 보고 경찰은 말했다.

"범인은 어른이 아니라 아이 같네요. 어른 발 크기가 아니라 아직 학생 정도의 발 크기에요."

경찰의 말을 듣고 자세히 보니 어른의 발이라고 하기엔 작은 발이었다. 경찰이 왔다 간 후, 우리는 다시 정돈하여 원래의 모습으로 되돌려 놓았다. 다시는 이런 일이 발생하지 않기를 간절히 기도하면서 말이다.

다음 날 오전 사무실에 가려고 계단을 오르던 중 사무실이 있는 4층 쪽에서 "짠주! ^{거기 세!}"라고 소리치는 사무실 아가씨의 목소리가 들리고 이윽고 한 남학생이 급히 계단을 내려오고 있었다. 직감적으로 이 학생을 붙잡아야 할 것 같은 생각에 남학생의 옷을 꽉 잡고 놓지 않았다. 곧 사무실 아가씨가 내려와 나를 도와서 학생을 더욱 강하게 잡고 놔 주지 않았다.

"선생님! 이 학생이 범인이에요!"

사무실 아가씨는 매우 흥분된 목소리로 말했다.

"제가 사무실 문을 열고 청소하려고 세면대에 가서 걸레를 빨아 오는데, 이 녀석이 벽에 욕을 쓰고 포스터를 훼손하고 있지 뭐예요!"

난 마음을 다잡고 흥분을 가라앉히고 이 학생을 데리고 사무실로 갔다.

"선생님! 지난 번 그 경찰을 부를까요?"

사무실 아가씨의 말에 아직 어려 보이는 학생의 얼굴이 무서움에 떠는 기색으로 변했다.

"아니, 아직 연락하지 마. 우선 이 아이의 말부터 들어 보고 결정하자."

내 말을 듣고서 학생은 다소 마음을 놓은 듯 보였다. 속으로는 "이 못된 녀석아! 너 왜 그랬어?" 하며 막 다그치고 싶었지만, 꾹 참았다. 난 아이에게 물 한 잔을 주면서 대화를 시도했다.

"너 몇 학년이니?"

"중학교 2학년요."

"아줌마는 네가 한 행동을 이해하지 못하겠어. 왜 그랬는지 그 이유를 말해줄 수 있니?"

내가 조용하게 묻자, 이 아이는 잠깐 뭔가를 생각하는 듯하더니 곧 입을 열어 말했다.

"저는 중국의 오성기 옆에 그 어떤 국기도 함께 있으면 안 된다고 생각해요!"

"왜 그렇게 생각하니?"

"중국은 세계에서 가장 위대한 나라예요! 비록 중국 경제가 아직 선진국 대열에 들어서지는 못했지만, 곧 그렇게 될 거라 믿어요!"

아이는 정말로 자신의 나라인 중국을 많이 사랑하고 아끼는 마음이 커 보였다. 그런데 아쉽게도 애국이 아니라 도가 넘쳐서 국수주의의 경향이 너무나 짙은 아이였다. 그리고 한국에 대해서도 그다지 좋은 인상을 가지고 있지 않았다. 인터넷으로 한국과 한국인에 대한 좋지 않은 점만 보고 들은 데다 이러한 간접적인 경험이 마치 전부인 것처럼 알고 있는 아이였다.

안타까운 마음과 아이에게 한국을 바르게 알리지 못한 우리 한국사람들의 잘못도 크다는 생각에 친절하게 설명해줬다. 두 시간가량 사무실에서 아이와 대화하고 난 후, 다시는 이런 무모한 행동을 하지 않겠다는 다짐을 듣고 그냥 돌려보냈다. 이름도, 어디 사는 누구인지도 가르쳐 주지 않았던 아이였지만 이날 이후 다시 이런 일은 발생하지 않았다. 아이와 대화한 나의 노력이 아주 헛수고는 아닌 듯했다.

이미 한중 수교 20년이 된 현재, 많은 중국인들이 한국에 대해 얼마나 진정으로 이해하고 있을까 생각하게 된다. 국가적 차원에서 매년 더 좋은 우호관계로 발전한 것처럼 보일 때가 많지만, 실질적으로 양 국민들이 서로를 이해하기에는 아직도 많은 장애가 되는 것들이 많다. 이런 장애를 극복하기 위해서는 우리 스스로가 적극적으로 우리의 조국 대한민국을 폭넓게 알려야 한다고 생각한다.

중국의 대도시에는 이미 한국에 대해 조금이나마 알고 있는 사람도 많다. 왜냐면 오랫동안 대도시 위주로 한국 알리기에 많은 노력을 해왔고, 또 그곳에 거주하는 한국인들이 많아 자연적으로 한국과 한국인에 대해 알게 된 것 같다. 하지만 지금 중국 여기저기서 한국을 알고자 하는 사람들이 많은데, 정작 반듯한 한국 문화관 하나 없는 것이 현실이다. 그래서 난 한국인 며느리로서 이곳에 바르게 한국을 전하기 위해 '김미정 한국문화' 사무실을 열게 되었다.

그리고 현재 준비 중인 마안산시 태권도협회를 성공적으로 합법적인 협회로 만들어 이곳에 한국의 국기인 태권도를 더욱 활성화시키며 무엇보다 태권도에 담긴 우리 한국인의 정신을 알리고 싶다.

또 마안산 시민들에게 한국의 미와 맛을 알리고 한국 문화를 좀 더 친근감 있게 체험하는 기회도 만들어 그야말로 민간대사로서의 역할을 톡톡히 해내는 자랑스러운 한국여성이 되고 싶다.

나 스스로에게 앞으로의 활약을 기대하며 오늘도 발로 열심히 뛰는 나, 찐 메이찡이 되고자 다짐한다.

호 칭

나라마다 다른 문화를 가지고 있는 것처럼 호칭 또한 다양하다. 중국에 처음 와서 가장 적응되지 않았던 것이 바로 호칭이었다. 사람을 부르는 일에 왜 적응되지 않느냐고 묻겠지만 적어도 나에겐 적응의 시간이 필요한 것이었다.

한국에서 자신의 이름이 불리는 시기는 학창시절이나 직장을 다닐 때인 것 같다. 일단 결혼해서 전업 주부의 길로 들어서면 일반적으로 누구 부인, 혹은 누구 엄마라고 불리기 쉽다. 이것이 한국 사회에서의 결혼 후 여성들의 대표적인 호칭이다.

그런데 중국은 한국과 다르다. 중국에서는 어떤 장소에서든 '저는 ○○○의 부인입니다.' 혹은 '저는 ○○○의 엄마입니다.' 라고 자신을 소개하는 것은 듣기 힘들다. 일반적으로 본인의 이름으로 불리는 것이 대부분이다.

마안산시 무역추진위원회 사무실에서 일할 때 아직 중국 사회를 잘 몰라서 일어난 호칭에 관한 일화가 있다.

대학 졸업반인 한 남학생이 실습을 하기 위해 사무실에서 몇 달간 같이 일한 적이 있는데 당시 나보다도 거의 열 살 정도 어린 동생뻘 되는 이 친구가 처음 보는 날부터 날 부를 때마다 조금도 주저함 없이 아주 자연스럽게 '찐 메이찡金美净'이라고 부르는 것이었다.

'아니, 버릇 없는 놈! 내가 너보다 한참 누나인데 내 이름을 그냥 불러?'

중국에서 사무실 동료들끼리는 나이 차이가 크게 나지 않으면 거의 서로 이름을 부르는 것이 통상적인 방식이라고 하지만 나이 차이가 많이 나면 '따제大姐, 큰누나' 혹은 '따꺼大哥, 큰형'라고 부르기도 하는데 이 녀석은 기본 예절이 없는 사람 같았다.

만약 모든 직원들에게 이름을 부르면 이해하겠지만 사무실에 나보다 몇 살 더 많은 직원들에게는 정중히 따제라고 부르니 속이 상하고 황당했다.

그러다 내가 중국인들의 호칭에 대해서 이해했을 때 비로소 이 녀석이 왜 내 이름 석 자 뒤에 누나라고 부르지 않았는지 알 수 있었다. 중국은 같은 사무실에서 일하는 동료끼리는 지위의 높낮음을 제외하고는 거의 이름을 부르는 것이 예절에 어긋나지 않고 중국인들은 무엇보다 이름을 부름으로써 상대편과의 관계가 좀 더 친근감 있고 좀 더 좋은 관계로 호전될 수 있다고 생각하는 것 같았다.

그 이후론 이 철없는 녀석이 내 이름을 부를 때마다 오히려 기쁨이 되도록 생각을 바꿨다. 내가 나이보다 많이 젊어 보이니까 누나라는 딱딱한 호칭보다는 이름을 불러 주는 것이구나 하고 말이다.

그리고 중국인들은 상대방의 이름을 부를 때 한국처럼 이름만 따로 부르는 것이 아니라 항상 성과 이름 모두를 부르는 성향이 있다는 것도 한국과 달랐다. 중국 친구들은 항상 내 이름을 친근하게 "메이찡" 하고 부르는 것이 아니라 "찐메이찡" 하고 불렀다. 중국인들은 성과 이름을 함께 부름으로써 상대를 존중한다는 생각을 하는 듯했다.

지금은 오히려 친구들이 "메이찡" 하고 부르면 이상하리만큼 "찐메이찡"이라고 부르는 그들만의 방식에 적응되었고 새파랗게 어린 친구들이 '찐메이찡' 이라고 불러주면 나도 덩달아 그들과 같은 세대가 되어 젊어지는 듯해서 기분이 묘하게 좋아진다. 환경의 차이가 내 오래된 관념도 바꿔가고 있었다.

중국에서 여성들을 부르는 호칭 중 매력적이고 들으면 들을수록 기분이 좋아지는 호칭이 있는데 바로 '샤오지에^{小姐}', 즉 '아가씨' 라는 호칭이다. 한국에서는 아가씨라는 표현은 결혼하기 전 젊은 여자를 부르는 호칭이고 결혼 후 아이를 낳아서 기르면 바로 '아줌마'로 호칭이 바뀌는데 중국은 좀 다르다.

한번은 아이를 데리고 물건을 사러 백화점에 갔었다. 점원은 날 보자 바로 말을 걸었다.

"샤오지에, 니야오 썬머? 아가씨, 뭐가 필요하세요?"

백화점 점원은 내가 아이를 데리고 온 아줌마라는 사실을 알면서도 나를 샤오지에라고 불렀다. 속으로 이 점원은 손님 비위를 잘 맞추는 사람이구나 싶기도 하면서 조금은 엉뚱하다는 생각도 들었다.

그날 저녁 집으로 돌아온 남편에게 낮에 들은 듣기는 좋지만 그래도 너무 아부성이 짙은 샤오지에라는 호칭에 대해 말했다. 남편은 그 백화점 점원이 아부하느라 그런 게 아니라 대부분의 여성에게 샤오지에라고 부른다고 했다.

중국에서 쓰는 아가씨, 즉 샤오지에는 결혼을 하지 않은 젊은 여자만을 포함한 것이 아니라 예전에 큰 부잣집의 여자들, 우리말로 예전의 '아씨'와 '마님'의 뜻이 모두 포함된 것이다. 그러니 모든 여성의 나이가 많고 적음을 떠나 존중하여 불러 주는 호칭인 셈이다.

남편의 설명을 다 듣고서야 난 고개를 끄덕였다. 그리고 지금까지 내가 가장 좋아하는 호칭이 샤오지에가 되었다.

한국에 가서 친구들에게 샤오지에에 관해 얘기해줬다. 친구들은 모두 환호성을 지르며 한국에서 아이를 데리고 밖에 나가면 어딜 가나 꼬리표처럼 아줌마라는 말을 듣는데 중국에서는 결혼하고 아이를 낳고도 아가씨라는 말을 듣는 것이 너무 좋은 것 같다며 부러워했다. 세계 어느 나라 여성이든 상대가 자신을 부를 때 존중하고 높여준다면 싫어할 사람이 없을 것이다.

사회에서 호칭 하나라도 아이의 엄마가 아닌 나 자체를 그대로 불러주니 대우받는 느낌과 나 자신이 살아있다는 생각에 참으로 기분이 좋아진다. 만약 우리나라 사람들도 중국사람들처럼 이 달콤하고 들어도 질리지 않는 샤오지에라는 호칭을 쓴다면 우리 아줌마들이 얼마나 힘이 나고 행복해질까 하는 생각을 자주 하게 된다.

중국에 와서 내가 가장 자주 듣는 호칭 1위는 당연 샤오지에, 2위는 바로 뉘스^{女士, 여사}로 한국에서는 나이가 좀 든, 사회적으로 지위가 있는 여성을 존대하여 부를 때 사용하는 것이 보통이지만, 중국에서는 지극히 평범한 호칭으로 여성을 가장 존대하여 부를 때 사용된다. 그러니 중국에서 뉘스라는 말을 듣더라도 당황하거나 기분이 상할 필요가 없다.

중국에서 상대방을 부르는 방법에는 이름을 부르는 것 외에도 우리나라에는 없는 아주 독특한 방식이 있다. 그것은 상대의 성씨^{姓氏} 앞에 '따^大'

혹은 '샤오小'를 붙여서 부르는 방식인데 자신보다 나이가 많은 사람을 부를 때는 따를 붙이고 자신보다 어린 사람을 부를 때는 샤오를 붙인다. 그러니까 어르신들이 날 부를 때면 '샤오찐小金'이라고 부르는데 이것도 웃어른이라고 무조건 부를 수 있는 것은 아니다. 서로 허물없는 관계에서만 성립되는 호칭이다.

중국의 성씨를 정리한 책인 『바이지아씽百家姓』을 보면 단성單姓이 448개, 두 글자로 이뤄진 복성複姓이 40개로 모두 438개의 성이 소개되어 있는데 이후로도 더 많은 성이 생겨나서 4,000~6,000개가 있으나 실제 사용되는 성은 1,000개 정도 된다고 한다.

그리고 재미있는 성들이 있는데 여기다 '따샤오大小'를 붙이는 관습을 더하면 발음상 웃지 못 할 말들이 탄생하기도 한다. 예를 들면, 삐엔卞, 양羊, 니우牛, 쫑钟, 시옹熊, 랑郞…… 이런 성 앞에 따샤오를 붙여서 부르면 소변, 작은 양, 큰 소, 작은 시계, 큰 곰, 큰 늑대라는 뜻의 말과 같은 뜻이나 발음이 된다. 부르는 사람들 입장에서는 재미난 웃음거리로 웃고 넘기게 되지만, 정말로 이런 성을 가진 사람들은 결코 웃고 넘기지 못할 기분이 될 것 같았다.

중국의 남성들이 자신의 부인을 남에게 소개할 때 부인이라는 뜻의 '푸런夫人'이라는 표현보다 애인이라는 뜻의 '아이런愛人'이라는 표현을 가장 많이 쓴다. 한국에서는 연애를 할 때나 애인이라고 하지 결혼하고 나서 자신의 부인을 애인이라고 소개하는 경우는 드문데 말이다. 그런데 남편 친구들 부부동반 모임에서 이 애인이라는 호칭으로 인해 내가 남편 친구들을 크게 오해한 일이 있었다.

결혼 초, 남편은 친구들과 동료들에게 관심의 대상이었다. 한국인과 결혼했기 때문으로 무엇보다 한국 여자인 내가 가장 큰 관심의 대상이었다. 그래서 남편의 친구나 동료들에게 초대되어 함께 식사하는 일이 많았다.

남편 친구들도 나를 많이 만나보고 싶어 했지만, 그보다 더 많이 보고 싶어 하는 사람들이 바로 그 부인들이었다. 당시 중국에서 많은 한국 드라마가 소개되고 크게 인기를 받아온 터라, 연예인은 물론이고 한국인이라면 누구나 중국인들에게 관심을 받는 시절이었다.

모임에서 남편이 친구들을 차례로 소개하자, 남편의 친구들은 자신과 함께 온 여성들을 소개했다. 당연히 부부동반 모임으로 알고 왔기에 소개하기 전부터 남편 친구들의 부인임을 알 수 있었다.

"쪄쓰 워더라오포 쪼우팡. _{이쪽은 제 마누라 쪼우팡이예요.}"

먼저 한 친구가 자기 부인을 소개하고 이어서 다른 친구들도 부인을 소개해줬다.

"쪄쓰 워더아이런 리훼이. _{이쪽은 나의 애인 리훼이예요.}"

듣는 순간 내 귀를 의심하지 않을 수 없었다.

'내가 잘못 들었나? 다들 결혼한 것으로 알고 있는데……'

난 살짝 남편에게 귓속말로 물었다.

"여보! 저 여자분 정말로 당신 친구의 애인이에요?"

"응, 맞아. 왜?"

"아니…… 아니에요."

'어떻게 결혼해 부인을 뻔히 두고도 밖에서는 다른 여자를 애인이라고 친구들 모임에 당당하게 소개시키지?'

겉으론 예의상 뭐라고 말은 못하고 웃고 있었지만 속으론 이 파렴치한 남편 친구에게 갖은 욕을 다 퍼부었다.

집으로 돌아오는 내내 난 아무 말도 하지 않았다. 같은 여자로서 그 파렴치한 친구의 부인이 이 사실을 알면 얼마나 기분이 개떡 같을지를 생각하니 우울해졌다.

집에 도착하자 남편이 물었다.

"메이찡! 니 나리 뿌슈푸너? ^{미정! 어디가 불편해?}"

'친구를 보면 그 사람을 알 수 있다고 했는데 가장 친한 친구가 저런 도덕성 상실인 사람이니……. 쯧쯧쯧.'

남편은 계속해서 이상한 태도의 날 보면서 물었다.

"니 시앙 션머야? ^{당신 무슨 생각해?}"

난 마치 남편이 그 파렴치한 친구라도 되듯 따지고 물었다.

"당신 친구들은 어쩜 그래요?"

"뭘? 우리 친구들이 왜? 무슨 언짢은 일이라도 있었어?"

"그걸 몰라서 물어요?"

"또 무슨 일로 우리 마누라가 화가 나셨을까? 하하하."

"웃지 마요! 지금 이게 웃을 일이예요? 친구가 나쁜 행동과 생각으로 인생을 살아가면 바르게 잡아줄 생각은 하지 않고 그냥 남의 일인 양 보고만 있어요?"

"내 친구가 무슨 나쁜 행동을 했는데? 난 모르겠어!"

"당신 친구 정말로 얼굴이 두꺼운 늑대야!"

난 차근차근 남편의 친구 얘기를 했고 나쁜 친구라면서 투덜거렸다. 내 말을 다 들은 남편은 배를 잡고 웃기 시작했다. 난 영문도 모른 채 남편이 웃는 모습만 지켜봤다. 남편은 다 웃고 난 후에야 내가 오해를 했다면서 중국에서 아이런, 즉 애인은 한국에서 사용하는 애인이 아니라 결혼을 한 자신의 사랑하는 사람, 곧 부인을 얘기한다는 것이었다.

나 또한 웃음이 나왔다. 같은 한자로 만든 단어지만 중국과 한국이 이렇게 다른 줄은 몰랐다. 한때, 난 일본어에 관심이 많아 아주 열심히 공부한 적이 있었다. 일본어에서도 '아이징愛人'이라고 하면 부적절한 관계를 의미하는 경우가 많다고 들었다. 그래서 내 머릿속의 애인의 개념은 중국에서의 의미와 크게 달랐던 것이었다.

지금은 중국에서 부인을 아이런이라고 부르는 것에 아주 익숙해졌을 뿐만 아니라 이 호칭에 담겨있는 뜻이 너무나 좋다. 자신의 반려자인 부인을 세상에서 가장 사랑하는 사람, 애인이라고 부르는 것이 너무 낭만적이고 오랫동안 서로 사랑하면서 살아갈 수 있을 것만 같은 느낌이 들어 마음에 쏙 든다.

결혼을 하면 달콤한 신혼은 3개월이면 끝난다고들 하지만, 우리가 살아가면서 평생 신혼이라는 생각으로 부부가 서로를 아이런, 사랑하는 사람이라고 부르며 늙어간다면 평생 신혼 당시 그 애틋하고 뜨거운 사랑의 감정이 영원히 지속될 수 있을 것 같다.

이젠 나도 남편을 다른 친구들에게 소개할 때 종종 워더 아이런我的爱人, 내 사랑하는 사람이라고 말한다. 이 말에 내포된 뜻처럼 나와 남편이 검은 머리가 파뿌리가 되어 꼬부랑 할아버지, 할머니가 되어서도 서로를 '내 사랑하는 이' 라고 소개하는 서로 믿고 사랑하는 관계가 되어 아름답게 살아가고 싶어진다.

워더 아이런! 내 사랑하는 사람아!

상하이 사람

상하이라는 곳은 예로부터 상업적으로 발달한, 중국의 경제 중심이라고 불릴 만큼 그 명성이 현재까지 자자한 곳이다. 그래서 중국인들에게 자주 듣는 말이 베이징은 정치, 문화의 중심이고 상하이는 중국 경제의 심장이라는 말이다.

상하이는 오색찬란한 무늬의 옷을 입은 공작새와 같이 그 빼어남과 화려함으로 내게 아주 색다른 느낌으로 다가왔다. 이처럼 상하이는 도시 전체가 가져다주는 느낌도 아주 이색적이다. 와이탄에 백여 년이 넘은 유럽풍의 건물은 아직도 예전의 화려했던 상하이를 회상하기에 충분하다.

그래서 상하이 사람들이 가지는 자부심은 대단하다. 매번 상하이 사람들을 만날 때면 유독 강조하여 자신을 소개한다.

"워쓰 샹하이런! 저는 상하이 사람이에요! "

이런 것은 비단 나만 가지는 느낌은 아닌 듯했다. 중국 친구들도 이구동성으로 말하는 것이 상하이인들의 자부심이 도를 넘어 자만심으로까지 이어져 상하이인들을 제외한 다른 지역의 출신들을 다소 배타적인 태도로 대하며 깔보는 경향까지 있어 상하이 출장을 가거나 여행을 가서 받은 느낌들이 썩 기분 좋지만은 않다는 것이었다.

하지만 상하이를 서른 번도 더 가 본 나로선 좀 믿기 힘들었다. 상하이인들은 친절해서 상하이를 중국의 가장 멋진 도시로 기억하게 하기에 아주 충분했었다.

그런데 얼마 전 상하이에 갔다가 중국 친구들이 받았다는 기분 나쁜 태도를 처음으로 보게 되었다.

상하이 영사관에 가야 할 일이 생겼는데 평소 친분이 두터웠던 핑핑萍萍이 나와 동행하겠다고 해서 일을 보고 쇼핑도 하자는 계획을 짜고 아주 기쁜 마음으로 허시에 하오和諧号, 고속열차에 올라 상하이로 향했다.

상하이에 도착하자 갑자기 소나기가 억수같이 퍼부었다. 택시를 잡으려고 온갖 노력을 해도 사람들이 워낙 많아서 좀처럼 빈 택시가 보이지 않았다. 그런데 핑핑이 자신의 친구가 상하이 사람인데 전화해서 우리를 한국 영사관까지 데려다 줄 수 있을지 물어 본다고 했다. 핑핑의 친구는 흔쾌히 우리를 영사관까지 데려다 주고 일을 다 볼 동안 기다렸다가 호텔로 안전하게 에스코트해 주었다.

"핑핑! 상하이인들은 무척 친절하고 좋은 사람들 같아!"

호텔에 도착한 후 핑핑에게 말했다.

"내 친구니까 그런 거야! 상하이 사람을 친절하고 좋은 사람이라고만 인식하지 마! 언젠가는 실망할 테니……."

무슨 뜻인지는 알았지만, 내가 상하이인들에게 가져왔던 좋은 이미지는 좀처럼 바뀌지 않을 거라는 것을 확신했다.

이런 나의 확신이 몇 시간 뒤에 완전히 바뀔 거라고는 상상도 하지 못한 채 우리는 상하이 거리로 나갔다. 시원하게 퍼부었던 소나기는 언제 그랬냐며 시치미를 뚝 떼고 하늘은 맑고 쨍쨍하여 더욱 마음이 들떴다.

홍콩의 최고 갑부 리지아청李嘉诚이 세운 백화점으로 갔다. 규모도 아주 크고 상품도 갖가지로 세계 명품부터 중국 명품까지 모두 구색을 갖춘 곳이라 마안산의 백화점과는 비교가 안 될 만큼 유명한 물건들을 한자리에다 전시해 놓은 듯해서 그저 눈으로만 봐도 즐거웠다. 휘황찬란한 빛을 내는 보석들을 구경하고 핑핑과 나는 화장품을 사기 위해서 화장품 매장으로 갔다.

"눙하오! 안녕하세요!"

매장 종업원이 우리에게 상하이말로 인사했다. 처음 '눙하오'라는 말을 듣고 핑핑과 난 조금 당황했다. '눙하오'는 상하이 사투리로 '니하오'

라는 뜻이다. 평소 표준어인 보통어에 익숙한 나와 핑핑은 순간 어리둥절했다. 우리가 상하이말을 알아듣지 못하자 매장의 종업원들끼리 귓속말을 하는 모습이 보였다.

핑핑이 내게 말했다.

"미정아. 나 색조 화장품을 사야 하는데 네가 좀 골라줘."

"알았어."

귀엽고 여성스런 핑핑에게 어울릴 색깔을 고르면서 종업원에게 가격을 물어보려고 말을 건넸다.

"칭원, 쩌꺼쓰 뚜오샤오 치엔? ^{이거 얼마예요?}"

그런데 종업원들의 태도가 조금 이상했다. 그 매장에는 모두 세 명의 종업원이 손님을 안내했는데 모두 다른 손님에게만 전념하고 내가 몇 번이고 물어도 들은 척도 하지 않았다. 상하이인들의 친절함은 다 어디로 갔는지 눈 씻고 찾아보려야 볼 수 없었고, 마음에 드는 것이 있어 종업원을 불러 물어보면 시큰둥하게 대답하고 어떤 종업원은 계속해서 상하이 말로 설명했다. 그래서 우리는 상하이 사람이 아니니 보통어로 말해달라고 부탁했더니 빤히 쳐다보기만 했다. 우습지도 않다. 백화점의 종업원으로 종사하면서 고객을 위한 서비스는 기본이건만 이건 완전히 우리를 시골에서 막 올라온 사람 대하듯 하는 태도에 무척이나 기분이 상했다.

핑핑이 다시 가격을 물어보자 귀찮다는 식으로 가격을 적어 놓은 명단을 내보이며 손으로 우리가 물었던 제품을 가리키는 것이었다.

'세상에! 뭐 이런 개떡 같은 서비스가 다 있어!'

그동안 무수히 들었던 상하이인들의 오만을 오늘에야 직접 경험하게 되었던 것이다. 이래서 중국 친구들이 상하이사람들을 싫어하는구나 하는 생각과 함께 서비스업에 종사하는 백화점 점원조차 손님이 객지사람이라고 무시하는 상하이인들의 좁쌀 같은 마음에 한없이 비난을 퍼붓고 싶었다. 그리고 사고 싶었던 물건도 사기 싫어졌다. 손님을 자신의 발 아래로 보는 종업원의 태도에서 그 백화점 물건을 팔아주고 싶은 마음이 싹 가셨다.

하지만 핑핑은 상하이에 와서 물건 살 기회가 별로 없다면서 특히 외국 유명 화장품을 꼭 한번 써 보고 싶다고 했다. 그래서 속으로 울분을 누르고 나의 노련한 솜씨로 이것저것 골라 주는데 이때 핸드폰이 요란하게 울렸다. 가방에서 핸드폰을 꺼내 보니 중국이 아닌 한국에서 걸려온 전화였다. 나는 핸드폰을 받을 때면 번호를 보고, 중국 번호면 "웨이" 하며 받고 한국 번호면 바로 "여보세요"라고 받는 평소 습관대로 전화를 받았다.

"언니! 저예요!"

"어머, 승민이구나! 지금 회사지?"

"아뇨, 오늘 월차라서 쉬어요. 언니 보고 싶어 전화했죠!"

"그랬구나! 나두 보고 싶어!"

조금 전까지의 울분은 다 사라지고 반가운 고국의 동생 전화로 기분까지 업됐다. 그런데 내가 전화를 받는 동안 화장품 매장 점원들이 들어도 모를 외국어일 텐데도 열심히 경청하고 있는 것이었다. 통화가 끝내는 것을 본 종업원 한 명이 내게 아주 친절한 어투로 물어왔다.

"닝쓰 오꾸닝아? 당신 한국사람이에요?"

상하이를 자주 다닌 탓에 상하이 말은 몇 마디 알아듣는다.

"쓰아! 요썬머 원티마? 네! 무슨 문제라도 있나요?"

종업원들은 앞다퉈 내게 유창한 보통어로 한국 드라마를 잘 보는데 누가 멋지다는 둥 한국인들은 미남미녀들만 있는 것 같다며 한국 찬양을 했다. 물론 한국인 입장에서 이런 종업원들의 말들이 듣기 싫은 것은 아니다. 오히려 우리나라의 국제적 지위를 알려주는 것 같아 기분은 좋지만, 외국인이라고 이렇게 과잉 친절로 대하고 상하이인이 아닌 자국 국민들에게는 찬밥 대접을 하는 상하이인들의 철저한 이중성에 그저 놀랍다는 말밖에는 나오질 않았다.

상하이에서 돌아온 난, 남편에게 상하이에서 받았던 불편한 감정에 대해 토로했다.

"여보! 나도 이제 상하이를 좋아하지 않게 되었어요! 세상에, 상하이인들은 마음이 좁아터진 별로 내세울 것도 없는 소인배들 같아요!"

"하지만 상하이인들 모두 그런 건 아니야! 진짜 상하이 토박이들은 좋은 사람들이 많아."

남편은 내게 상세히 설명해줬다. 사실 상하이 본토 사람들은 타지역 사람들을 업신여기지 않았다고 했다. 상하이가 행정적으로 커지자 점차 주변의 다른 지역들까지 상하이로 편입되었고, 상하이 인근 지역의 사람들은 항상 상하이인들을 동경하고 자신들이 상하이인이었으면 하는 마음이 컸는데 정작 소원이 현실로 다가오자 자신이 언제 상하이 외 지역의 사람이었냐는 듯 상하이인을 제외한 타 지역사람들을 무시하고 깔보기 시작했다고 한다. 소수의 무지한 상하이인들이 자신의 자격지심을 이렇게 외지인들에게 표출한 것이다. 굴러 들어온 돌이 박힌 돌 행세를 아주 톡톡히 하는 셈이었다. 어쨌든 어떠한 이유나 변명으로도 상하이에서 받은 인상은 달라지지 않았다.

즐거운 상하이 나들이를 꿈꾸며 방문했던 많은 사람들이 한 번씩 나처럼 상하이인들에게 불쾌하거나 무례한 대우를 받는다고 생각해보면 상하이의 명성이 그리 오래 가지 않을 것이다. 상하이를 아름답고 멋진 도시로 기억하는 것이 아니라 오만과 불친절함이 가득 찬 사람들이 사는 도시로 기억해 지금의 명성에 걸맞지 않는 불명예스런 상하이가 될 것이 분명하다.

상하이는 세계적으로 이목이 집중되는 큰 박람회 등 많은 국제 행사와 전시회가 끊이지 않고 있다. 그래서 외국인뿐만 아니라 많은 중국인들이 상하이를 방문하게 되는데 그들 또한 내가 받은 배타적인 불친절함을 느끼게 된다면 사실상 상하이는 표면적 발전과 성장에 불과하다. 정작 존중하고 예의를 갖출 자국민들에게 홀대를 하니 말이다.

세계가 한 가족이 되는 지금 지역의 우월성을 따지며 손님들을 대한다는 고리타분한 생각이 조금은 시대를 역행하는 것 같다. 아름답고 세계적인 상하이가 더욱 빛날 수 있도록 지금의 상하이인들은 한마음이 되어 누구에게나 친절하고 자상한 상하이인들로 거듭나야 할 것 같다.

이백의 도시 마안산

"저는 마안산시에 살고 있습니다."

"그 유명한 천산千山이 있는 곳이죠?"

"거기는 안산이구요, 제가 사는 곳은 마안산인데요!"

내가 고향처럼 생각하고 살고 있는 중국 안후이성 마안산시를 소개하면 비단 외국인뿐만 아니라 내국인인 중국인조차 잘 모르는 사람들이 한둘이 아니다. 그럴 때마다 마깡马鋼, 즉 마안산 강철회사가 있는 곳이라고 소개하면 그제야 "아~!" 하면서 고개를 끄덕이는 사람들이 대부분이다. 이처럼 마안산시는 살기 좋고 아름다운 도시이지만 적지 않은 중국인들이 모르는 것이 정말로 안타깝기 그지없다.

마안산이라는 이름에는 아주 감동적인 사연이 전해져 온다. 당시 유방이 세운 한漢나라와 초楚나라의 항우가 서로 전쟁을 할 시기, 서초西楚의 패왕覇王 항우는 전쟁에서 패하여 스스로 면목 없게 생각하여 오강烏江에서 자결하게 된다. 항우는 자결하기 전에 자신의 애마를 한 어부에게 주며 강남江南으로 데리고 가 잘 길러 달라고 부탁했다고 한다. 어부가 항우의 부탁대로 말을 배에 태워 강남으로 가던 도중 배가 강의 중심으로 들어서자, 말은 자신의 주인인 항우를 그리워하여 강물로 뛰어들어 죽게 된다. 이것을 본 어부가 매우 감동하여 말을 물에서 건져 묻어 주려 했으나 말의 시체는 찾지 못하고, 안장만 건졌다고 한다. 그래서 어부는 말의 안장만 강변의 산에 묻어주게 되었고 훗날 사람들은 이 산의 이름을 마안산馬鞍山이라고 부르게 되었다고 한다. 마안산시의 이름도 여기에서 따온 것이다.

마안산시가 창립된 역사는 길지 않다. 이제 겨우 오십여 년이 넘은 신도시 개념의 도시로 처음에는 당도현當涂縣 관할의 땅이었는데 1950년대 마안산 강철회사가 설립되면서 따로 마안산시로 성省의 관할을 받는 시市로 승격되어 탄생한 철강의 도시다. 우리나라의 포항과 같은 도시라고 생각하면 된다.

그리고 마안산시는 독특하게도 원주민들이 이곳에서 태어나 생활해온 도시가 아니라 주민의 대부분이 중국 각 지역에서 이주해 와서 정착한 도시다. 여기에도 시대적 배경이 있다.

마오쩌둥 주석은 전 중국을 집권해 '중화인민공화국'이라고 나라를 명하고 좀 더 사상적으로 단련시키기 위해 도시의 많은 간부와 지식인, 학생들을 농촌, 공장, 광산 등 환경이 열악한 곳의 노동력으로 보내 노동과 동시에 그들의 사상을 한데 묶어 단단히 자신에게 충성하도록 세뇌시키려고 했다. 이것을 '시아팡下放'이라고 하는데 마안산시도 그때 철강회사로 노동하러 온 사람들이 뿌리를 내려 지금까지 살아오게 된 것이다.

남편의 집안도 원래 강소성江苏省 사람인데 시아버지와 시어머니께서 마깡을 창설하기 위해서 이곳으로 시아팡 해와 정착하게 되었다고 했다. 그래서 시민들의 대부분이 마안산 강철회사에서 일을 하고 있다.

마안산은 짧은 역사지만 눈부신 발전을 거듭하여 현재 나라에서 인정한 환경이 깨끗한 위생도시, 자연이 잘 보존된 푸른 도시, 우수 여행의 도시, 주거 환경이 모범적인 도시로 칭송을 받고 있다.

마깡 외에 마안산에 또 하나 유명한 것이 있는데 바로 당대 위대한 낭만주의 시인인 이 백의 도시로도 유명하다.

이 백의 출생지는 정확하지 않고 학자들마다 주장하는 설이 다르다. 하나는 중앙아시아의 쇄엽碎葉, Suy-ab으로 현재의 키르기스스탄 지역이고, 또 다른 설은 중국의 쓰촨성 강요시江油市 청련향青莲乡이라는 말도 있다. 하지만 이 백의 묘는 마안산시 당도현에 있다.

당도현은 이미 2천여 년의 유구한 역사를 가지고 있는 지역으로 자연 경관이 매우 아름답다. 그래서 이 백은 말년을 당도현에서 지내면서 유명한 〈망천문산望天门山〉을 지었다.

매번 한국의 투자 방문단이나 시찰단이 오게 되면 빠지지 않고 소개되는 곳이 이 백의 묘다. 이곳은 청록빛의 푸른 청산이 주위를 돌고 있어 경치가 매우 그윽하고 기품 있다. 조약돌로 깔린 길을 따라 가면 안후이성만의 독특한 개성이 잘 나타난 패방牌坊이 있는데 이것은 옛날 효자나 절개를 지킨 열녀 등 모범이 될 만한 행위나 공로가 있는 사람들을 표창하고 기념하기 위해서 마을 입구에 아름답게 문양을 새겨 세운 아치형 문이다.

묘지 안은 작은 공원으로 되어 있는데, 이 백의 비석과 함께 각 시대별 유명 서예가가 직접 쓴 이 백의 시를 볼 수 있다. 그리고 분경원盆景园, 십영정十咏亭 등 특색 있는 경관이 있어 더욱 일품이다.

진짜인지는 확실히 모르겠지만 전설에 의하면 이 백의 묘 가장자리를 반시계방향으로 크게 세 바퀴 돌면 좋은 일이 생긴다고 한다. 첫 번째는 관직에 있는 자들은 더 높은 관직으로 오르고, 두 번째는 사업을 하는 자들은 더욱 사업이 번창한다는 말이 있고 세 번째는 술이 약한 사람들은 주량이 늘어 술을 잘 마시게 된다는 말이 전해져 온다고 했다. 정확하게 검증되지 않은 전설이지만, 한국에서 온 손님들을 이곳에 모시면 재미로 꼭 묘지를 세 바퀴 돌게 한다.

물론 나도 돈다. 그 덕분인지 바이조를 조금도 마시지 못했던 내가 이제 조금씩은 마실 수 있게 되었다. 이 백을 일명 주선酒仙, 술의 신선이라고 할 만큼 술을 즐기셨던 분이니 그 기를 받아 주량이 늘어난 것은 아닌가 하는 신기한 느낌이 들었다. 만일 이 백의 묘를 볼 기회가 생긴다면 꼭 한 번 이렇게 전설을 시험해 보는 것도 여행의 또 다른 재미가 아닐까 한다.

마안산에는 아름다운 장강長江을 한눈에 내려다 볼 수 있는 채석공원采石公園이 있다. 채석공원은 이 백에 관한 유명한 전설이 이어져 오는 곳으로 술에 취한 이 백이 강에 비친 달을 잡기 위해 강으로 들어가 목숨을 잃게 되었다는 곳이다.

채석공원의 취라翠螺산 정상에 서면 당시 이 백이 본 장강의 끝없이 흐르는 물줄기의 장관을 볼 수 있다. 봄, 가을이 되면 더욱 멋진 경치에 보는 이를 취하게 만드는데 봄이면 공원 전체에 각양각색의 꽃들의 향연과 푸른 싹이 돋아난 나무들이 생기발랄한 푸르름을 전해주고 가을이면 노랗고 빨간 빛으로 마치 비단을 펼쳐 보인 듯한 단풍의 물결로 취라산 전체가 물든다.

1989년부터 매년 음력 9월 9일은 중국인들의 전통 노인제라고 하는 중양절重阳节로 마안산시 전체가 축제 속으로 빠져든다. 이때 국제 음시제吟

詩节를 여는데, 이것은 이 백을 기리기 위한 행사로, 지금은 그 명성이 더욱 커져 안후이성의 5대 경축 행사 중 하나로 손꼽힌다.

마안산의 가장 큰 매력은 친절하고 선량하며 열정이 넘치는 마안산 사람들이라고 생각한다. 정감 넘치는 시민들의 성격 탓에 아마도 고향과 같은 편안함을 느낄 수 있어 어느 곳에서 오신 손님이라 할지라도 머물고픈 마음이 들 것이다. 마치 나처럼 말이다.

독자들도 철강의 도시이자 시의 도시인 마안산을 여행해 보고 싶거나 이 백에 관한 전설을 믿는다면 꼭 한번 와서 가정, 사업 그리고 삶 속에 큰 행운을 가져다 줄 그 무엇을 찾아보길 바란다!

성공적 인생은 십자수를 놓듯이

    몇 년 전부터 중국에서 십자수를 놓는 것이 유행처럼 번져, 중국여성이라면 누구나 십자수 하나 정도는 놔 봤을 것이다. 폭풍 같은 십자수 열풍을 타고 거리마다 크고 작은 십자수 전문점이 들어서게 되었다. 이미 한국에서는 한 차례 십자수 열풍이 일어난 후라 그 열기가 점점 식어 가는 시기였지만, 중국은 이제 시작이었다. 중국으로 오기 전 한국 친구들이 열심히 십자수를 놓을 때도, 난 별로 관심이 없었다. 그랬던 내가 중국에 와서 십자수 열풍에 함께 동참하게 되었다.

    한번은 중국 친구가 집으로 놀러왔다. 내게 준다며 직접 십자수로 예쁘게 수를 놓은 티슈 덮개를 만들어 왔다. 예쁜 나비들이 양쪽으로 하늘을 날아오르는 모양의 십자수였다. 친구가 한 땀 한 땀 나를 생각하며 정성을 들였을 것을 알기에 더욱 마음이 가는 선물이고 행복해지는 선물이었다. 거실 테이블 위에 올려 놓고 티슈를 뽑을 때마다 친구의 정성을 함께 뽑아 쓰는 느낌이 들어 기분이 좋아진다.

선물을 받은 지 며칠이 지나지 않아 친구가 다시 우리 집에 왔다.

"미정아! 너도 십자수를 해보는 것이 어때?"

친구는 내게 직접 십자수를 해보라고 권했다.

"수를 놓으려면 작은 바늘로 씨름해야 하는데……. 아휴, 싫어! 난 별로 십자수에 관심이 없어. 나랑은 인연이 별로 없나봐."

"인연? 인연이야 만들면 되는 거지. 오늘부터 만들어 봐. 시작하기가 힘들지, 일단 시작하면 바늘에서 손을 뗄 수가 없게 될 거야!"

그러면서 느닷없이 십자수 재료가 든 종이 가방을 내 앞에 내 놓는 것이었다.

"이거 뭐니?"

"십자수! 사실 내가 너희 새 집에 걸맞은 도안으로 수를 놔서 선물하려고 했는데, 너에게 직접 해보라고 가져 왔어."

"난 수를 놓는 방법도 몰라."

"내가 가르쳐 줄게. 조금씩 조금씩 해서 완성된 작품을 집에 걸어봐. 그럼, 내가 왜 너에게 십자수를 해보라고 했는지 알게 될 거야."

친구는 그 자리에서 십자수 놓는 법을 가르쳐 주었다. 겉으로 볼 때는 아주 복잡하고 신경이 많이 가 귀찮을 것 같아 보였는데, 기본 수 놓는 방법은 생각 외로 간단해서 그날 바로 수를 놓을 수 있게 되었다. 이렇게 간단한 십자수를 난 여태껏 복잡하고 귀찮은 존재로 생각해 아예 해볼 생각조차 하지 않았던 것이 좀 바보처럼 여겨졌다.

마치 인생에 있어 자기 스스로에게 어떤 목표를 정하게 되는데 실패가 두려워 도전할 수 있는 것임에도 불구하고 한계를 그어 포기하고 지나치게 되는 일들이 많듯이 말이다. 십자수 한 땀을 처음 놓았을 때 비로소 깨닫게 되었다.

이렇게 시작한 십자수는 내가 좋아하는 취미 중 하나로 내 생활에 한 부분으로 자리를 잡았다. 매일 조금씩 수를 놓다보니 손놀림도 점점 노련해졌다.

첫 작품은 6개월이란 긴 시간 끝에 완성하게 되었다. 처음부터 조그마한 도안을 한 것이 아니라 1.2미터의 중국 전통풍 목단화를 완성해서 큰 성취감과 할 수 있다는 자신감을 맛볼 수 있었다.

목단화를 완성하기까지는 쉽지 않았다. 왜냐면 생각보다 많은 인내와 끈기를 요했기 때문이었다. 초기에는 재미로 그다지 힘든 줄도 모르고 시작했지만 점차 시간이 지나자 손목도 아프고 목도 아프고 무엇보다 초심을 잃어 인내도 끈기도 조금씩 바닥나기 시작했다. 심지어 도중에 포기하고 관둘까 하는 생각도 없지 않았다.

하지만 그러기엔 그동안의 열정과 노력이 허사가 되기에 다시 정신을 가다듬고 초심으로 돌아가 다시 한 땀 한 땀 수를 놓기 시작했고, 끝까지 다 완성하겠노라는 일념으로 포기하지 않고 빨리 마치고 싶다는 욕심도 억누르며 하루에 계획한 분량만큼만 하면서 끊임없이 스스로를 응원하면서 한 결과 아름다운 한 폭의 목단화를 내 손으로 결국 완성할 수 있게 되었다.

난 완성된 작품을 액자로 만들어 거실 정중앙에 걸어 놓았다. 내게 있어 인생의 큰 의미를 깨닫게 해 줘서 더욱 소중하게 간직하는 보물 중의 보물이 되었다.

집에 손님이 올 때면 나의 보물은 더욱 빛나게 된다. 모두들 직접 만들었다고는 상상도 하지 않는지 내게 어디서 살 수 있으며 얼마냐고 물어보는 사람들이 대부분이다. 나는 당당하고 자신 있게 직접 수를 놓았다며 자랑한다. 내 말을 들은 사람들마다 찬사의 탄성을 쏟아냈다.

모든 성공적인 인생 또한 십자수를 놓는 과정 같다는 생각이 들었다. 매일 조금씩 수를 놓아서 언제 다 하얀 공백을 다 메워 가나 생각하게 되지만, 중단하지 않고 계속 수를 놓다 보면 어느 날 잎이 나고 꽃이 피고 화려하게 만개한 목단화가 탄생하는 것이다.

인생의 성공도 분명 이런 장기적 인내의 지속이 필요하다. 한 사람 한 사람 저마다 목표를 향해서 전력을 다해 필사적으로 전진한다.

나도 그 중 한 사람이다. 현재 무수하게 나온 각종 성공사례에 대한 책이나 성공하기 위한 기법과 방법을 알려주는 책들의 홍수 속에 살아가고, 그 책들을 통해서 배우고자 한다. 하지만 이런 책 한 권을 읽는다고 해서 하루아침에 성공할 수는 없다. 매일 연마하고 단련하는 노력의 결과만이 성공의 길로 들어서게 하는 것이다.

성공한 사람들을 보면 역시 성공할 수밖에 없는 사람임을 금방 알아차릴 수 있다. 대부분의 사람들은 성공에 대한 뚜렷한 개념 없이 행동으로 실천하지 못하고 막연하게 입으로만 성공을 쫓는다. 하지만 성공한 사람들은 생각하는 즉시 행동으로 실천하여 끊임없이 분발하고 자신과의 싸움에서 항상 승리하는 자가 되려고 노력하는 사람들이다.

내가 하는 일의 특성상 부자들을 만나게 되는 경우가 많다. 그런데 그들의 공통점은 어떠한 어려운 환경에서도 자신의 신세를 한탄하거나 힘든 역경으로 인해 위축되지 않고 뒷걸음질 치지 않으며 그 힘듦을 발판으로 일어나 기회가 오기를 기다리며 단련시킨다는 점이다. 그리고 끊임없이 자신을 더 나은 방향으로 개선하려고 노력하고 자신을 한 단계 더 높은 곳으로 끌어올리기 위해 온 힘을 다 쏟아 붓는다.

며칠 전, 아이와 함께 『곤충의 세계』라는 책을 보았다. 나비에 관한 사진과 함께 번데기에서 멋진 나비가 되어 비상하기까지 눈에 보이지 않는 인내의 과정이 있었다. 나비가 번데기에서 성충으로 변화되기까지 300일의 긴 유충기를 지나야 하는데, 나비의 전체 생명 중 가장 긴 시간으로 나비에게는 아주 답답한 시간일 것이다. 하지만 이 시간을 견뎌야만 하늘을 멋지게 훨훨 날아오르는 나비로 다시 탄생하는 것처럼 성공도 그렇다.

나는 성공이라는 개념을 정확하게 알기 전, 생활이나 일을 함에 있어 어려움이나 장애를 이겨내지 못하고 너무나 쉽게 포기해 버렸다. 매번 포기하면서도 나 스스로에 문제가 있다고 생각하지 않고 주위 사람이나 환경에 문제가 있다며 불평불만을 늘어놓기 일쑤였다. 지난날을 돌이켜 생각해 보면 스스로에게는 너무나 관대했던 내 자신을 떠올리게 된다. 지난날의 나와 같은 생각과 태도로 모든 일에 임한다면 자신의 앞날을 스스로 막을 뿐만 아니라 오히려 뒷걸음만 치는 격이 된다.

결혼하기 전, 사회적으로 성공한 유명인사의 강좌를 들었던 적이 있다. 그들의 성공 경험담을 통해 각 분야와 영역에서 성공하기 위해 자신만의 성공 비법과 수십 번의 실패에도 굴하지 않고 열심히 노력한 것을 듣고 배웠다.

당시 내가 느낀 것은 성공에는 많은 이유가 있겠지만, 그 중 가장 공통점이라고 할 수 있는 것을 발견하였는데, 그것은 어려운 환경과 상황에서도 절대 자신의 꿈을 버리지 않는 것이었다. 어떤 이는 꿈이 헛되다고 말하며 비난해도 성공한 사람들은 여전히 자신의 꿈을 위해 앞으로 전진, 또 전진해왔다.

삶에서 꿈이 없다는 것은 희망이 없다는 표현일 것이다. 희망이 없다는 것은 미래도 없다는 표현이기도 하다.

보통 성공한 사람들의 성공 후의 모습만을 보고 부러워하고 그렇게 되고자 갈망한다. 하지만 그들의 뒷모습을 기억해야 한다. 성공하기 위해 흘렸던 피와 땀이 얼마나 되는지 말이다. 성공으로 가는 과정에서도 우리들은 빨리 성공하기를 바라며 마음을 졸이는 경우가 많다. 하지만 성공한 자들은 단기적으로 자신이 바라는 결과가 오지 않는다고 실망하지 않는다.

예전의 나도 자주 조바심을 내며 실망하고 포기해 버리는 경우가 많았다. 이 점이 보통 사람과 성공한 사람의 차이가 아닐까? 우리 일반인들의 눈에는 성공한 사람들이 매우 비범하게 보인다. 하지만 사실상 성공의 열쇠는 매우 평범하다. 다 아는 비법들이지만, 단지 머리로 알고 있을 뿐 행동으로 실천하지 못하고 있을 뿐이다.

내 생각에는 성공한 사람들도 그 과정에서 분명히 투명하지 않은 미래를 걱정하고 두려워했을 것이다. 그렇지만 그들은 용감히 부딪치고 꿈을 향해 나아갔다. 이런 용기는 꼭 사회에서의 성공에만 필요한 것이 아니라, 우리 삶에 있어서도 필요하다는 것을 중국 생활 속에서 많이 느끼고 배우게 되었다.

주방에서 매일 가족들을 위해 밥을 짓고 요리를 하다 보니 우리 인생도 요리하는 것과 마찬가지라는 생각을 종종 하게 된다. 음식이 싱거울 때 소금을 조금 더 뿌려주면 다시 맛이 살아나고, 짜면 물을 조금 더 부어주면 맛이 제대로 우러나듯이 우리 인생에 있어 힘들 때 조금만 더 긍정적인 사고로 인내와 용기를 부어주면 인생이 다시 역전하듯 바뀔 수 있다.

요즘처럼 하루를 바삐 보낸 적도 없었던 것 같다. 매일 아침 일어나 기도로 시작하여 엄마로 아내로 살림을 하고 집안을 돌보아야 하고 책도 써야 하고, 한글 교실에서 중국 아이들에게 한글도 가르쳐야 하며, 한중 문화 교류를 위해 간간히 통역도 하고 안내도 해야 하며, 마안산 태권도 협회 일도 봐야 하고, 외국어 학교에서 한국 문화 강좌도 해야 하니 내게 있어 24시간은 턱없이 부족하기만 하다. 하지만 이렇게 바쁜 일과가 너무나 감사하다. 적어도 인생에 있어 성공이 뭔지 정답을 알게 해 주었고 그 정답을 향해 열심히 달려가는 나를 발견하게 되니 말이다.

중국의 한자성어 중 쿠진깐라이^{苦盡甘來}라는 말이 있다. 한국에서도 자주 인용되는 한자로 고진감래, 즉 고생 끝에 낙이 온다는 말이다. 옛 성인들도 이미 성공의 의미를 알고 있었던 것이다.

고생을 고생으로 생각하지 않고 극복하며 도전하자! 그리고 인내하자!

그러면 성공이 우리를 향해 손짓하며 맞아 줄 것이다.

에필로그

처음부터 중국어로 책을 썼던 나에게 다시 한 번 도전이 시작되었다. 한글로 번역하여 책을 내는 것인데, 책 한 권을 다시 쓰는 것이나 마찬가지였다.

3개월 반을 책과 씨름하면서 어떻게 하면 좀 더 진솔하게 나의 중국 생활에서의 경험과 생각을 한국 독자들에게 보여줄 수 있을지 고민하며 써왔는데 오늘에야 비로소 완성되었다.

작년에 중국어 책을 내면서 아팠던 허리가 다시 아파오고 오랫동안 컴퓨터 앞에서 앉아 있다 보니 방광염까지 생겨서 고생은 좀 했지만, 한글로 책을 낸다는 기대와 설렘이 너무나 기쁘다. 이 모든 것이 하나님께서 나와 함께하여 주신 것과 사랑하는 나의 가족들의 격려 속에서 인내한 결과라고 생각한다.

도전하는 삶은 아름답다! 그 도전의 결과가 성공이든 실패든 도전한다는 그 자체만으로도 충분히 아름답다는 것을 잘 알게 되었다. 불혹의 나이에도 끊임없이 꿈을 가지고 도전하는 내 모습 속에서 인생의 답을 하나씩 얻어 가게 되고 더욱 새로워지는 나를 발견하게 된다.

2012년은 한중 수교 20주년의 해다. 중국이란 나라에서 난 하나님을 진정으로 알게 되었고 행복을 찾았으며, 인생의 진정한 의미를 깨닫게 되었다. 그래서 내게는 더욱 소중한 나라, 중국!

하지만 아직도 많은 사람들에게 중국은 가깝고도 먼 나라 같다. 적어도 내 책이 중국을 이해하고 친근하게 다가갈 수 있게 하는 데 도움이 되었으면 한다.

끝으로 이 책을 내는 데 많은 도움을 주신 분들께 다시 한 번 감사의 말씀을 드리고 싶다. 그리고 이 책을 하나님께 바친다!

초판 1쇄 인쇄 2012년 8월 1일 | 초판 1쇄 발행 2012년 8월 10일 | **지은이** 김미정 | **펴낸이** 임용호 | **펴낸곳** 도서출판 종문화사
편집 김진주 | **표지·본문디자인** 민선영 | **인쇄·제본** 한영문화사 | **출판등록** 1997년 4월 1일 제22−392 | **주소** 서울시 중구 충
무로 4가 120−3 진양빌딩 673호 | **전화** (02)735−6891 | **팩스** (02)735−6892 | **E−mail** jongmhs@hanmail.net | **값** 13,000원
ⓒ 2012, Jong Munhwasa printed in Korea | ISBN 978−89−87444−95−6 03810 | 잘못된 책은 바꾸어 드립니다.